時間の河

シリーズ現代中国文学　短編小説
〜中国のいまは広東から

田原（ティエンユアン）　企画
齋藤晴彦　訳

みらい PUBLISHING

目次

鮑十（バオ シー）

一九五九年、黒龍江省肇東市生まれ。小説家、映画脚本作家。代表作に、長編小説『痴迷』、『好運之年』、『我的父親母親』、中編小説に『記念』、中短編小説集に『葵花開放的声音——鮑十小説自選集一九八九—二〇〇六』などがあり、東北文学賞など多数の受賞歴がある。

冼阿芳（シエンアファン）のこと

一

冼阿芳（シエンアファン）のことといったら、ほとんどが生活の瑣事なのだが……

冼阿芳は広州の「村」の人間だった。ここで言う村とは、「町なか村」のことだ。この何年か、どこでも市域が広がり、もとは郊外の村だったのが次々に呑みこまれている。町なか村は、そうやってできたものだ。広州でわりあい有名な町なか村には、石牌（シーペイ）村、楊箕（ヤンジー）村、猎徳（リエドゥー）村などがある。たとえば石牌村などは、中国全土でも有名だろう。私が知っているある作家は、一度そこに住み、「石牌村の夢」という小説を書いて、一時けっこう流行ったものだった。小説は、外地から来て石牌村で間借りする何人かの女性のことを書いた。ある人は事務員になり、ある人はスーパーのレジ係をやり、春をひさぐ者もありと、様々だった。小説は彼女たちの苦労や追いつめられた状況、内心の困惑を描いた。文章によると、そこは混乱し、ごった返し、ぎっしり軒を接した違法建築と、小商いの店、軽食屋、床屋①がそこかしこにある。狭い路地に人が押しあいへしあい、色々な食べ物と腐った野菜の臭いであふれ、むせかえるような欲望と野心の匂いが立ちこめている。読んでみると、けっこう面白かった。

冼阿芳の村は上梅村（シャンメイ）という。

さきに書いた村とはちがって、上梅村はここ数年ようやく市域になった。それに、そこは市の中心からすこし離れていて、他の村のようには「発展」しなかった。違法建築はそんなにないし、床屋や軽食屋も多くはない。村の周りに降ってわいたような高層ビルを除けば、何本か路線バスがあるだけで、村自体はほとんど変わらないようだった。祠堂は元のままだし、街並みはやはりもとのままだ。路を歩くのもなじみの住人や近所の人たちだった。しかし、実際にはやはり変化があった。たとえば、何年か前、チェーン店のスーパーが一軒できて、大きくはないがなかなか立派なものだった。ほかにも、続々と外地の人間が現れた。ほとんど広州に出稼ぎに来た人びとだが、商売に来たらしいのもいて、あちこちの方言をしゃべっていた。はじめは三、五人だったのが、そのうち数十人になり、すぐにどんどん増えた。彼らはみな村で間借りをし、朝と晩には、そのせかせかした姿が見られた。しかし、もっとも大きな変化は、村人すべての生活の手段が変わったことだろう。もとは野菜で生計を立てていたのが、いまは野菜を作らなくてもよくなったのだ。

冼阿芳、当年五十一歳。どこにでも見られるような人で、つまりは、ごく普通ということだ。ちょっと男のような顔立ちだが、それはおもに口が大きいせいで、声も男みたいに野太かった。頬骨もふつうより高く、顔のつくりでは、眼だけが大きくてきれいだった。今でも肌つやがよく生き生きしている。着るものもごく普通だ。夏ならズボンをはき、特別なことがなければ、ビニールサンダルを履く(多くの広東人のように)。スカートははいたことがないと言う。もう五十を超えているが、体はまだしっかりしていて、だんだん痩せて骨格が見えそうになっており、肘と手の関節が突き出ているが、それがかえって力がありそうに見えた。髪はとっくに白くなっていたが、パーマだの、オイルだのとかまうのが面倒なので、彼女はそんなのは意味がないと言う。子どもたちには生粋の広州語でこう言った。自分で自分をまだ娘扱いするなんて。見合いするわけじゃなし、そんな無駄遣いなんかしたくないよと。

　冼阿芳は子どもが三人いるが、彼らと仲がいいわけではない。上が娘で、下二人が息子だった。娘は鄺美芬(クワンメイフェン)といい、息子のひとりは鄺柏泉(クワンボーチュエン)、もうひとりは鄺柏松(クワンボーソン)という。子どもたちはみながんばり屋と言えた。娘の鄺美芬は大学を卒業したあと、公立中学の教員試験に合格して、英語の教師になった。鄺柏泉は医学の大学に合格して、間もなく卒業する。鄺柏松はやや劣り、中学を卒業してから技術学校に行き、いまはある衛生商品の会社で販売を担当しているので、家族は彼を「便器王子」とからかっている。冼阿芳の子どもたちとの対立は、もし、対立と呼べればだが、おもに彼女がくどいからで、はじまったら切りがないからだった。ごく日常的なことばかりで、彼らがなまけていると始まり、例えば、やるべきことをやらないとか、野菜を洗わないとか、皿を洗わないとかだ。それらをやったとしても、こんどはちゃんとやらないとか、皿を洗っても拭かないとか、物をちゃんと置かないとか言って、自分でもう一度やり直す。ほかにもネタはあって、それは美芬が自分から結婚相手を見つけない、見合いをしない、恋愛をしない、お高く止まって、誰も気に入らないということだった。冼阿芳の家は、毎日夕方がいちばん賑やかだった。家族がみな家に帰り、ご飯を作って食べると、それから冼阿芳の大音声(だいおんじょう)を張りあげたお説教を聞かされることになる。ほんとうに我慢できないとき以外、冼阿芳がお説教するときは、子どもたちは黙って聞いている。というのは、彼らは母親のことを分かっているからだ。口は刀で心は豆腐だと分かっていた。「優位」に慣れていて、言いたいことを言い、天も地も恐れぬ勢いでくるので、怒らせてはいけないことを分かっていた。

父が生きていたとき、いつも母に三分は譲ることを彼らは分かっていた。家のどんなことでも、たとえ一毛(マオ)②の買い物でも、父は母と相談してようやく買えたのだ。さもないと、母は不愉快で、きまって口喧嘩になった。ときには、大喧嘩になった。彼らが幼いころ、父が村人と何人かで町にいき、用事がすんだあと、みんなでいっしょに新しく開店した百貨店を見にいったことがあった。ちょうど店は販促セールをやっていて、父は丈の長いタイプの扇風機を見つけた。定価二百元以上のものが、そのときは九十八元だった。だれかが彼をそそのかした。広州はこんなに暑いのに、あんたの家は扇風機一台なくて、たいへんだろうに等々。それで彼は気持ちが動いて、けっきょくは歯を喰いしばり、人からも数十元借りて、それを抱いて家に帰ってきた。家に着くとすぐに組み立てた。苦労してやっと組み立て（子どもたちがずっと取り囲んで見ていた）、ちょうどコンセントを差しこんで動かそうとしたとき、冼阿芳が畑から帰ってきた。冼阿芳はちょっと見て、最初はなにも言わなかったが、家を出て一回りしてまた戻ると、怒気を押し殺して尋ねた。この扇風機はいくらで買ったの。父は彼女の怒りを察して、ちょっと怯んで言った。これは割引で、定価は二百元以上だったが……おれは九十八元で買ったんだ。冼阿芳はすぐに大声になった。九十八元は金じゃないってぇ。父は言った。人がみんな九十八元は安いって言うから。母は言った。人が言ったっんだってぇ、あの人たちはあんたのおやじなの、おふくろなの、あんたはなんで人の言うことを聞くの……。父はたぶん体面上やり過ごせなかったのだろう、声も大きくなった。おれが買ったんだ、おまえの知ったことか。冼阿芳は即座に家を出ると、すぐにドンドンドンと足音をさせて戻ってきた。手には野菜収穫用のナイフを持ち、それを父の顔に突きつけ、半泣きになってがなり立てた。鄺守林（クワンショウリン）、この野郎。テメエは金が余ってんのか。ずっと扇風機がなくても、死ななかったろう。テメエは、社長様だとでも思ってんのか、アーッ。あたしは、朝から晩まで、死に物狂いで働いて、一年にいくらも稼げないのに。こんな高いもん勝手に買いやがって、あたしになんにも言わないで。テメエはあたしを人間だと思ってないんだろ。

いっそあたしを殺せ、殺せヨオーッ。わめいてわめいて、それに泣いて泣いて、鼻水がビーッビーッ、涙も滝のようだった。

鄺美芬とふたりの兄弟は、そのときみな驚いてぽかんとしていた。

冼阿芳が泣くのを見ると、彼らも泣きだした。

一番年下の鄺柏松は、走っていって母の足に抱きついた。

そのことが起きてから、父はずいぶん長いこと落ちこんで、一日中おとなしく、後悔先に立たずという様子だった。

鄺美芬と兄弟は、今でもそのことをはっきり覚えている。

その扇風機は、いまでもまだ残っているけれど、とっくに使えなくなっていた。

二

冼阿芳が言ったことはまちがいなく、そのころ彼らの家はたしかに金がなかった。しかし、すごく貧しいかというと、そうとも思えなかったが、暮らしはやはりきつかった。鄺美芬は幼いとき、めったに新しい服を着たことがなく、一枚の服を何年も着たのを覚えている。破れたら繕い、上の子が着られなくなったら、ちょっと直して下の子に着せた。それに食べることも。母は一度も彼らにおやつを買ってやらなかった。シャーベットや海老せん、アイスクリームやチョコレートにアイスキャンディ……子どもたちは、それがどんな味かも知らなかった。美芬が六つのとき、一度ひとりで母について東圃鎮(ドンプー)③に行ったことがある。東圃鎮はもともと東圃公社といったが、その辺一帯の繁華な場所だった。街を歩いていると、どこでも食べ物の露店が見られた、アイスクリーム、アイスキャンディなど、なんでもあった。その他にタコ焼き、羊の串焼き、大根と牛モツの煮込み……。

それらを見ると、美芬は歩くことさえできなくなり、気にかかって目はそれらに釘づけになった。それまでの経験では、母は買ってくれるはずがなかった。しかし、もちろん彼女にも期待はある。彼女はあまりにも食べたくなったときには、様々な策を弄した。たとえば、ある露天の前で力を込めて母の手を引いたり、別の店の前でわざと転んだりした。母が相手にしてくれないと見てとると、しまいには大声で泣きだし、地べたに坐り込んで、泣きながら母の顔を見た。しかし、母は買ってくれないだけでなく、彼女をひきずり起こし何発かビンタも喰らわせ、叩きながら大声で言った。標準語では、このワルアマが、まだ食べたいか、アーッ、という意味だ。美芬はもの分かりがいいので、これはまずいと思い、叩かれないようにすぐさま泣きやんだ。後に、母も忍びなかったのだろうが、幸いにも五分(フェン)④で「雪条」を一本買ってくれた。雪条とはアイスキャンディのことで、広州の言い方である。そのことは、美芬の心に深く刻みこまれたのだった。

そのころ、上梅村はまだ町なか村ではなく、村人はみな野菜を作って暮らしていた。冼阿芳の家もそうだった。そのころ、彼女の家の何畝（ムー）かの請け負い畑⑤は、全部野菜を植えていた。野菜というのは、すなわち彼らの生活の源なのだ。一家の食べる、飲む、着る、使うは、すべて野菜によってもたらされた。広東の年平均気温は高く、野菜の種類が多い。細かく数えると、ひと連なりの長大なリストになる。サイシン、菜の花、ブロッコリー、カラシナ、空芯菜（コンシンツァイ）、ヒユナ、燕麦の芽、レタス、白菜（広東人は少菜という）、花キャベツ、キャベツ（北方では包菜という）、アブラナ、セロリ、インゲンマメ、ヘチマ、冬瓜、苦瓜、キュウリ、ナス、トマト、コリアンダー（すなわち香菜）、ニラ、ネギ、ショウガ、ニンニク、ピーマン、トウガラシ、サトイモ、クズ等など。それらの野菜は、冼阿芳の家ではみな植えたし、売ったこともあった。説明せねばならないのは、種類がちがうと生長期間もちがい、それが長いのも短いのもあることだ。短いのは一、二ヶ月で育ち、長いのは何ヶ月もかかる。だから、いつも野菜を売りたかったら、計画をちゃんと立てなければならない。どれを先に植え、どれをすこし遅く植えるか、あるいはあれを売りおわったら、つづけてどれを植えるかなどだ。その方面にかけては、冼阿芳はプロで、時期を捉えるのがひじょうに上手だった。彼女の家の野菜は、いつも絶えることなく野菜市場に持っていくことができた。その他にも、人々が年中食べる野菜、つまり日常的な野菜は、いつも植えねばならず、どの野菜がどの時期に需要があるかによって、その時期によけい植えなければならない。彼女はそれもよく承知していた。たとえば、広東人は年越しのときに決まってレタス（生菜）を食べるが、それは「生菜（ションツァイ）」と「生財（ションツァイ）」の音が近いからだ。それも根が付いていなければならなかった（広東人は「頭がある」というのだが）。つまり、財源が絶えず、頭も尾もあるというわけだ。それで、毎年、春節前⑥には大量に植えるのだった。しかし、ひとつだけ問題がある。時間が正確でなければならず、遅くも早くもなく、大晦日の一日、二日前に市にちゃんと持っていかなければ売れないことだった。それから、たとえばトウガラシ。以前、トウガラシは少ししか植えなかった。というのは、広東人は辛い物が好きではないからだ。だが、最近はたくさん他郷の人がやってきて仕事をし、一部の人はとくに好きなので、トウガラシの需要も大きくなった。洗阿芳はかなり早くからその「商機」を見てとり、毎年ずっと植えつづけていた。

野菜の栽培がつらいのは、言うまでもないことだ。鋤（す）きかえしから始まり、種まき（および植えつけ）、施肥、除草、殺虫、収穫に至るまで、どの作業も細かく気を配らねばならない。なかでも最もつらいのは、ふたつの作業だ。ひとつは収穫、もうひとつは売ることである。収穫のときは、毎日早起きし、明け方二時、三時には家を出なければならない。畑に着くと、まず収穫用ナイフで丁寧に野菜を切り、一束一束、束ねたあと、河に下ろして水にくぐらせる。新鮮さを保つためだし、目方を増やすためでもある。最後に、自転車の荷台の両脇にある竹籠にそれを入れる。その竹籠はそうとう大きくて、どちらも五〇キロ以上の野菜を入れることができた。それから、ふらふらしながら五キロ余りも走って、ようやく東圃鎮の野菜市場に辿り着けるのだ。夏ならまだよかった。夜が明けるのが早く、三時ころにはもう空がうっすら明るくなっているからだ。天も地もくっきりしていて、収穫も束ねるのもはっきり見える。冬だと、そうはいかない。とくに元旦から春節の間は、昼は短く夜は長く、三時はまだ真っ暗闇なので、収穫のときは灯りを持たねばならなかった。以前は耐風ランプを使ったが（あのガラスの覆いのあるやつだ）、そのあと懐中電灯に換えた。しかし、どちらも使い勝手がよくなかった。収穫は移動せねばならないからだ。その後、鉱山用ヘルメットのようなランプを使いはじめた。灯りが頭にあるので、それはより便利だった（光がきらめいて、遠くから見ると、飛びかう蛍のようだ）。それにもうひとつ、冬に野菜を収穫するのは、とても寒いことだった。広東人は、「すごく凍てるよ……」としょっちゅう言うが、広東の冬は北方のように氷が張ったり雪が降ったりしないまでも、やはりひどく寒い。一種独特の寒さで、冷気が骨の隙間に入り込み、手の関節まで痛んでくる。特に野菜の収穫は、手袋をはめるわけにいかないので、いくらもしないうちに、両手が冷たさで痺れてしまう。ときにちょっと気を抜くと、ナイフで手を切るが、血が流れてきても、痛みをすぐには感じない（冼阿芳の手は、いまでもたくさんの傷痕がある）。その次の仕事は、野菜を市場に届けることだった。野菜市場に持っていった野菜は、一部は店に卸し、一部は自分で小売りをする。卸値はちょっと利益が薄いので、やはり小売りが中心だ。とはいえ、小売りはずっとたいへんだった。

道端に坐り、地面にポリ袋を広げて、ずっとそこで番をしなければならない。運が悪いと昼までずっと番をし、下手をすると二時過ぎまで番をして、ようやく売りきれるときもあった。

場合によっては、城市管理員⑦から逃げねばならないこともあった。

そのころ、冼阿芳には、しこたま金を稼いで、家を建てたいという一念しかなかった。当時、彼ら一家はずっと古い家に住んでいた。それは冼阿芳が鄺守林と結婚するとき、鄺守林の両親が彼らに贈ってくれたものだった。それは古屋で、ひどく年期がいってしまい、風雨をしのぐには問題ないが、すこし手狭だった。家の壁、室内の設備はみな古くなり、風雨が強い日には、いつもハラハラさせられた。まして子どもたちは日に日に成長し、男と女の子が一間にいるのは、具合が悪くなってきた。それにもうひとつ、そのころ村ではすでに多くの家が新築されはじめたとだ。しかも、みな何階建てかの建物で、タイルに瓦、アルミサッシの窓に、厚い防犯用のドアを取り付け、敷地と階段にはタイルを敷いて……。じつは、冼阿芳はとっくに何軒か知り合いの家へ「参観」に行ったことがあって、羨ましくてたまらず、内心ひそかに決意していた。私もこういう家を建ててやる、家族に居心地よく住まわせてやる、子どもにはみんな一部屋やるんだ。そういう家はいくら要るのかと人に尋ねたことがあったが、ある人は、二十万元と言い、ある人は、すこし安くあげれば、十数万ってとこだと言った。それを聞くと、彼女は内心がっくりきて、すぐに話を止めた。まだ言いだすのは早かったと、あとで思った。その十数万元は、何年何月になったら耳を揃えて用意できるのかと思った。しかし、その一念、新しい家を建てるという一念は、ずっと冼阿芳を支えた。彼女はあらゆる方法を考え尽くし、一毛一毛と金を貯めた。

　おおざっぱに言うと、金をいっぱい貯めたかったら、ふたつ以外に途はない。ひとつは収入を増やすこと、もうひとつは支出を抑えることだ。

　収入から言うと、彼らには野菜を作るという一手しかなかった。それについてはほとんど何も言うことはない。だが、いかに野菜を売るか、しかもよく売り、値を最大にして廃棄を減らすことには、やはりまだ研究の余地があった。冼阿芳はその点にかけてはやり手だった。つまり、彼女はいつも野菜をいい値段で売り、最大の収入を手に入れたということだ。具体的に言うと、彼女には次のようないくつかの方法があった。第一、あれこれ工夫していい場所を取ること。もし野菜を売る人間が多かったら、場所がきわめて大事なのは、言うまでもない。ときには、いい場所を巡って、しまいに喧嘩になることさえある。もちろん、彼らは流動的なので、いい場所がいつもあるわけではない。第二、野菜の見栄えがいいこと。売る前に、彼女は野菜をていねいに束ねて縛り、それを一つひとつ露天に並べる。束ねるときに、しおれた葉を捨てると、見栄えよく整って見える。第三、積極的に客に声をかけること。彼らの言い方では、「客をつかむ」こと。彼女は人が露天の前を通りさえすれば、必ず自分から話しかけた。「社長、うちの野菜を見て、べつに買わなくてもいいんだからさ」。なかには、相手にしない人もいるが、それはかまわない。そのために来てくれる人もいて、それが大事なのだ。第四、自分の野菜をほめること。客はやって来たあと、ふつうは野菜をちょっと見る。ひっくり返して品定めをし、新鮮かどうか確かめる。そのとき、彼女はすかさず野菜をほめちぎるのだ。「この野菜は新鮮です……みんな自分で育てたんです……農薬は使ってません……柔らかいですよ……」。もしその人が買うことにしたら、量るかおつりを渡すときに、また声をかける。「またどうぞ。毎日来てますから……」、「先生は見るからにホワイトカラーで、野菜をいっぱい食べると体にいいですよ……」

鄺美芬の話だと、小、中学校のときも含めて、夏と冬休みには、よく母と野菜を売りにいった。母が売るのを見て居心地が悪くなり、恥ずかしい思いもしたそうだ。彼女が中学一年のとき、ある日、母と野菜を売っていて、国語の先生兼クラス担任とばったり出くわした。その先生は女性で、三十過ぎ、美芬が勉強家で、決まりを守り、成績がいいので、高く評価してくれていた。その日、先生は美芬を見かけると、向こうからやって来て、親切そうに「鄺美芬」と一声かけてくれた。美芬は先生を一目見るや、腰かけから立ちあがり、「先生、こんにちは」と顔を赤くして言った。彼女はなぜ先生がそこに現れたのか分からなかったが、野菜を買いにきたのではなく、たまたま通りかかったのかもしれないと思った。先生は彼女らの露天の真ん前まで来て、また美芬に声をかけた。「あなた、お母さんの手伝いをしてるの。夏休みには遊びにいかないの」。美芬は小声で答えた。「はい……行きません……」。先生は、そうなのと応じた。そのとき母が割りこみ、チャンスを逃さず、「この子の先生ですか。野菜を買いませんか」と言った。美芬は先生がちょっとポカンとしたのを見た。母もそれを見たようで、すぐに言いなおした。「買わなくていいんです、買わなくて。さし上げますから」。言いながら、すばやくチンゲンサイを一束つかんで、先生に渡した。「これで……一食分になります……ちょっと炒めて……」。先生は母をちょっと見て、「こんなにたいへんなのに……」と言いながら、財布を取りだして五元を出すと、母の手に置き、すぐに野菜を持つと、くるっと回って離れていった。しかし、数歩行くと立ち止まり、振りかえって美芬に言った。「夏休みの宿題、忘れないでね……」。美芬は慌てて応えた。「はい……」。美芬は恥ずかしさと怒りでいっぱいで、先生が去るや、母に怒鳴った。「ほんとに、みっともないんだから……」。怒りでほとんど泣きそうになっていた。だが、母がこう言うとは思いも寄らなかった。「ヘッ……どうせ先生だって野菜を食うんだろ、誰から買おうと同じだよ。ウチのを買ってよかったのさ。ウチは騙したりはしないんだからさ……」。美芬は言った、「騙してないって言うの。あの野菜は五元もするの」。「あれは自分から出したんじゃないか、わたしは払ってなんて、言ってやしないよ……」。美芬はまだ何か言いたかったが、母は言わせなかった。「もういいよ、おまえがちゃんと先生の授業を聞けば、それでいいんだろ」。それから何日か、美芬は母と口を利かなかった。

　それに対して、支出の抑制というのは、簡単に言うと「節約」にほかならない。着るものを惜しみ、食を切りつめ、細かいことにけちけちしなければならない。その方面にかけては、洗阿芳にはまたもや曖昧さの余地がなかった。家の生活用品、鍋、碗に盆、油、塩、酢に醤油、化粧セッケン、洗濯セッケンに洗剤、およそあらゆる日用品は、彼女がみな自分で買いにいき、買うのはどれもいちばん安い物だった。その他の物、たとえば子供たちの文房具類、万年筆、鉛筆、ボールペン、消しゴム、ノート、筆箱、カバンなども、やはり自分で買いにいき、言うまでもなくいちばん安い物だった（それもあらゆる物は、古きを以って新しきに換えるという決まりがあった。使えなくなるまで使って、ようやく換えるということだ）。その頃、村にはすでに何軒か小さな店があって、彼女はそこで買うのを好んだ。ひとつには、店を開いたのがどれも同じ村の人で、彼らをよく知っていたからだし、もうひとつは、そこの物がわりに安かったからだ。しかし、もっとも大事なのは、そこでは値切ることができるからだった。値切り交渉ときたら、彼女はプロの腕前で、断じておろそかにはしない。どんな物を買うのでも、たとえ鉛筆の芯一本であろうと、かならず値切った。彼女にはひとつの理論があった。値切れと言うはあなた次第。言いだせば、チャンスがある。うまくいくかは、別なこと。言わずば、自分が損をする。彼女にはまた禅の公案のような文句があった。標準語で言うと、「慌てりゃバカを見、家つぶす」、ということになる。彼女が何を買うにも値切ろうとするので、しまいには店では売りたがらなくなった。彼女の顔色を窺って、彼女が入るや、今日は値切らないでくれ、じゃないと売らないよ、とよく言ったものだ。そんなとき彼女は、すこしきまり悪そうにして言った、商売じゃないの、賑やかなのもいいことじゃないかい、私はあんたの店を賑やかにしてやってんだから、客も増えるだろうさ、ホホホ……。

要するに、その方面では、冼阿芳は有名で、上梅村では知らぬ人がなく、そのため多くの人が彼女の陰口をたたいた。そういう話は、もちろん冼阿芳の耳にも入る。しかし、彼女は蛙の面に小便で、やるべきことをやり、損得に関わることに出くわすと、あいかわらず一歩たりとも引かなかった。美芬のクラスメイトでさえ、仲違いをしたときは（ふだんはまあよかったが）、彼女を笑い者にし、彼女を「しぶちん」と言った（美芬は、はじめその意味を知らなかったが、あとで辞書を引いて、それがケチだと分かった）。それは美芬をカッとさせ、そのためにクラスメイトと喧嘩になり、一度は服さえボロボロになった。同時に、美芬は母に対して、ますます反抗的になっていった。「頭から足元、着ている服の隅々まで俗で、下品な雰囲気に満ち満ちている」、「毎日、考えているのはお金、金（かね）、金（かね）だけ」（鄺美芬の日記）。それに、そのころの彼女は反抗期の真っ盛りで、数えきれぬほど冼阿芳と言い争っては、向かっ腹を立て、何回か日記にも書いた。標準語に訳すと、「私にはどうしてこんな母親がいるんだろう。嫌で嫌でしょうがない」。ひどいときには、家出をしようという思いまで芽生えてきた。

中学二年の後期、ある日曜日に、美芬はほんとうに家出をした。しかも、出る前に十分な準備もした。前の晩、彼女は一枚しかない換えの服と半ズボンを通学カバンに入れ、何年もかかって貯めた数元のお金も入れた。朝ご飯を食べると、彼女はすぐに町に行くバスに乗った。彼女は早くから広州で「仕事」を探そうと計画していた。いちばんいいのは賄いと寮付きのところで、自分で稼いだ金で生きたかった。二度と母にくっついて恥をかくのはごめんだと。広州に着いて、とある明るく賑やかな場所でバスを降りたのを覚えている。しかし、以前、友だちと来たことがあるとはいえ、そこはまったく不案内で、仕事を探すとなると、さらに勝手が分からないことに、彼女はようやく気付いた（じっさいはバスを降りたとたん、ぼうっとしてしまったのだ）。そのあと、彼女は勇を鼓して、居酒屋も含めいくつかのレストランを訪ねまわったが、なんとしたことか、みな不首尾に終わった。相手は彼女が痩せて背が低いせいなのか、保証人がいないせいなのか、みな最後は首を横に振ってお仕舞いになった。小さなレストラン一軒だけその気があったが、オーナーは卑猥な顔つきで、いやらしい目つきをしていて、いい人には見えなかった。口を開くや、彼女を「お嬢ちゃん」と呼び、その顎の先を持ちあげ、ぐっと顔を上に向けようとしたので、彼女は心臓が止まりそうになった。全身が震えて、どもりながら言った。わた、わたし、ト、トイレに行き……言いおわるや、背を向けて逃げだした。数歩でレストランを駆けだし街に出ると、フゥッと息を吐いた。それからは二度と仕事を探さず、思いだすと怖くなったので、ずっと街をぶらぶらした。お昼にパンを一個、水を一本買って四元ちょっと払い、街角に坐って食べた。しかし、家にはまだ帰りたくないので、午後もつづけて街をぶらつき、どうしたらいいか考えたが、いい思案も浮かばず、といって諦めたわけでもなかった。日が暮れそうになって、店に灯が点きはじめ、家ではきっとご飯を食べているだろうと思うと、思わずお腹が空きはじめた。金をたしかめると、まだパンひとつは買えたが、そうすると、バス代が足りなくなってしまう。そうやって、またしばらくすると、家に帰りたいという思いがますます強くなり、ついに気持ちが「軟化」すると、家に帰るバスに乗った。その日、彼女が家に着いたのは、もう夜の八時過ぎで、疲れてお腹もペコペコだった。家に入ると、母が台所を片づけていた。彼女を見るや、途端に怒鳴りつけた。標準語では、こういう意味だ。「このクソアマ、こんなにおそく帰って、……メシは食ったのか。食べてなきゃ早く食って、食ったら皿を洗いな」。彼女は喉がつまり、もうすこしで泣くところだった。

三

神は苦労した人に背かない。長年にわたる貯蓄と準備を経て、冼阿芳一家はとうとう小さな家を建てた。三階建て、総面積三〇〇平米、三階にはベランダも付いていて、将来、必要なときは、さらに一階か二階分増築するつもりだった（たとえば息子が結婚したとか）。それは冼阿芳の考えで、酈守林と相談して決めたことだった。そのとき、冼阿芳は言った。手元にそんなに余裕がなくて、三階建てだと余るけど、四階建てだときっと足りない。だから、まず三階建てにしよう。家にすこし余裕ってもんがないと、お金が必要なときどうすりゃいいんだい。病気や災害のとき、いつも人から借金するわけにはいかないよ。酈守林は頷き、そうだなと言った。家は九ヶ月かかってできた。すべての家づくりの過程、建材の選定から施工会社を見つけるまで、建築現場の監督、そのあとの内装まで、それらすべての細々したことは、基本的には冼阿芳が一手に引きうけた。というのは、そのとき酈守林はすでに病気になっていたからだ。

その病気は突然だった。ある朝、八時ごろ、夫婦が仮住まいから建築現場に着いたとき、酈守林はふいに喉が熱くなったと思うと、まだ反応しきれないうちに、鮮血を吐いた。冼阿芳は驚いて、急いで彼を病院に連れていった。医者は検査をしたが、なにも問題が見つからず、苦労しすぎです、気がふさいでいて、すべての体液が減少していますと言っただけだった。それから、病院で何日か点滴をし、薬をもらって、家に帰って様子を見た。しかし、ことはそんなに簡単ではなかった（後の結果もそのことを証明している）。帰宅したあと、酈守林はほとんど何もできなくなり、全身にまったく力が入らなくなったようだった。少しでも動くと、しばらく喘ぎ、冷汗が止めどなく出て、一日中横になっているほかなかった。家を建てることからも、手を引かざるを得なかった。夜になって、冼阿芳が帰ってから、彼にその日起きた一部始終を話し、ことによっては、彼の意見を尋ね、どんな知恵があるか聞くだけだった。鄺守林は病気でイライラしていたので、ときにはどんなことでも怒りを爆発させた。冼阿芳はそれまでの習慣を改め、そういう状態になると、すぐに黙ってくり返し言った。あんたの言うとおりにするわ、あんたの言うとおりにするわ……。その九ヶ月余りの間に、ほんとうに冼阿芳は疲れはて、忙しさで参ってしまった。皮を一枚脱いだようになって、いっそう黒く、さらに痩せた（家を建てる以外に、畑もやらなければならなかった）。しかし、家はついに完成し、一家は広い新居に引っ越した。冼阿芳にとって、それこそもっとも重要で意義あること、もっとつらくてもやる価値のあることだった。

新しい家に引っ越した日、火入れの儀式をして、一家は新居ではじめての食事をした。火鍋（広東人は炉端鍋という）を食べ、みんな格別うれしそうで、それは有頂天という感じだった。鄺守林は調子が悪かったけれど、無理してテーブルに着き、時々笑い声を上げ、感極まったようだった。顔もめずらしく紅潮していた。冼阿芳はいつものように世話を焼き、鍋に水や野菜を入れていた。半分ほど食べたころ、彼女はとつぜんテーブルを離れたが、はじめはトイレか台所に行ったかと思って、誰も気にしなかった。しかし、しばらくしても戻らないので、鄺守林が美芬に見にいくように言った。美芬は先ず台所にいった。入ると、冼阿芳がそこで泣いているのが目に入った。美芬を見ると、冼阿芳はちょっとぼんやりしたが、なにも言わなかった。美芬は後で、母はうれし涙にくれていたのだと思った……。

のちに一度、冼阿芳は三人の子に話したことがある。お父さんも我慢強い人で、昔は何日か置きに自転車に乗って、楊箕村の養鶏場に鶏糞を取りにいったもんさ。鶏糞は発酵させて畑に入れると、野菜がよくできて、いい値で売れるんだよ。子どもたちはその話を聞くと、いっせいに黙り、なにか遠くのことを考えているようだった。当時の楊箕村はまだ今のようではなく、ちょうどいまの上梅村のようだった。広州の郊外には、養鶏場がずいぶんあった。彼らの叔母の家があって、遊びにいったので、みなそれを覚えていた。父が鶏糞を自転車に積んで家に戻る様子も覚えている。全身汗だくで、シャツまで背中に貼りつき、サドルに坐って、ひと漕ぎひと漕ぎペダルを踏み、荷台の両脇には鶏糞であふれんばかりの籠が掛けられ、ふらふらしながら肥溜めへ向かって……。

冼阿芳がそう話したときには、鄺守林はすでにこの世を去っていた。

鄺守林は、新築の家ができあがった四ヶ月あとに亡くなった（そのとき鄺美芬はちょうど高三だった）。彼は最後には咽喉ガンと診断された。亡くなる前にまた何ヶ月か入院し、毎日化学療法を受け、抗がん剤を何種類も飲んだが、けっきょく治らなかった。末期には、ときおり大出血した。いつ、とつぜん口や鼻から血が湧いてくるか分からず、それも量が多くて、洗面器で受けねばならなかった。亡くなる前は、話にならないほどやせ、目はくぼみ、関節が突き出ていた。

肌は黄色くなり、指はすべて長く細くなって枯れ枝のようだった。そのとき、家族は交代で彼につきそった。冼阿芳はその他にも家のことをやらねばならないので、一日病院にはいられなかったが、時間さえあれば、すぐに病院にやってきた。やるべきことをやり終えると、たとえば、鄺守林の体を拭いたり、ご飯を食べさせたり、服やシーツを換えたり、大小便を処理したり、ときにはヒゲや爪を切ったり……その後で、そばに坐り、その片方の手（ときには左、ときには右）を握りしめて、彼と話をした。ふたりでひそひそ何を話しているのかは、分からなかった。そのとき鄺守林は、もうあまり食べられなくなっていたが、冼阿芳はそれでも形も整えて、うまいものを彼に作った。スペアリブの蒸し煮、肉入りパイ、草魚の蒸し煮、キクラゲと鶏の蒸し煮……。いつもほんの少ししか食べられないとしても、栄養のあるものを食べるのは病状によく、抵抗力を強めると医者も言ったのだから。鄺守林が亡くなった当日、冼阿芳は西洋人参とスペアリブのスープを作ってきた。しかし、残念なことに、彼女がスープを持って病室に入り、彼がそれを飲む前に病状が急転し、すぐに救急室に入れられて、一時間もしないうちに彼は世を去った。救急室の前で待っていた冼阿芳は、鄺守林が死んだと聞くや、即座に「鄺守林」と大声で叫ぶや、その場にくたくたと倒れこんで、気を失った。そのときは子どもたちもその場にいて、すぐに声を上げて泣きだした。後で、家族が病室へいって遺物を整理したとき（病床を他の人に空けるためだが）、そのスープを入れた保温ジャーがまだベッドの枕元の棚にあるのを見つけた。外はビニール袋で包まれていて、上に結び目があった。……三日目、鄺守林は火葬された。すべてが終わるまで、冼阿芳は二度とは泣かなかった。しかし、家に帰ったあと、何日もつづけて（いや、それ以上の日々）、彼女は鄺守林の写真に向かって話しかけた。標準語ではこういう意味だ。「わたしたち、こんなに長い間、一緒だったのに、あんたがいなくなって、わたし、どうしたらいいの」。言いおわると、涙が流れだしていた。

ちょうどその年、鄺美芬は大学に合格した。その大学は広州にある師範大学だった。試験は鄺守林が亡くなってから、二ヶ月ばかり後にあった。たぶん復習の時間を少しつぶしてしまったせいで、試験はそんなに上手くいかなかったわと鄺美芬は言った。しかし、彼女はそれでもかなり満足していた。重要なのは、そのことが家の悲しい雰囲気を和らげたと思うからだった。合格通知を受けとってから、冼阿芳は美芬の荷作りを手伝いはじめた。蒲団、シーツ、服、靴、靴下、リュックサック、歯みがき、毛布など、使えるものはほどいて洗い、だめなものは新しく買った。美芬が入学する前の日、夕飯を食べているとき、冼阿芳が言った。「もし、父さんがもう何日か遅かったら……おまえが大学に受かったのが分かったのに……」。美芬は心が震えた。冼阿芳はまた言った。「おまえの父さんは……小学校しか行かなかった、わたしと同じでね。でも、あの人は、勉強はだめだった。バカってわけじゃないけど、勉強に興味がなくて、役に立たないし、金も時間も使うからって思っていたんだよ。五年か六年、学校に行ったけど、手紙さえろくに書けなくてさ。……あのとき、人が紹介してくれて。会ったあと、両方が住所を交換したんだ。父さんは家に帰ると、すぐに手紙を書いてくれたけど、長くって、作文用紙に一枚あったよ。私の印象がよくて、色が白くて、結婚して子どもを生みたいんだって……まあ、気持ちはいいんだけど、字のまちがいが多くてさ、意味が分からないんだよ。一晩かかって、そうじゃないかって、やっと分かったんだけどね……」、冼阿芳はそこまで話すと、下を向いてそっと笑い、照れくさそうに、嬉しそうにしていた。冼阿芳が笑っているのを見ると、ふと鄺美芬は安堵とつらさを交々に感じ、涙が出そうになった。安堵というのは、母がようやく気が楽になったと思ったからで、つらさというのは、母がやはり父との生活に浸っているのが分かったからだった。

その後、美芬が大学三年のとき（ちょうどその年に、鄺柏泉も医学大学に合格した）、家ではひとつのできごと、それも大きなことが起きた。上梅が広州市に吸収されたのだ。はじめに村民大会が二回開かれ、広州市の区から幹部も来て、前村長が話をした。市の発展の必要から、私たちの上梅村は広州市に吸収され、今後、私たちは広州人になると話した。つづいて、民政局の人が、これより上梅村を解消し、上梅居民委員会が成立すると宣言した。一ヶ月ほどすると、今度は作業服を着た人たちが来て、自分で持ってきた脚立に乗って、各家のドアの上の壁に青い標識を打ちつけた。手のひらほどの大きさで、たとえば、「上梅一街××号」、「上梅二街××号」……などと印字され、見るからにきれいだった。なかでも最大の変化は、各家の請け負い畑を村が回収し、村が統一的に計画、使用すること、および、その他の町なかの村のやり方を参照して、「合作経済連合株式会社」を立ち上げたことだった。実際は、そこがすべての経営上の実務を担い、村民は土地と各事業からの収益の配当を受けるので、配当の細則も定められた。その変化に対して、一部の人はひどく喜んだが、それは主に若い者たちだ。いま自分はとうとう都市戸籍を手に入れた。これからはあの町っ子と同じで、野菜を作って暮らさなくっていい、先祖代々からの土にまみれる運命から脱け出せたし、大手を振って流行りの服を着ても親に叱られない、だってオレは町の人間なんだから。そう彼らは思った。別のグループは、早々に商売を始めた人たちで、彼らもひどく喜んだ。ある人は小さな工場をやり、ある者は会社や店を始めていた。もともと余裕があって、とっくに畑で生計を立てなくなっていたのだ（土地は他の村民に貸していた）。そうなった方がかえって気遣いがなくなるし、事業にも旨みがあるかもしれなかったからだ。もちろん嬉しくない人もいた。嬉しくないばかりか、パニックにさえ陥った。それらはみな野菜で暮らしている人で、他に能力はないし、家にはいかほどの蓄えもなかった。彼らは心配した。野菜を作らなくなって配当だけに頼ったら、一家が食っていけるのか。それに、野菜を作らなくなったら、毎日何をしたらいいのか。

洗阿芳もそのうちのひとりだった。

その何日か、洗阿芳は気を揉みにもんだ……彼女はご飯も喉を通らず、ゆっくりと眠ることもできず、一日あれこれ思いわずらったが、考えてもまとまらず、ただ焦るばかりだった。しまいには、なんの考えも浮かばなくなり、ある夜、鄺美芬の宿舎に電話をした。村民大会のことを話し、今後のことを話していると、ふいに泣きだした。鄺美芬は慌てたが、状況がわからず、すぐにはどうしたらいいかも知らず、私が家に帰ったら、またよく考えるからと、冼阿芳に言った。そのころ鄺美芬は月に一度家に帰っていた。決まりでは、毎週末に家に帰れるし、学校は家から遠くないので、バスに乗ればそれでよかった。しかし、彼女は一貫してそうしなかった。彼女には考えがあって、時間を無駄にしたくなかったし（帰宅の間は勉強できなかった）、冼阿芳のくどい話を聞かなくてすむし、母との摩擦を避けられたからだった。

その金曜の晩、鄺美芬は家に帰った。家に入るや、冼阿芳が黙りこくってリビングに坐り、ぼうっと窓の外を見ているのが目に入った。ドアの音が聞こえると、すぐに振り向いて言った。「なんでこんなに遅く帰ったの」。鄺美芬は靴をスリッパに履きかえながら答えた。「学校に用事があって、補導員が帰さなかったのよ」。「学校に用事なんてあるの。おまえは家のことなんて、気にしてないんだろ」。鄺美芬は思わず少しムッとして言った。「用事は用事よ。母さんを騙してどうなるのよ」。冼阿芳は言った。「学校は賑やかでいいだろうよ。男の子もいるし、楽しいんだろ」。「これ以上言ったら、わたし帰るわよ」。鄺美芬がそう言うと、冼阿芳は黙った。親子はともに落ちついてきた。少しすると、冼阿芳がだしぬけに言った。「私たち、どうしたらいいんだろう」。鄺美芬はすぐには話さず、すこし間をおいて言った。「私にどんなことかも話さないで、帰るといきなり怒るんだから……」。冼阿芳はちょっと笑って、すまなさそうにすると、ことの来歴を話しだした。長いことかかった。話し終わると、鄺美芬を見て、彼女が話すのを待った。鄺美芬はすこし考えてから言った。「それは、誰だってどうしようもないわ……」。冼阿芳は答えた。「どうしようもないってのは、分かってるんだけどね……」。「さっき言った配当のことだけど、どのくらいか言われなかったの。年にどれくらいなの」。冼阿芳は答えた。「家族の人数によって株に加入すると言ってたけど、どのくらいの配当かは言ってないよ。人に聞いたけど、みんな分からなかった。昔の町なか村、楊箕とか猎徳はよかったみたいでね、いっぱい配当があったって言う人もいたけど、うちのところはなんとも言えない。ここの土地を使いたがる人がいるかどうか……」。鄺美芬はすこし考えて言った。「分かった。それじゃ多いわけないわ。ここは離れているから、開発が早いわけないし……」。冼阿芳は言った。「そうだよ……じゃ、どうしたらいいんだろう」。「私もどうしたらいいか分からない。ほんとに駄目なら、わたし、退学するわ。広州に働きにいって……柏泉がひとり大学に行けば、十分だから……」。冼阿芳は言った。「おまえ、ほんとにそう思ってるの」。鄺美芬はすこしポカンとして、冼阿芳をちらっと見ると、なにも言わなかった。すこしして、冼阿芳はかるく首を横に振って言った。「いいや、おまえはあと一年で卒業するんだから……」。鄺美芬はぐっと胸が詰まった。

四

二年目になると、やはり野菜は作れなくなった。

野菜を作れない冼阿芳は、いくつもの仕事を考えた。肉を売る露店、自宅でやる雑貨屋、涼(リャン)粉(フェン)[8]を作って売る、果物を売るなどだ。だが、すべて色々な理由で（たとえば、資本が必要だが、そんなに持ちだせない。経験が必要で、軽はずみにやれないとか）、やらなかったが、最終的にプロパンの交換の仕事を見つけた。

言うなれば、それも偶然だった。ちょうどそのころ、冼阿芳は棠東(タンドン)の実家へ兄夫婦の顔を見にいった。兄夫婦も彼女と同じように年老いたが、顔を合わせると、お互いにとても親近感が湧いた。兄嫁はとくに親切で、どうしても冼阿芳にゆっくり晩飯を食べていってと言った。食事のとき、冼阿芳はこのところの悩みを話しだした。いっしょに食べていた甥が、妻の兄が東圃鎮でプロパンの会社をやっていると言った。このところ営業範囲を拡大して、あちこちで代理店を作っているし、上梅村でも作りそうだから、もし冼阿芳がやりたいなら、自分が兄に連絡してもいいと言った。町なか村はまだ発展していないから、すぐには都市ガスの管は敷設しない、ずっとガスボンベかもしれないから、やる価値はある。大事なのは、投資しなくていいし、技術もいらない、つらいのを我慢すればそれでいいのだとつけ足した。冼阿芳はガスボンベ交換の具体的なことが分からないので、いくつか尋ねた。おもに訊いたのは儲かるかどうか、金はどうやって稼ぐのかということだった。甥はあらましを説明してくれたが、もちろん儲かるけれど、どうやって稼ぐか、稼ぎがいくらかになるかとなると分からなかった。冼阿芳はざっと考えて、やりたいと答え、甥に早く連絡してくれるよう頼んだ。翌日、連絡を取ったから、東圃鎮へ来て兄と面談してくれないか、自分もいっしょにいるからと電話で甥が言ってきた。冼阿芳は急いで東圃鎮へ行った。顔を合わせると、甥の兄は彼女に代理店の仕事を説明した。代理店はおもに手間賃を稼ぐこと。交換が必要なら、ボンベを外してきてガスを充填し、また戻すこと。一回取って戻すごとに、二元になること（後で、だんだん上がる）。いくら稼ぐかは、交換した数次第で、数が多ければたくさん稼げるし、少なければすこしだと説明した。冼阿芳はさっと暗算し、実入りは多くないが、今のところ、他にやることがないし、大事なのは、甥が言ったことだと思った。投資しなくていいし、技術もいらない、つらいのを我慢すればいいのだ。自分は苦しさには耐えられると彼女は思った。

東圃鎮から帰った日に、冼阿芳は教えられたとおりに、安いところで名刺を作った。表に二行十五文字、一行目に「芳ねえさんのプロパン屋」、二行目に「ガス交換」、裏に家の電話番号を印字して、出来上がるとすぐに街で配った。前からの知りあいかどうかに関係なく、人に出遭いさえすれば渡した。満面に笑みを浮かべ、「ガス交換をしますか。換えるなら連絡して。いつでも行きますから。ここに番号があるわ」と言った。知りあいに遭うと、さらにつけ加えた。「これからガスの交換をするから。他のことはできないけど、贔屓にしてね」。ときには相手も一言応じた。「だいじょうぶ、みんな近所だから。ウチはやってもらうよ」。こういった人もいた。「そうそう、どうせ何かしなきゃ。これはいいんじゃないの。これから交換はあんたに頼むわ」。その宣伝によって、村では彼女がガス交換をすると、多くの人に知れわたった。しかも、ちょうどガスを使いおわった家が何軒かあって、はたして、彼女に交換を頼んできた。ガスの交換には、どうしたって道具が必要だ。この芳ねえさんは、とっくに準備ができていた。その日の夜、彼女は前に鄺守林が鶏糞を載せていた自転車を引っぱり出してきて、よく磨いた。タイヤに空気を入れ、何箇所かに（車軸とチェーンなど）菜種油をさし、太い針金を探して、鄺柏松にガスボンベをぶら下げる鉄の鈎（かぎ）を作らせた。電話を受けると、彼女はすぐに自転車に跨り、交換する家にいってガスボンベを取ってくる。彼女は鉄の鎖も用意していて、泥棒に持っていかれないように、ボンベを鎖でつなぎあわせ、それを一階の泥棒除けシャッターにつないで鍵をかける。そして、すぐに社長にいくつ回収したか電話して、車で取りにこさせる。ガスを充填したボンベが返されると、また自転車で届けにいく……。

そうやって、その日から、冼阿芳はガスの交換員になったのだった。

かくて、今に至っている。

上梅村の人たちは、冼阿芳が自転車に乗り、村の路地を行ったり来たりするのを、いつも目にすることができる。ホコリにまみれ、青いシャツを着て、ビニールサンダルを履き、夏には大きな麦藁帽をかぶり、冬にはマフラーを巻いている。自転車は速く、あたふたと通りすぎ、車輪が路の穴にはまると、ガタッと揺れ、それはときに軽く、ときに激しいが、彼女はまったく意に介さない。たぶん痩せて小さいからだろう、その自転車は巨大に見え、鄺美芬の言うところでは、トラック、それも大型トラックのように見えた。それに、自転車のハンドルには、いつでも古くなったエコ袋がぶら下がっていた。なかには、いつも軍手と、ボンベを担ぐときに肩にかませるレジャーシートが入っていた。

鄺美芬によると、冼阿芳のガスの仕事はいよいよ快調になり、顧客も増え、毎日二、三十本換えるのだという。手間賃も上がり、一本八元だという（六階以上は、さらに二元割増になる）。冼阿芳はますますその仕事が気に入り、気持ちも入ってきた。ひじょうに忙しくて、一日中あちこち走りまわり、ときには食事中にとつぜん電話がきても、すぐに箸を置いて自転車に乗って出ていく。食べてから行ったら、なんでそんなに急ぐのと止めても無駄だった。聞こえなかったの、ひと様は、ご飯作るのもまだなんだよ。行かなきゃ、何を食べるの、遅れたら、別の人を呼ばれちゃうよと彼女は言うのだった。

その間に、鄺美芬は大学を卒業した。卒業の年に、広州市の公立学校に合格し、英語の教師になった（彼女は自分では誇らしいと思っている）。しかし、学校は宿舎を提供してくれなかったので、また家に戻って住んだ。大学の四年間を思いかえすと、彼女は自分ではずっと成熟し、多くのことで認識を新たにしたと思っている。たとえば、冼阿芳に対する見方は、もう以前のようではなくなり、ずっと理解が行き届き、なぜあのような性格になったのかも分析した。母は、つまりはそういう人なのだと分かった。すべての行動はこの家のためだったと分かり、あんなに節約し、過酷だったのは、すべて将来の暮らしがましになるためだったと分かったのだ。母がたいへんだったことも分かり（あんなに大きな苦労を経験したのだから）、そのため、美芬はしばしば母に非常に深い同情も抱いた。美芬の想像の中では、冼阿芳はこの数年、もう以前のようではなく、穏やかになったようだった。たぶん年を取ったせいだろうと思った。

鄺美芬は、母にもうプロパンの交換をさせたくないと思ったことがある。あんなにつらいのだし、自分がいま稼ぐようになって、家に尽くせるのだからと。ある日、ご飯を食べているのにかこつけて、鄺美芬はその話をした。「母さん、これからもうガスの交換をやらないで、あんなにつらいんだから……」。冼阿芳ははじめはポカンとしたが、すぐに言った。「やらなかったら、私は何をするの」。美芬は、「もっと楽なのを探したら……」と言った。「あれをやるのに慣れちゃったよ。それに、あれはけっこう稼げて、月々二、三千元になるし、他のことをやったって、そんなにならないよ。自由だしさ……」。美芬は言った。「わたしの給料を足せば、お金は十分でしょう」。「足りないよ。泉が学校に行くのに金がいるし……もう二階分、家をつけ足したいと思ってるし……あと何年かで、泉も松も結婚するだろうし……」。美芬は言った、「まだそんなに色々と考えてるの。自分のことなんだから、自分でやらせたら……」。「そりゃ、考えなきゃ。わたしの子じゃないか、あの子たちがちゃんと暮らせて、こんな苦労をしないように……父さんだって、あのとき、わたしにそう言ったんだよ……」。鄺守林のことが出てきたので、ふと美芬は切なくなった。つかのま、冼阿芳と鄺美芬は静かになった。

しばらくすると、冼阿芳はふいに何かを思いだしたように、調子もテンションもガラッと変わって言った。「……ここんとこ用事が多くてさ、おまえに言えなかったけど……大学が終わって仕事も見つかったんだから、こんどは相手を見つけて結婚しなきゃ。これからおまえは、仕事が終わったらすぐ帰らなくていいよ。学校に男の先生がいるんだろ。チャンスを見つけて話をしなきゃ。給料もぜんぶ家に出さなくていい、ちょっと残して、きれいなブラウスを買うとか。女はどうせ結婚しなきゃいけないんだ、若いうちなら、まだ何人も選べるけど、遅くなったら、選べないんだよ。女は綺麗なときは何年もない、盛りを過ぎれば、穴の空いた船。分かるかい。他人事じゃないんだよ、お高いとこばっかり見ちゃだめ、誰も気に入らないなんて、そんなの通らないんだよ。家に帰ったって、電話ひとつかかってこないじゃないか。それじゃ、携帯電話なんか買っても、なんの役に立つんだい……」

その調子とテンションは、美芬が昔から聞きなれていたものだった。
美芬はそれを聞き、真っ先に言いかえしたのが、「ああ、またはじまった」だった。
美芬はあとでそれを考えたが、どうやらそれはまったくあの諺のとおりだった。山河は変わっても、生まれつきは変わらない。

あとがき：作品を書きおえたが、言未だ尽くさざるが如しの感があるので、もう少し付け加えておきたい。一、小説のなかの何人かは、私がよく知っている人である。鄺守林以外は、私はみな会ったことがある。二、はじめて冼阿芳のことを聞いたとき、私は笑い転げたものだが、しかし、笑いながら、ふと切なさもこみ上げてくるのを感じた。三、冼阿芳のような女性は、あちこちにいくらでもいる。千万単位で数えねばならないだろう。彼女はそのひとりにすぎない。

（完）

（原題：「冼阿芳的事」、初出：『当代』二〇一二年第四期）

訳注

①床屋＝中国では床屋が不法に売春を行う場になることもある。

②一毛＝中国の通貨単位。元の十分の一の単位である角の口語表現。

③鎮＝中国の行政単位の一つ。県の下の単位で、ある程度商工業が行われている場所。

④一分＝中国の通貨単位。角の十分の一。

⑤請け負い畑＝原文は「責任田」。自留地に対して、使用するだけで、売買することのできない畑。国への農業税、自治体への請負費用を納める。

⑥春節＝旧暦の正月。旧正月とも言う。

⑦城市管理員＝町の環境、衛生状態を管理する公務員。そのため、露店の出店の規制も行うことがある。

⑧涼粉＝緑豆のでんぷんを煮て、ところてんのように作ったもの。夏向きの食品。

陳崇正（チェン チョンジョン）

一九八三年、広東省潮州生まれ。代表作に中短編小説『半歩村叙事』、『此外無地』、『我的恐惧是一只黒鳥』などがあり、梁斌小説賞など多数の受賞歴がある。

碧河（ビーフー）故事

一

夕方、周初来（ジョウチュウライ）は一座の仕事を息子に任せ、一人で池の柳堤（りゅうてい）を抜け、柚園（ヨウユエン）西横町まで母を訪ねに行った。最近、柚園西横町の住人はどんどん少なくなった。引っ越す人もおり、亡くなった人もいた。周初来はできるだけ多く帰って、母を看なければと何度も自分に言い聞かせてはいたものの、馬甲座（マージア）は各地を流れ歩くため、半月に一度さえ帰ることができないこともあった。だが、横町の人が少なくなったことで都合が良くなったこともある。通りに汚れた水を捨てる音もなくなり、そのため口喧嘩もほとんどなくなった。母はずっと近所付き合いが下手で、人にお説教をするのが好きだった。どこかの家がゴミを乱雑に投げ捨てて下水溝を詰まらせたり、どこかの家の猫が他の家の魚の干物を盗んだりしたのを母に見られようものなら、母はいつもその家を探し出して訪ねて行き、激しく相手を罵った。みんな表面上は彼女に「姉（あね）さん」とか、「おばちゃん」だとか親しげに声をかけたが、裏ではあれこれと文句を言っていた。そればかりでなく、彼女を夢遊病じゃないかと疑う人さえいた。その人によれば、母は早朝四時に起き出し、寒いなかを扇子の柄で玄関を軒並みに叩いて歩き、みんな起きろと叫んでいたことがあったらしい。また、ある人によれば、彼女は真夜中に起きて芝居のセリフを唄うというし、また野菜市場の売り子も、彼女はたまに数十年も昔の事などを休みなくべらべら喋り続けることがあると言った。

　周初来だけが、母はもう何年も前から芝居を聴くことも、セリフを唄うこともなくなったのを知っていた。たとえ彼の馬甲座が半歩村（バンブー）に来たとしても、彼女は行かなかった。彼女は息子の一座をペテンだ、とっととやめちまえばいいと罵った。「本物は本物、ペテンはゴミ箱に掃き捨ててしまいな！」。周初来は言い争う気はなかった。脚本はもともと全て偽物だった。この碧河（ビーフー）六鎮には、はなから本物の芝居ができる一座などなく、みな口パクだった。昔の専門的な大劇団の録音テープをスピーカーから流せば、吹く、弾く、唄う、などはみな揃う。あとは役者が、その伴奏に合わせて身振り手振りを真似ればいい。見慣れない芝居のひとくさりを見つけたら、すぐにパソコンを開いて、さっと覚えて使えばいい。口を開けたり閉じたりして、慣れてくれば形も声もひとつになり、誰にも気づかれやしない。実際、ほとんど誰もそんなことに注意を払ってはいなかった。この芝居は旧正月、祝祭日、農暦の一日と十五日に天の神仙にお見せするためのものなのだから、舞台の下には、もともとそんなにたくさんの観客がいるわけでもない。芝居をやると聞くと、最初はみんな賑やかな様子を見に来るが、三時間も五時間も芝居が続くと、最後まで根気よく見ていく人などほとんどいなかった。始まったばかりの頃は人でごった返し、舞台を囲んで声を掛けるが、三十分も経てば、古くからの芝居狂いの爺さんと婆さんばかり。さらに三十分過ぎると、爺さんと婆さんの中のある者は飯を作りに家に帰り、ある者は孫をあやして寝かせるために家に帰る。ある者は舞台の下であくびをしている。だから無視していても構わなかった。だが、周初来のような一座の人間は観客の有無に関わらず、しっかりとやらなくてはならない。天の神が見ているのだから！

二

彼は「母さん」と一声かけ、ドアを押し開けて入っていった。母は吹き抜けに置かれた椅子に座ったところだった。微かに身を傾け、周初来に背中を向けていた母は、全く無反応だった。周初来はまた一声かけ、手にしていたガチョウの肉を食卓の上に置くと、母の前へ回り込んだ。そうしてやっと、母がちょうど梅の花模様の入った腕輪に一本の赤い綿糸を結び付けていることが分かった。彼女は腕輪を右腕に付けていたので、抜け落ちて不揃いになった前歯で糸の端を噛むしかなかった。彼女は周初来が入ってきたのを見ると、彼女は微かに頭をもたげ、老眼鏡のブリッジ越しに彼を見やると、何度も目をパチクリさせた。周初来は思わず笑った。

彼は、母が口にしていた糸を手に取って訊いた。「腕輪を結んだりして、どうするつもり？」

「固く、何度も結んでおくれ。あたしの腕に結び付けておくのさ。落とさないようにね」

「落ちやしないよ」

「落ちるんだよ！」

最近、母は振り向く度に、玉の腕輪が地面に落ちた時の澄んだ音が聞こえると言った。だが、彼女が左手で右腕を慌てて握ってみると腕輪はまだちゃんとそこにある。母の腕は本当に細かった。彼女の体は二度の手術を経て、だいぶ前から痩せ細り始めていた。彼女は一本の赤い糸で腕輪を腕に固定してみたが、夜中にいつも赤蛇や白蛇が腕輪の上でとぐろを巻く夢を見るので、気味が悪いと思っていた。そこで、彼女はハサミで糸を切った。そのため、ここ数日の間、彼女は糸を結んでは切り、また結んでは切ることを繰り返していた。母はすでに数十年もこの腕輪をしていたので外したくなかったのだ。彼女はいつもきつく腕輪を握り、誰にも触らせなかった。周初来が腕輪を何度か見つめると、彼女は不機嫌になり、彼が彼女を母さんと呼ぶのは、彼女の腕輪をせしめようと企んでいるからに違いないと言った。「あんたに形見にやるべきかどうか考えとくよ」。彼女は最近こんなふうにも言った。「どうせこれはあたしたちのものじゃないんだ」。周初来は思わず声を立てて笑った。この黒に近い深緑の腕輪は、何とも言えない輝きを放っており、誰が見たって好きになるだろう。

母はしばらく体調を壊していた頃、この腕輪が彼女の生気を吸い取っているのではないかといつも疑っていた。「これが人の生気をゆっくりと吸い取っているんだ！」。彼女は腕を挙げて周初来に言った。すべての原因はこの腕輪だと分かってはいるんだけど、吸い取らせてやっているんだと。「見てごらん、もしあたしが生気を送ってあげてなかったら、どうしてこの腕輪はこんなに暖かくしっとりしているんだい？」

「じゃあ、はずしちゃいなよ、母さん」。彼は思わずそう言ってしまった。

母は警戒しながら彼を見た。「つけていたいんだよ」

彼はまた微笑するしかなかった。「はずしたりしないよ。ガチョウの肉を買っておいたよ……最近忙しくてさ、おそらく半月は戻れない、もし仕事が上手くいったら一ヶ月後になるかもしれない」

三

馬甲一座は各地を巡業した。どこかで芝居を頼まれたら、そこへ赴いて「神様がいる廟①で休み、神様とお付き合いをした」。固定したファンはおらず、お相手をするのはみな見知らぬ人、彼らも芝居なんて分かりはしない。最も鼻高々だったのは、やはり一度海外で芝居をしたことだった。それは裕福な華僑の誕生日のこと、その人が芝居を見るのが好きだったので、碧河鎮の友達の推薦で渡りをつけることができた。初め、周初来は気が気でなかったが、後に、そこの人たちも本当にセリフを唄うかどうかなどについてはそれほど拘っていないことが分かり、度胸を据えて拍手を頂戴しに行った。あれは一座の最も輝かしい日々だった。ここ数年、一座の営業はあまり芳しくなく、芝居を見たいという村もしだいに辺鄙な所ばかりになっていった。昔なら金を貰っても行かない場所で、往復するだけで何日もかかった。だが、なんといっても碧河では長い年月を過ごして来たのだ。各村にはすべて数人の固定した連絡人がおり、彼らが中間マージンを稼ぐために芝居の上演を手配してくれるので、日程はなんとか埋められた。最も心配なのは、今の若者が芝居にまったく関心がないことだった。若者は携帯電話や服飾専門店で、人の替わりにぼうっとしながら店番をする方が、顔に隈取[②]をして芝居のセリフを唄うよりはましだと考えている。芝居を志す若者は劇団組織出身で、みな専門的な劇団に行き、こんな薄汚い田舎芝居などに目もくれない。これはおそらく民間の芝居一座が次々に倒産していく主な原因であろう。当然のことながら、福建省から来た芝居一座が市場を奪っているのも客観的な脅威だった。周初来が見るに、それらの一座はみな根っからの素人で、芝居の請負料も安いため、完全に悪循環の競争になって、みすみす市場を台なしにしていた。

だが最近、周初来は運に恵まれた。ある友人が紹介してくれた女性が一座に入りたがっているのだった。名前は韓芳（ハンファン）、年齢は四十歳を少し超えたくらいだ。周初来ははじめ彼女が歳を取りすぎているので嫌がった。だが、彼女は給料がいくらかには拘らず、ただ大学生の息子の生活費さえ払えればそれでよく、しかも素晴らしい喉を持っていた。さらには、芝居の基礎もある。化粧をして舞台で少し踊ってもらった時には、周初来はすでに心を動かしていた。芝居のセリフを本当に唄える人が馬甲一座に加わるのは、この十年来、初めてのことだった。彼はパソコンの中にあった『金花女（ジンホアニー）[3]』の録音を少し編集させ、金花女がセリフを唄うくだりを背景の音楽だけにした。韓芳がそれに沿って唄うと、本当に様になった。

うまいことに、ちょうど『金花女』のリハーサルを終えたとき、半歩村から上演のオファーがあった。半歩村ではもう何年も芝居をやっていなかった。聞くところでは、今回は村の書記が一年前に、もしも栖霞（チーシャア）山麓にあるバナナの林地三百畝（ムー）[4]が売れたら、金を出して神様に芝居を見せてもいいだろうと承諾したという。霊験あらたか、土地売買の交渉は順調に進み、すでに契約書にもサインがされて、一切が穏当適切だった。化学工場建設で水源が汚染されると抗議する者もいたが、それほどの障害にはならなかった。それで、芝居のオファーを出したというわけだった。場所は昔と同じ晒谷埕（シャイグーチェン）、南側の舞台はまだ残っていた。それは十数年前に建て直されたものだった。花崗岩の墓碑を積み重ねた土台はとても頑丈だった。黒五類（ヘイウーレイ）[5]を批判闘争した当時には、人の顔が力いっぱい土台の上に叩きつけられ、ニワトリの卵を叩きつけるように、骨が叩きつけられる音が聴こえたものだった。それほど硬いのだ。模範劇⑥をやっていた頃、天井にはもともと覆いがあり、そんなにがらんとしていなかったのだが、いつの年だったか台風がやって来て、覆いを吹き飛ばし、残されたのは四方にある飾りも何もない四本の柱だけとなった。それが静かな星空と向かい合っている。

神を祀る大棚はすでに建てられていた。全村の廟に納められていた大小合わせて数十尊の神像がここに集められ、安置された。大きな竹棚が舞台の正面に設置され、棚の前では巨大な竜涎香(リュウゼンコウ)のお香が焚かれていた。その一本一本は、まるで兵隊のように一列に並び、風のない時は煙の柱がまっすぐに昇り、微風の時は煙が一面に満ち広がった。

はじめ、母は来たがらなかった。周初来は母の考えを探るために訊いた。今度、一座には本当にセリフを唄える女(ひと)が来たんだよ。だから母さんが教えてあげてよ。それに母さんの誕生日ももうすぐだし、早めの誕生日のお祝いということも兼ねて。母は彼の話を聞いていないようで、ただ腕輪に糸を巻きつけることばかり気にしていた。彼が駄目かなと思っていたら、予想に反し、帰り際に母はふいに口を開いた。「わかったよ」。彼はもう一度確認したかったが、母はもう取り合わず、ただ俯いて糸をぐるぐる巻きつけていた。

四

夕方、暑さが和らぎ人も少なくなってから、周初来は母を出迎えた。籐椅子が一番真ん中に置かれ、彼女が座ると周初来はさっと大きな傘を差した。雨は降っていない。ただ、その場所を少しでも立派に見えるようにしただけだった。『金花女』は、すでにほとんど終わっていた。驛丞（イーチェン）[7]を演じていたのは周初来の息子だった。息子はキョロキョロと辺りを見渡していたが、祖母が下に座っているのを見るや、腰を曲げ思いっきり跳び上がり、見た感じでは、とても真剣になったようだった。周初来は普段ほとんど舞台の下には行かなかったが、今、母の傍らにしばらく立っていると、舞台の上がとてもみすぼらしいことに気付いた。道具も所定の位置に置かれていないし、舞台を遮る幕までひどく汚れている。スピーカーからはフーフーと雑音が漏れていて、まるで一頭の老いぼれた牛が息を吐いているようだった。周初来は自分も落ち着かなくなり、母を盗み見た。母は真面目に観ていたが、ただ少しぼんやりしていて、彼女が喜んでいるのか、嫌がっているのか見分けがつかなかった。

韓芳が舞台に上がると、母は本腰を入れ始めたようで、頭を前に伸ばし、頭を横に振ったり頷いたりした。しばらくすると、なんと母はセリフを口ずさみ始めた。「私は金家の子供、先祖はかつて南山に住み、町で名の通った人物だった。金花は私の名前、金章は私の実の兄、劉永に嫁ぎ枝木の簪（かんざし）を結納の贈り物に……」。そのわずか二、三秒の間、周初来は母が韓芳より半拍だけ速く唄っているのをはっきりと聴いた。

彼は母のしぐさに気が付いていないふりをして、顔を上げたまま舞台を見ていた。ふいに誰かが彼のズボンを引っ張った。それは母だった。彼女は彼に腰をかがめさせて訊いた。「この娘さんは誰だい？　演技に入り込みすぎているのかい、それとも本当に泣いているのかい？」。周初来が目を凝らしてよく見てみると、韓芳は満面の涙で、隈取まで少し滲んでいた。驛丞を演じる息子は驚かされたようで、動きが声に追いつかなくなり、口の形も合わなくなっていた。幸いなことに、母は目がかすんでいたのではっきりとは見えていなかった。

「演技がけっこう上手いでしょう？」。彼は訊いた。

「なかなかのものだ。彼女に、芝居について、当時、陳小沫（チェンシャオモー）がどんな風に唄ったか、ちゃんと話しておきたいね」。母は言った。

「そうだね。芝居を伝えていかないと」。周初来は答えた。

母は訊いた。「彼女は陳小沫に似ていると思うかい？」

周初来はどう答えればいいのか分からなかった。母の表情は急に冷ややかになった。

母は言った。「おまえ、今日は人をペテンにかけて陳小沫に復讐するつもりだったのかい？」

周初来は唖然とした。彼はこの全く予兆のない喜怒の変化に対応しようもなく、ただ愛想笑いを浮かべるしかなかった。「母さん、今日は芝居を見よう、怒らないで」

母は言った。「怒ってなんかいない。本音を言えば、あの娘はまだまだ陳小沫に及ばない」

「そう、そりゃそうだよ」。周初来はそう言うと、あまり話をしたくなかったので、この芝居が早く終わるようにと願った。

母は頷き、舞台に目を移した。芝居の中で、長年離ればなれになっていた夫婦がついに再会を果たした。

母は長々とため息をついたようだった。周初来は息子に母を家まで送らせようと思ったが、意外にも母がふいに言った。「芝居は終わった。あたしはあんたの役者さんに芋粥をごちそうするよ。碧河鎮に行こう、あんたが運転しておくれ」

周初来は困ったように母を見つめた。

母は言った。「あの娘に芝居のことを話すんじゃなかったのかい?」

周初来は驚いたが頷き、しばらく迷ったあげく、母の言う通りにすることに決めた。

五

碧河鎮にはもう芋粥を専門に売る店はなくなっていた。夜食に芋粥を食べるのはもう十年も前の習慣だった。今の人は砂鍋粥（シャーグオジョウ）[8]を食べるのが好きで、辛いエビやスッポンも入れられる。周初来が運転するマイクロバスは碧河鎮の物寂しい街灯の下をぐるぐると二周し、ようやく芋粥を諦めて砂鍋粥の店の入り口で停まった。

「芋粥の店はどうしてみんな閉まってるんだい？　たぶん天気が悪いからじゃないかい」。マイクロバスを降りるとき、母は韓芳に言った。「以前は、金持ちだけが役者を食事に呼べたんだ、あたしにはできなかったよ」

韓芳は慌てて言った。「おばさん、私はそんな立派な役者なんかじゃありません、ただ若い頃に省の劇団で端役をやったことがあるだけです。先生、指導して下さい」

母は韓芳が言っていることがほとんど聞こえていないようで、彼女自身のことだけを一心に喋った。「昔、ここで一番の役者は陳小沫だった。この腕輪は彼女のものだった……」。母は何かを思い出したようで、つかみどころのない笑顔を見せ、それからまたハハッと二度、声を出して笑った。

周初来も韓芳も、彼女が何を笑っているのか分からず、ただ一緒に笑うしかなかった。彼らはテーブルを囲んで座っていた。店員があいさつをし、お粥にサツマイモを入れますと言った。すると話題はサツマイモと飢餓へ移った。しばらくお喋りしていると、母はふいに韓芳の額に黒い痣があることに気付いた。

「さっきは隈取をしていたからわからなかったけど、旦那に殴られたのかい？」

韓芳は頭を横に振るだけで何も言わなかった。周初来は代わりに話した。「村の人に殴られたんだよ、昨日の朝。僕らが第一場を演じ終えると、村人たちがやってきて舞台をめちゃくちゃにしたんだ……若い人たちじゃなかった。みんな年寄りだった。老人ホームの人たちかどうか分からないけど、彼らは土地を売ったことに反対しているわけじゃなくて、書記が分けたお金が少なすぎると思っているんだ。一人あたり千元ちょっと。本当に少ないよ、あの数一〇〇畝の土地代金は数百万元にもなるらしいけど、どうして一人あたり千元ちょっとしかないんだ……あの人たちもそう言っていただけで、本当にお金が渡されるのかもわからない。ひょっとしたら全く貰えないかもしれない。とにかく老人たちは本当に怒っていて、若者たちを組織して抗議しに来たんだ。神を祭った竹棚には畏れて触れず、書記を怒らせる勇気もない。だから僕らを標的にしたんだ。行き掛けの駄賃に銅鑼を二つかっぱらっていった老人もいたけど、僕らはやり合う勇気がなかった。ただ韓芳だけが奪い返しにいって、その老人に銅鑼で額を殴られた。すんでのところで顔がめちゃくちゃになるところだったんだ」

母は聞き終わると頷き、表情が険しくなった。もう子供っぽい狡賢さはなくなり、正当な道理を踏まえた厳しい言葉遣いで話した。「やはり老人たちの話をたくさん聞かなくちゃ駄目。あたしたち老人は見聞が豊富なのだから。この社会がどんな風になってしまったのか、あたしには分からないけど、どうしたって、話がちゃんとできる人がいなけりゃならない。今は、きちんとみんなに話が出来る人が少なくなってしまった。昔だったら、赤旗を立てて、先祖の墓を掘り返されていただろうに」

お粥が運ばれてくると、誰も話をしなくなり、ずるずるとお粥を啜った。沈黙が続いていたが、周初来も何を話せばいいか分からなかった。韓芳は何か話題を見つけようとしていたが、母の腕にある梅の花模様の黒い腕輪を見て言った。「おばさん、その腕輪、とっても綺麗ですね！」

レンゲを持っていた母の手がビクッと震えた。母は背中を伸ばして姿勢を正し、黒い腕輪、それと腕に結び付けた赤い糸を撫でながら言った。「綺麗だろ！」

「綺麗です。見覚えがあるような、なんだかどこかで見たことがあるみたい！」。韓芳はもともとテレビの中で見たことがあると言いたかったのだが、母にこの腕輪は安物だと言っているのだと誤解されるのを恐れた。母は俯いてお粥を一口啜った。お粥はとても熱く、彼女は口をぱくぱくさせながら息を吸い込んだ。彼女はゆっくりと頭を上げると、夜空の月を一目見て、かすれた声で言った。「奪い取ったものだよ」

韓芳は笑いだした。「おばさん、こんな素敵な腕輪、どこで奪い取ることができるっていうの。教えてくれたら、あたしも一つ奪いに行くわ」

母はナプキンを取って口を拭くと、笑いながら言った。「あの頃、陳小沫という名前の潮劇[9]役者がいたんだけど、知っているかい？」

韓芳は言った。「以前、先生が話していました。『金花女』を唄わせれば一番だったらしいですね」

母は腕を韓芳の方へ伸ばして彼女に腕輪を触らせると、また腕を引っ込めた。「文化大革命⑩のとき、彼女はひどく批判されてね。奴らは、彼女に釘を渡し、彼女の先生の脳天に打ち込めって命令したんだ。手柄を立てれば彼女の罪を償えるからって」

韓芳は言った。「彼女はそうしたのですか?」

母は言った。「もちろん打ち込んださ。あたしたちは見ていたんだ。打ち込まないわけにはいかなかったんだよ。彼女はそのとき、この腕輪をあたしたちに託した。あたしは彼女に代わって今まで守ってきたんだよ」

母は微かに腕をもたげ、その腕輪をじっくりと観察した。

韓芳はどうしていいか分からなくなり周初来を一目見た。周初来は彼女に向かって目配せをした。

母はふいに口を開いた。「これは奪ったってことじゃないかい?」

韓芳はどう答えてよいか分からず、言葉を濁した。「昔のことですから、わたしにも分かりません」

母は頷いて言った。「あたしたちは、彼女に申し訳が立たない」

しばらくすると、母はナプキンを一枚手に取り、繰り返し何度も口を拭いた。それから、韓芳に言った。

「韓殿」

「おばさん、わたしは女です……」

母は突然人が変わったように、韓芳を直視した。「韓殿、さっきの芝居のことですが、できていない箇所があなたにはまだたくさんあります。『金花女』は明代から伝わるもので南荊釵（ナンジンチャイ）という別名もあり、細かなところまで全てに、それぞれの作法があるのです。あなたは舞台に立ち、芝居の魂とならなければなりません。金花女は金の簪を愛さず、枝木の簪を愛したのです。夫に従い、都に赴く途上で賊に遭い、さまよいながら故郷に戻ると、兄嫁から虐げられ、心中は鬱々としています。でも、彼女は金花女なのです、他の女ではありません。心中穏やかでないほど、限りなく優しい心情を持つのです。悪と対峙することができるのは、優しさだけなのです……」

「おばさん、金花女は本当に惨めです。私も彼女を惨めだと思います。彼女は夫さえ亡くなったと思っているのですが、どうして優しくなんてなれるのですか？」

「先ずは、あたしの話を聞いて下さい。話の腰を折らないで下さい。人は運命の中で最も悲嘆にくれている時でさえも優しくあらねばならないのです。亡き夫に対しても、驛丞に対しても、さらにはあの憎たらしい兄嫁に対してさえも。ただそうすることによってのみ、あらゆる苦難に意義が生まれ、人の魂を揺さぶることができるのです。金花女は衫裙旦（シャンチュンダン）の役柄で、花旦（ホアダン）⑪と閨門旦（ルンメンダン）⑫の中間に位置する役柄です。きりっとしながらもユーモラスな役柄です。それなのに、どうして涙を流すのですか？　あなたは芝居を唄っているのです、演技をしているのではありません」

　韓芳は聞いて分かったような、分からないような感じだった。彼女は繰り返し周初来を見たが、彼は気付いていないようだった。韓芳はハラハラしたり、ホッとしたりを繰り返し、ずっと落ち着くことができなかった。

六

　母を送って家に帰った。夜はすでに更け、バンのタクシーが暗闇の中に浮かんでいた。車のライトはぼんやり暗く、数メートル先だけしか照らしていなかった。

「本当に性格がいいよな。おれはずっと君が母さんにくってかかるんじゃないかって心配してたんだよ」

「だいじょうぶです」

「母さんはでたらめを言っただけだから、気にしないで。老人の言葉は聞き流しておけばいい。母さんはしばらくしたら、自分が何を言ったか忘れてしまうんだから、気にしないでくれよ」。彼は手を伸ばして韓芳の腰をつねった。力はちょうどよい加減だった。韓芳は何も反応しなかった。彼女は後頭部で椅子のヘッドレストを叩いた。「これから、こういう夜食には呼ばないで下さい。おばさんも恐らくあたしのことをあまり良く思っていないと思います」

「母さんが君を嫌いだなんてありえないよ。ずっと君のことを見ていたんだ……君が舞台で涙を流したところまで」

「わたしが涙を流したのも、実は自分のせいじゃないのよ。息子が朝、中秋節は家に帰らないって言ったの。ガールフレンドの家に行くんだって。ちょうど『数ヶ月、様々な苦しみを舐めつくした』っていう節を唄った時、思わず涙が出ちゃったのよ……おばさんはわたしが集中できていないところを見たの？　今晩はまるで鴻門（こうもん）の会⑬だったわ。あなたたち半歩村の当時の批判闘争は酷かったのね。以前のわたしの村もそうだった。すべての碧河の老人の中で、悪いことをしなかった人なんて、ほとんどいないわ」

「そうとも限らないだろ。あの年代、大多数の人はやはり苦難に遭ったんだよ。君は知らないだろうけど、母さんは……」

「以前、人に暴力を振るった人だけが、今もっと悪くなっているだなんて思っちゃだめよ。前にやられた人が悪くなると、もっと悪くなるの……もういいわ！　昔のことを持ち出すのはやめにしましょう。この社会は、老人たちにめちゃくちゃにされてしまったのよ。わたしの前夫の父は、ある時、ある学校の校長の車にぶつけられて、賠償金を貰ったの。そしたら味をしめて、いつも週末にあたり屋をしに行ったわ。その後、子供を町で勉強させるのに、コネが必要になると、あの爺さん、校長のことを思い出して、後を付けていってまたぶつかって運試しをしようなんて考え出して。老人の考えって、ほとんど子供と同じで無邪気なのよ。あんなにスピードを出していた車、どこでブレーキを掛ければ間に合うっていうの。轢かれて死んじゃったわ。その校長は教養がある人だったからね。車にはドライブレコーダーを付けていて、爺さんがあたり屋をやった経緯はすべて撮影されていたの。赤恥をかいたのよ。着いたわ。わたしはここで。一人で降りるから、あなたは帰って。明日も朝早くから芝居だから」

「君は一人で住んでいるの？　送っていってやろうか？」

「けっこうです」。韓芳の口調は断固としたものだった。

七

翌日の早朝、周初来が舞台にやって来ると、昨晩、夜勤だった小劉（シャオリュウ）が階段に蹲って歯を磨いていた。小劉は周初来を見ると手にしていた歯ブラシを揺り動かし、泡だらけの口を開け、もごもごとした声で言った。「早く中へ見に行ってくれ、お婆さんが朝っぱらから中で座っているぞ！」果たせるかな、母が隅っこの方でプンプン怒りながら座っていた。誰が入ってこようと、彼女は見向きもしなかった。彼女は、昨夜一晩中考えて結論を出した。韓芳は陳小沫の娘で、腕輪を返してもらいに来たのだと。

「腕輪は見たところ良く知っているもののようだし、どこかで見たことがあるようだって言っていたじゃないか。それでも、まだ間違いだっていうのかい？」

「誰も母さんの腕輪を欲しがったりはしないよ」。周初来は苦笑いをしながら、どうすればいいか分からなくなっていた。一座の人間が次から次へとやって来た。一人来る度に、母は韓芳が腕輪を返してもらいに来たことを一通り話し、最後に韓芳を一座から追い出して欲しいと言った。みな、周初来の母の話を聞いても、どうしたらいいか分からなかった。

韓芳は最後にやって来た。彼女が入ってくると、母はそっぽを向いて話をせず、左手でしっかりと右手の腕輪を握った。韓芳はみなが自分を見ているので驚いた。理由を知ると、韓芳は無表情になり、振り返って周初来に訊いた。「座長、どうするんですか？　今日はまだ芝居をやるんですか？」

周初来もどうするか決めかねていて、傍らにいた小劉が彼に耳打ちした。「老人は子供と同じだから、いつも譲歩していたら駄目だ。たまにはきつく言わないと」

周初来はそれもそうだと思い、母の方へ歩いていったが、彼が何も言わないうちに母が口を開いた。「何も言わなくていい。彼女が出ていくか、わたしが出ていくかだ。わたしが出ていくなら、もう二度と家には来させないよ。わたしが部屋で腐ってしまったって、あんたに遺体を片付けてもらう必要なんてない！」。母は背筋をピンと伸ばして立ち、厳めしく言い放つと、振り返って今度は韓芳に向かって言った。「あんたの母親は、あたしがいじめ殺したんだよ。あんたの父親は香港に逃亡して銃殺された。どうであれ、わたしは本当にあんたに申し訳が立たない。あんたの一家に申し訳が立たない。でもね、あんたがわたしの腕輪を奪おうっていうのなら、そんなことはできないよ！」

みなは顔を見合わせて唖然とした。

韓芳が言った。「おばさん、あなたは人違いをしています。わたしの母は芝居の役者ではありませんし、まだ母は生きています。実家にいて、体もわたしより元気なくらいで、広いバナナの畑を耕しています。もし、信じてもらえないようでしたら、日を改めて、あなたをわたしの母の所へお連れいたしましょうか？」

「上手いこと言ったたって無駄だよ。あんたたちは、そうやって口先ばかりでさ。あんた何を企んで、わたしの息子の周りに潜伏しているんだい？　わたしが腕輪をあんたにあげてもまだ駄目なのかい？　女狐め！　わたしには、この息子一人しか残されていないんだよ。ここ数年来、息子はとても苦労してきたんだ。あんたは今、わが家を痛めつけに来たんだろ……」

「おばさん、あなたがそこまで言うのなら、あたしが出ていくまでです」。韓芳は少し不機嫌になり、身を翻して出て行こうとした。

「待ちな！　わたしの話はまだ終わっちゃいないよ。聞き終えてから出ていきな」

「なんでしょうか？」

「とにかく」。母の声は冷ややかだった。「あんたには出て行ってもらう。でも、今じゃない」

みんな笑った。周初来は騒げば騒ぐほど収まりがつかなくなっていくのを見て、息子に祖母を諫めさせようとしたが、息子は首を横に振って後退り、小劉の陰に隠れた。周初来は、穏やかな口調で説得し続けるしかなかった。「母さん、もう時間がないよ。僕たちはどうしても芝居をしなくちゃならないんだ。このまま騒ぎ続けたら、みんな何も出来なくなっちゃうし、それに韓芳が出て行ってしまったら、誰が『金花女』を唄うんだい？　母さんは『金花女』を見るのが一番好きだったじゃないか？」

思いも寄らなかったことに、母はふいに立ち上がると、「あたしがやる！」と言った。みなは韓芳をちらっと見て、心の中でひそかに笑った。小劉は小さな声で韓芳に言った。「芳さん、どうやら仕事を失いそうだね」

しかし、母は真剣だった。彼女は舞台の真ん中へ数歩あるいた。彼女は歩くと少しフラフラした。みなは彼女が転んで、二度と起き上がれなくなるのではないかと不安がった。周初来は急いで椅子を母の傍らに持っていった。母が椅子の背凭で体を支えられるようにと。だが、彼女は手を振って、その椅子をどけさせた。周初来は、やむなく隅に置いてある箱や箪笥から、二胡(にこ)と小鼓を慌ただしく出させるしかなかった。いつもなら録音を流せばいいので、それらの楽器は停電に備えて置いておいたものだった。周初来はたまに持ち出してちょっと練習することはあったが、真剣に弾いたことはなかった。

母は咳を二回し、指をそっと挙げると歌い出した。「道端の土手では柳が風になびき、緑の野原には燕のつがいが飛ぶ。都への道は千里も遠いのに、あなたは傍にいてくれない。孤独に一人苦しみ進む、もしも雨風が不公平にも独り身の燕を襲ったなら、この人気なく荒れた村の古い旅籠で、誰が手を貸してくれるというのでしょう……」

芝居小屋のひそひそ話が止み、誰も声を出さなくなった。母は前歯が二本抜けていたので少し音が漏れていたが、声に力があり、リズムもぴったり合っていた。さっきまで年老いてよぼよぼだった婆さんが、優美きわまる金花女になったのだ。

早くも歌声を聞きつけた人がいて、舞台裏に駆け付けて回りを取り囲み、しきりにすごいと誉めたてた。母は一息に十分ばかり歌い、ついには猛烈に咳き込んでしまい、歌うのを止めた。韓芳が率先して拍手をすると、みなが拍手をしはじめた。小劉が韓芳に言った。「すごいな、あんたと比べてもまったく引けを取らない」

「わたしの昔の先生より上手いわ。わたしはこういうふうには歌えない」

母は椅子にもたれて座り、息子が運んできたお茶を一口飲んだ。彼女は息をきらしてはいたが、前よりも元気になった。彼女は濁った眼で周囲の人々の顔を見やった。ぼんやりしている間に、昔に戻ったようだった。

彼女は頭をもたげて息子に訊いた。「どうだい、陳小沫と比べて？」

周初来は頷くばかりで言葉も出なかった。

母は立ち上がると韓芳を一目見たが、もう何も言わず、ぶるぶると震えながら舞台裏の階段を下りていった。出入口まで来た時、彼女は黒い傘を杖替わりにするのを忘れなかった。周初来は慌てふためいて追いかけた。「みんな、芝居を始めるんだ。おれは母さんを送ったら戻るから」

八

こうしてまた一ヶ月が過ぎ去った。母はどんどん元気になったかのようだった。ある時、また周初来に車で栖霞山を見にいきたいと言った。車が山麓まで来ると、山が見えなくなった。木々が青々と茂り、碧河の上を風が途切れることなく吹き抜けていった。草木の奥からシャー、シャーと響く音が聞こえてきた。まるでたくさんのイノシシがトウモロコシ畑を横切っているかのようだった。

「ここはなかなかいいね。ここに埋めてもらえたらいいのに。ここは新鮮な空気が流れ込んでくるから」。母は目を上げて四方を見渡し、じつに長々と息を吐いた。「おまえの父さんが、最近いつも玄関からわたしを見ているんだよ。おそらく、お腹がすいたんだろう。わたしももうじきだよ。わたしは何日か前に、石工にいい石を選んで墓石を作るよう頼んだよ。おまえ、時間があったら、わたしの代わりに見にいっておくれ。石工が仕事の手を抜いたり、材料をごまかしたりしないように」。彼女は続けた。「石は硬いものを選ぶんだ。額ずけば痛くて、触れば冷たい、それがいい石だよ。できれば、アイスクリームと同じくらい冷たいのがいい。そうすれば、夏も暑くなくて済むからね。わたしは暑いのが苦手なんだよ」

母は、まるで予知していたかのようだった。お墓を見ると、ほどなく病気で倒れた。彼女は病院には行きたがらず、周初来に箪笥の一番下の棚にある洋服を取り出させ、彼女にきちんと着させた。母は体が硬くなったら着られなくなってしまうからと言った。黒の布靴も履き、鞋の中にお米を撒いた。

母は梅の花模様の黒い腕輪を腕から外すと、彼に渡した。「あの人に返して」。彼女は最後に腕輪を一目見た。一切は彼女が想像していたような苦しいものではなかった。

母はそうやって、静かに一夜横たわった。外がまだ明るくならないうちに、村のニワトリが一回、また一回と鳴いた。夜が明ける時、みんながやって来た。部屋の中はみな親戚で、周知していたかのように悲しそうな様子はなく、ただ小声で喋っていた。するべきことを段取り通りにやっていた、まるでこの日が来るのを待ちかねていたかのように。

周初来は墓碑のことを思い出した。彼は石工を訪ね、墓碑に刻まれた字を見ようと思った。石工はちょうど彼が来るのを待っていたようで、墓碑は準備できているが字はまだ刻んでいないと言った。周初来は彼を見ていた。石工はポケットの中を長い間探し、二枚の皺くちゃになった紙切れを取り出した。彼が言うには、母が彼にわざわざ書いて渡したもので、この通りに刻んでくれと言いおいたのだそうだ。

墓石に字を刻む石工はまじめな顔で言った。「ご老人は前後二回やって来て、書付けを二枚くれた。それに書いてある、彫らなきゃいけない名前が違うんだ。ご老人も説明してくれなかったし」

周初来は二枚の書き付けを見た。一枚は陳丹柳（チェンダンリュウ）之墓とあり、もう一枚は陳小沫之墓と書いてあった。陳丹柳は母さんを脅して王先生の脳天に釘を打たせた人だった。彼は目を閉じ、陳丹柳之墓と書いてある書き付けを握り、丸めて捨てた。もうひとつの書き付けを渡して言った。

「これを刻んで下さい。陳小沫之墓」

（完）

（原題：「碧河往事」、初出：『収穫』二〇一五年第一期）

訳　注

①「神様がいる廟で……」＝昔、村芝居の一座は、お寺で宿泊した。
②隈取＝旧劇の俳優が人物の性格や表情などを強調するために施す化粧法。
③『金花女』＝潮劇。善良な金花と劉永が苦難を乗り越え愛し合うストーリー。
④三百畝＝一畝は約六・六六七アール。日本の畝とは違う。
⑤黒五類＝共産党政権の粛清対象になる地主、富農、反革命分子、悪質分子、右派分子の五種類。
⑥模範劇＝文化大革命期に演じられた共産党スローガンを伝えるための劇。
⑦驛丞＝駅の見張り勤務をする公務員の長。
⑧砂鍋粥＝圧鍋で肉や野菜などと一緒に煮込んだお粥。
⑨潮劇＝広東の潮州、汕頭一帯で演じられる地方劇。
⑩文化大革命＝一九六六～一九七六年に中華人民共和国で、大衆を動員して行われた政治闘争。多数の死傷者を出し、その後の中国社会に深刻な傷を残した。正式名称はプロレタリア文化大革命。
⑪花旦＝芝居の中の明るく強気な若い女性の役柄。
⑫閨門旦＝おとなしくて、おしとやかな良家の娘、或いは貧しい家の貞淑な妻の役柄。

⑬ 鴻門の会＝項羽と劉邦の会見後の宴会。項羽の臣下の范増(はんぞう)が劉邦を殺害しようとしたが、劉邦は臣下の張良、樊噲(はんかい)らの計で逃れた。

陳再見（チェン ザイ チェン）

一九八二年、広東省陸豊市に生まれる。代表作に長編小説『六歌』、短編小説集に『一只鳥仔独支脚』などがある。本作で『小説選刊』二〇一五年度新人賞を受賞しており、その他にも複数の受賞歴がある。

小さな町に帰る

四月、彼は実家に一度帰った。母は胃が悪く、一晩中ゲップが止まらず眠ることができなかった。彼が帰っても、母は病院へも行かなかったから、今でもけっきょく母の胃がどうなっていたのか、胃ガンだったのかどうかも分からない。実家の村では、ガン患者がだんだん増え、白血病患者もいるという。水が悪いとか、水銀と鉛が基準値を超えているとか、もうここには人が住めない、能のある人はみな引っ越そうとしているとか、村の人びとは言った。

母は頑として病院へ行こうとしなかった。だいじょうぶ、お尻に注射すれば、それでいいんだよ。おまえは帰ってこなくてもよかったんだけど、顔を見たかっただけさ、と母は言った。母の話がそんなに大げさではなかっただけに、彼は逆に状態が悪いのではないかとすこし疑った。もちろん最後には、病院に行かなくてよかったのだ、と彼は思った。母はなにしろもう八十近い人間なのだから。何日か実家で過ごし、彼はまた深圳に戻り、道すがら恵州（ホイジョウ）①に寄った。用事はなかったが、友人に会いに行ったのだ。友人は家を買って内装中なので、彼に見てもらいたがっていた。彼は以前、半年ほど室内のデザインをやっていたからだ。

五月になにをやったのか、忘れてしまった。仕事というのは、そんなにたいしたことなのだろうか。彼は仕事を大ごとだと思ったことはなかったし、社長があるプロジェクトで何百万元か儲けたとしても、それをたいしたこととは思わなかった。むしろ、大家(おおや)が書き違えた水道代を五立方分取り返したら、そっちの方が大事だっただろう。仕事によって家族を養っていても、実家にあれこれの金を出しても、仕事は彼とは関係がないかのようだった。家族は彼を頼りにしていたし、ほとんどは彼が喜んでしたことだった。だが、愉快でないときもあった。たとえば、兄は賭博が好きで、彼から借りた数千元の金をすべてすってしまったことなどだ。

彼は六月に、意義深いことをしたのを覚えている。ある日、北京大学の病院へクラスメイトを見舞いにいった。クラスメイトは技術者で、華為(ホウウェイ)②で働き、年収は二十万元あったが、一年前にうつ病になった。何度も自殺しようとし、あらゆる方法を試みた。首つり、跳び降り、リストカット、睡眠薬……だが、けっきょく死ねなかった。もちろん、そのときもやはり成功しなかった。ベッドに括りつけられているようで、すでにお話しにならないほど痩せていた。うつ病になった人は、一晩中眠れず、ひどく苦しむらしい。そこで、彼は母のことに思い当たった。母も胃痛の発作が起こると、一晩中眠れなかったのだ。とうとう自殺まで選ぶとは、それがどれほどの苦痛なのか、彼には想像もできなかった。友人としての角度から見れば、死を選ぶことも十分に理解できた。苦しみから脱けだして、苦しまなくなるのだから。しかし、クラスメイトの両親、姉弟ら家族にとっては、優秀な人間が急にそうなってしまったのをはっきりと目にしながらも、誰も力になってあげることさえできないのだ。彼は怖くなって、帰りはほとんど手足が震えそうだった。彼は自分もある日ベッドに括りつけられ、死ぬも生きるもできなくなったら、どうしようと想像した。その日から、彼は禁煙しようと決意した。一ヶ月かけて、彼は十年間のタバコ中毒を断ちきった。十年になるだろうかと彼はいぶかった。六、七年かもしれない、大学を卒業してから吸い始めたのだから、その前の何年かはいたずらにすぎない。人がくれたか、人からねだったのを吸っただけで、自分で買ったりはしなかった。しかし、彼は十年吸っていて、肺はもう牛のクソみたいに真っ黒になっているだろうと人びとに言いふらした。六月が過ぎると、彼は十年来のタバコを止めたと、人びとに言いふらし始めた。妻はもちろん支持し、彼を抱きしめんばかりだった。ふたりの子供も後押ししてくれ、今は彼が抱いてキスしてもよくなり、お父さん、臭わなくなったねと言った。妻は言った、残ったお金を貯めて家を買いましょうよ。娘は言った、残ったお金でオモチャを買ってね。息子は言った、残ったお金で南山動物園に連れてってよ……なんと、彼らは彼の肺なんて、これっぽっちも気にしていなかったのだ。彼の肺は母の胃と同じように、もうガンになっているかもしれないというのに。

七月、彼は河南に出張した。彼は沿線で立ち寄ったいくつかの町をまったく好きになれなかった。どこも見慣れず、危険でいっぱいな気がした。もし自分が急に河南のどこかに住むことを強制されたらなどと、想像さえできなかった。たとえば、列車が通過したあれらの小さな町のどこかで、部屋と家具と十分な食べ物をあてがわれ、その町だけに行動範囲を制限され、妻子や母に会うのを許されないとしたら……彼は自殺するだろうか。自殺しなくても、狂ってしまうだろう。列車のなかで、そんなシチュエーションを考えていると、気がおかしくなりそうだった。彼はあまりにも必死に考え込んでしまったため、まもなく本当にそんな境遇になるんじゃないかと思い込むようになった。途中ですこし長く停車したら、列車を降りてぶらぶらし、地元の軽食でも買うこともできたのだが、しまいにはその勇気さえ失った。列車のそばで、何者かにふいに拉致されるのを恐れたからだ。彼は二等座席に坐ったまま、小便をがまんしていた。まるで、その座席が彼を、彼が生活している町まで、あの「町なか村」に借りている五十平米足らずの五階の家まで、妻のすこしワキガの臭いのする腋の下まで、安全に送り届けてくれるかのように。

七月のことはあまり考えなかった。その後もずっと特に何もなかった。彼の記憶力はだんだん落ちてきて、ことによっては、三日か五日前のことでも、しばらく思いだせなかった。だが、妻がはじめて家を買おうと言いだしたことを、彼ははっきりと覚えていた。それはすでに九月に入ってからのことだ。涼しくなりはじめていた。日曜日に行くところもなく、家族とともに家でテレビを見ていたが、テレビの中の家はみな大きくて綺麗だった。わたしたち、いつこんないい家に住めるのと妻が言った。彼は黙っていた。なにを言ったらいいのか。彼は、妻はなんとなくそう口にしたにすぎず、ひとり言、それも答えのない自問だと思っていた。しばらくして、振りかえると、妻が彼を見ていて、その答えを待っているのが分かった。しまった、訊いていたのか、顔つきからすると、冗談ではないらしい。でも、彼になにができるだろう。タバコさえ止めたのだ。もし、だれかが肺を買うなら、彼は喜んで、もう真っ黒になったその肺を売ることだろう。

深圳の家は買えるはずがなく、前海（チエンハイ）[3]の家はもう平米あたり七、八万元にまで値段が上がっているという。

それじゃ、県城[4]の町で買いましょうよ。妻のその話は冗談ではなかった。妻はそのあと何日か、ネットで実家の近くの県城のマンションと値段を調べたあげく、最後に結論を出した。これはいけるわ、家の貯金を寄せ集めれば、頭金は払えそうよ。妻の親戚も、ほんとうに家を買うなら、すこし援助できると言ったのだという。それはすぐにでも実現しそうだったが、彼はためらっていた。じつは最初からためらっていたのだが、すぐには言いだせなかっただけだった。言ってしまって、妻の心に灯ったばかりの希望を消してしまうのは、やはりすこし気が引けた。幼いころから大人になるまで、彼の県城に対する印象はふたつしかない。ひとつは建物が低く、屋根の上をよく鳩の群れが飛び過ぎていったこと。ふたつ目はバイクだった。通りはバイクで満ちあふれ、空の鳩と較べると、その群れなすバイクはあちこちで爆音を上げ、クラクションを鳴らし、とてつもなくひどかった……もし、河南省に行かないのであれば、それはみなどうってことはないのだけれど。もちろん、妻の実家の近くの県城は、そんなにひどくはないと思っている。ここ数年、急に発展して、ずいぶんたくさんのビルが建てられたので、低い建物はそう多くは見られなくなったと聞いている。鳩の群れがまだいるかどうかは分からない。それはもう二十年前に、彼が県城に行って高校を受験したときの印象だった。その年、学校は彼らを漯河(ルオフー)⑤のほとりの金鶏旅館に泊まらせた。彼は朝早く起き、窓ぎわで腹ばいになって、キャンバスのように汚れたガラス越しに河を見た。河は海に向かって流れていた。県城にはじつに堂々とした名前があり、東海(ドンハイ)という。それから何年になるのだろう、彼は再び県城に行ったことはなかった。だが、実家に帰る度に、列車が町の近くを通ると、線路の壁高欄とまばらな田や野原の向こう側に、小さな町の様子を見ることはできた。しかし、それは人の後姿を見た時と同じようなもので、彼はそれに惹かれて正面を見たいと思ったことはなかった。ほとんどの場合、彼は見るのも億劫で、携帯をいじるか目を閉じて音楽を聴くかして、町が列車の窓をすばやく通りすぎていくのに任せていた。その時には、まさか自分の生活に、ある日その町と関係が生じようとは、夢にも思わなかったのだけれど。

　だから、彼は高慢な人のように、自分はそうするべきではない、すくなくとも小さな県城の町へいくほどには落ちぶれてはいないと思った。もし運がよければ、転職してもっと多くの収入を手に入れられるかもしれない。深圳でマンションを提供されるのも、不可能ではないかもしれない。ただ彼はそう思ったとき、体の内も外も虚ろになったように思った。自分の手のひらを見てみると、その手は無力で、ほとんど透明であるかのように感じた。しばらく、彼には妻に自分の考えを言う勇気がなかった。彼女はきっと転職に賛成しないだろう。四十歳近い人間が、職を変えれば変えるほど条件がよくなるだろうか。万一、万丈の谷に転げ落ちたら。妻はその方面では、彼よりも理知的だった。

幾晩もつづけて、彼は悪夢を見た。東海か、あるいはどこかの小さな町で、というのは、そこがどこだか分からないからだが、自分がオンボロのバイクに乗っている。どこであれ、路は長くて狭く、バイクは多く、彼はそのなかのひとり、取るに足りないひとり、だれも知らないひとり、しかも、そこに馴染めないひとりだった。突如、どうしても避けきれずに衝突してしまったため、彼は大男に襟をつかまれて、このブタ野郎、路が分からねえのかと怒鳴られた。男は汗臭く、口臭もきつかったので、瞬く間に路上の人びとは身をかわし、彼らふたりのもめ事に十分な空間が作り出された。まるで、子どものころ、村に芝居の一座がやって来たときのようだった。人びとはバイクにまたがったまま彼らを眺め、とっとと口喧嘩、殴り合いを始めろ、と待ち受けていた。彼は肝をつぶし、ブルブルと震え、急いで謝り、弁解した。私は来たばかりです、この小さい町に来たばかりなんです、はじめて来ました、勘弁してください。だが、こんなことは言わない方がまだましだった。そう言った途端に男の怒りに油を注いでしまった。「小さい町だぁ。おれんとこが、ちっちぇ町だと。オイッ、おめえはどっから来た。上海からでも来たんか、アーッ、オラッ」。彼は言葉を失い、どうしたらいいかまったく分からなくなった。

十年前、彼は大学を卒業した後も深圳を離れなかった。帰ることなどまったく考えず、ずっとここに留まった。この大都市は素晴らしいと、誰もが口をそろえて言った。若く、活力があり、就業機会が多く、最低賃金も全国で第一位だ。彼はもちろん喜んだ。農村の若者が、ようやく一歩を踏みだし、仕事をし、結婚し、子どもを育てているのだ。趣味もいくつかあり、閑なときは小説を書いて、雑誌に掲載してもらえれば小遣い銭が入り、そうでなければブログに載せてタダで読んでもらう。人によっては褒めてくれる者もいるし、罵る者もいる……もともと何も文句を言うことはない、このまま暮らしていこう、家賃だって市で一番高いというわけではないし、マンションの下の卸売りのマーケットも辺りよりずっと安い。しかし、いつからか知らないが、彼はこれではまだ十分ではないと感じはじめた。十分ではないと思うと、その色々な理由が、酒を飲むと気が大きくなるように、これもだめ、あれもだめ、みんなだめと、次々に浮かんできた。

どこもかしこも子どもの服でいっぱいだった。ベランダに干してあるもの、本棚に掛けてあるもの、ベッドに置いてあるもの、タンスに畳んであるもの……。子どもがふたりしかいないのに、どうして服がそんなにいるのか、彼には分からなかった。彼が幼い頃、農村では、弟と妹は永遠に新しい服を着られず、兄と姉が早く大きくなって、その服を脱いでくれるのを待ち望んでいた。

もしも、いまそんな話を、いまの幸せを噛みしめよと言わんばかりに子どもに教えようものなら、子どもたちの最初の反応は、パパは嘘を言っている、となるのだろう。パパは書くのに夢中になっているから、お話し作りに夢中になったんだと。彼はどう子どもを教育すべきか分からなくなった。目の前の一男一女は、ますます自分が思い描いたのと違ってくるので、彼はやはりいくらか焦った。だが妻は、あなたに似てないからいいのよ、あなたに似ていたら惨めだわ、と言った。彼はいつから妻の心のなかで値が下がったのだろう。そんなことは分かりっこない。彼はかつて両親の誇りであり、村では指折りの大学生のひとりだった。彼は、たまに本棚に掛かっている服を一気に隅に投げ捨てた。賃貸の2LDKで、その本棚ひとつだけが彼の場所なので、きれいに片づけることにこだわっていた。しかし、それはやはり不可能だった。彼はいつもそのたびに、代償を払わねばならなかったから。腹いせに、妻はどんな変わったことでもしでかし、たとえば生理用ナプキンを袋ごと本棚につっこんでおいたこともあった。それがよりによって、彼がものすごく好きなマルケスの著作の脇だった。彼は気も狂わんばかりになった。そのやり方は非知性的で、夫および夫のすべてを尊重していないことだと、どうすれば妻に思いしらせてやれるのか、彼には分からなかった。彼がそう言おうとすると、妻は鼻でせせら笑った、「大げさね」。よく考えると、妻の言うことも正しかった。そういう矛盾した気持ちが、彼の日常には溢れていた。まるで、きれいな白い紙の上にハエがどんどんたかってゆき、しまいにはその白い紙を黒く濁らせる、そんな気分の悪い、すぐにでも逃げだしたくなる映像のようだった。

一ヶ月、妻と張りあった。夫婦はほとんど黙って過ごしたが、どちらも折れそうにもなかった。ふたりの子どもの方は、逆に未来の新しい家を想像し、すでに自分の部屋の割り当てをしていた。彼と較べると、子どもたちはもっと県城になじみがなく、深圳と同じような都市だとさえ思っているのだ。とうとう彼は妥協した。話すと滑稽だが、彼も子どもたちと同じで、少なくとも新しい家で書斎を持てると思っていた。彼はそれを手立てに、妻と話し合うところまで関係を回復させた。実際は、ごく単純なことだった。彼らの貯金では2LDKを買うのが関の山で、書斎が割りこんだために、やっかいなことになったのだ。しかし、彼の強硬な態度は彼自身もわがままな子どもみたいだと思っていたが——そのために計画が水の泡になったところで、それも彼のはじめの考えに合致していた。結局のところ、彼はどちらにしても負けず勝利者なのだ。だが、彼は妻がそれほど固執しようとは思ってもみなかった。妻がこんなにひとつのことに集中したことは、これまでなかったのではないかと彼は思った。彼女は歯を食いしばって言った。「じゃ、3LDKにしましょう」。ことここに至るや、男としてもはや尻込みすべきではないと、彼は思った。それで、今年中に一度県城に行って家を探すことで話がまとまったのだった。

たった数日で、親戚の間に、彼らが県城で家を買うという噂が広まった。そのことが知れ渡り、彼はひどくバツの悪い思いをした。彼の田舎の貧しい親戚たちは、この数年、彼からいくらかの金を借りていた。進学、病気、新築、結婚……どれも断わりきれない正当な理由だった。もしも、彼らが金を返そうと言い出さなければ、彼はけっして返せとは言わないだろう。言わねばならないとしても、ほんとうに金が必要だとしても、彼にはその勇気はなさそうだった。家を買うという噂を広めるという計らいは、妻が考えついたはずだ。それはたしかにいい思いつきで、そのときになれば、彼が口にしなくても、おのずと貸した金が回収できそうだった。しかし、それは彼の勝手な思いこみで、たまにだれかが電話でお祝いを言ってきても、ついにひとりも金を返そうとは言いださなかった。彼らはみな沈黙を選び、避けて語らずにとぼけ通したのだ。

彼は自分が広い舞台に据えられ、周りは黒山の人だかりなのに、ひとりも自分を見る観衆がいないかのように感じた。しかし、彼はまた演技を続けざるを得なかった。

彼ははじめて県城への列車のチケットを予約して、そこに親しくもあるが馴染みのない地名を見ていた。なんとしたことか、彼は混乱した感じを抱いたが、それはひとりで訳もわからず他人の家に上がりこみ、手足をどう置いていいかも分からない困惑に似ていた。しかし、彼はその場所で家を買い、住みつづけ、根を下ろそうとしている。万一のことが起こらなければ、それは子々孫々のことになるだろう。彼の息子はずっと後に、父がそのとき私たちをつれて東海に来たのだと言うことだろう。それは勇敢な開拓者、あるいは闖入者のようだ。彼の子どもたちは、さらに自分の子どもを持ち、時が長く経てば、歴史、少なくとも家族史にはなるだろう。その血脈において、彼は子孫にしばしば語られる偉大な始祖になることだろう。始祖。その言葉が浮かぶと、彼はふいに微笑んだ。そのとき、彼は当たり前のことのように家族によって捻じ曲げられてしまう自身の運命に対して悲壮感を抱いた……。

十月、彼ははじめて小さな県城に着いた。着くまえに、母と小一時間電話した。母は興奮した口調で、県城にいる親戚たちの名をズラズラと並べ、これからそこに住むなら、どうせお世話になるのだから、この機会を利用して彼らにご挨拶しに行っておきなさいと息子に言いつけた。それらの親戚とは、とうに連絡がなくなっていた。泥路に落ちた簪のように、時の移ろいと次々に起きる出来事の中に埋もれてしまっていたとはいえ、ほんとうに親戚が何人もそこにいようとは、彼には思いもよらなかった。いま母は懸命にそれらを泥から拾いあげてきた。ほかでもなく、息子がこれから県城で帰属感を抱けるようにしたいのだ——それは彼が電話を切った瞬間に分かったことで、ふいに泣きたいような気持がこみ上げてきた。彼は母の体の調子を訊くことを忘れてしまい、夜にはまだしゃっくりをするのか、胃にほんとうにガンができたのか分からなかった。もしもそうなら、その電話はどこか遺言のようだった。列車は速度を落としはじめた。彼は荒野の河原のように泥や砂の堆積した河川敷越しに、車窓からゆっくり停まっていく県城を眺めた。いちめんに広がる低い建物。マンションを建築しているクレーンが巨人の腕のように高く聳え立ち県城を見おろしている。以前は注意しなかったが、いま目的を持って見てみると、一目で県城が活気に溢れ繁栄していく姿が見てとれた。たしかに、その小さな県城は彼の想像とはかなりちがっていた。なにせ、もう二十年もご無沙汰していたのだから。彼はひとりで長い通りをぶらぶらし、標識でそれが馬(マー)通りというのを知った。そして、驚いたことに、ケンタッキー、ナイキ、蘇寧(スーネイ)電器⑥など大都市にあるような店も通りで見かけた。小さな県城の装いとして、それらはたしかに彼の想像を超えたものだった。だが、彼は小さな県城の通りにふさわしい混乱と喧噪、海鮮の店の鼻を衝くような生臭さ、にぎやかな八百屋や茶葉を売る小店、そしてそれらの小店を囲む客が通りの半分を占めているのも目にした。それに、黄色く焼かれ、牙をむきだしにした犬がだらりと店先にぶらさがっているのを見た……華やかな衣装を着ても、身体の汚れを隠せないのと同じように、彼は文学好きなデザイナーの眼で、小さな県城の力を見抜いたのだ。通りの端で彼はまた戻ってきたが、足取りがゆるんだとたんに、四、五台もの三輪自転車のタクシーが集まってきた。漕ぎ手は黒い顔に、同じく黒い歯をむき出してタバコを吸いながら、どこへ行くのかと尋ねた。彼らは思いがけぬことに、標準語、それもなまりのある癖の強い標準語で彼に話しかけた。彼が土地に不案内な人間なのを知っているのだろうか、あるいは、長年の変化で、すでにこの土地の人間のようではなくなったのだろうか。それとも、彼の地元のような県城はもう標準語で人に話しかけるようになったのだろうか……彼はなんとも測りかねたが、ふと、この状況は夢で見たのといくらか似ていることに気がついた。彼はさらに緊張し、あわてて手を振ると、巻き込まれそうな喧嘩から逃れるように速足でその場を離れた。

彼は親戚の家に行かなければならなかった。もちろん、それは自分が行きたいからではなく、多くは母の考えから出たものだ。彼は街角に立って、高貴な場所を急に訪れる客のように電話をしたが、相手をどう呼ぶべきか忘れてしまっていた。具体的にはおじのそのおじの方のなんとかいう人だったが、はっきりとは分からない。母に言わせれば、それでも近い親戚なのだが、彼には言いだすのも気が引けるほど遠かった。それで、彼は先に母に電話して、これから行く家がいったいどんな関係にあたるのか、確かめるしかなかったのだ。

親戚の家にいく道筋で、彼はようやくこの小さな県城がそれなりの深みを持っていることに気づいた。それぞれの小路が延びて曲りくねっており、記憶の中の小さな町が包摂している範囲を超えていた。人がハエの大きさになって人の体内に入ったようで、自分が果てしのない迷宮に入りこんだことがようやく分かった。彼は左右に揺れながら道をゆく三輪タクシーに乗って、何度も向かってくるバイクにあわや衝突しそうになったが、なんとか無事にすんだ。二台の車が狭い路地ですれすれにすれ違い、ハリウッド映画のスリルのある場面のようだった。道中、彼は冷汗でびっしょりになった。三輪タクシーが袋小路のような路地口に停まり、着きましたと言われたとき、彼は首を上げて辺りを眺めた。もう県城の境にいて、その先は漯河が海に注ぐ河口の干潟(ひがた)であることに気がついた。親戚はその干潟のほとりの懸崖造(けんがいづく)り⑦の家に住んでいて、広い野菜畑の生産を政府から請け負っていた。もちろんのこと、陸に引きあげた筏もあった。以前はそれに乗って河で漁もしていたらしい。いまでは河は干からびそうになっており、いまわのきわの老人のようだった。

彼は親戚の家に長くはいなかったし、自分が県城に戻ることさえ口にしなかった。親戚たちは彼を温かく迎えてくれたが、やはり彼らのじゃまをしてしまったと感じた。その家には、いったいどれほど子どもがいるのか分からなかったが、しょっちゅう何人も出入りし、その度にもの欲しそうに、見知らぬ人間を見あげていた。何も話すことはなかった。幸いなことに、彼は飴を買ってきていた。子どもたちは一袋のミルク飴をひったくって門口の空き地へいき、センダンの木の下で分けて食べはじめた。彼は微かに、言い争いと泣き声を聞いた。彼らは、彼の母のことを話しはじめ、何年も会ってないけどお母さんは元気かと訊かれた。まあまあです、ちょっと胃が悪いだけですと彼は答えた。胃が悪いのは病気じゃない、胃の悪くない人なんていないよと彼らは言った。それで、その後どう話しを続ければいいのか、分からなくなった。

ご飯を食べていけ、泊まっていけと言われたが、彼はやんわり断った。すぐに行きます、県城を通っただけですからと嘘をついた。どんなに通りがかっただけならよかっただろう。親戚の家を出たとき、彼はフウッとため息をつき、九死に一生を得たかのようだった。だが、それも束の間、またすぐに慌てはじめた。どうやって帰ったらいいのか、まったく分からなかったからだ。

迷宮の底に入ったようなもので、寂れた場所では、三輪タクシー一台さえ見当たらなかった。彼は路地に沿って外の方へしばらく歩いたが、大きな通りにはぶつからなかった。きっと路を間違えたのだ。しかし、小さな町では、間違えた路でも大通りに通じているのを彼は知っていた。その点は信じてよかった。

彼はあるホテルを見つけ、まずは落ちつこうとした。このままでは、通りで倒れてしまいそうだと恐れたのだ。まっさきにシャワーを浴びたが、浴槽のなかで眠りこみそうになった。浴室を出てから、窓の外の空がもう暗くなりはじめていることに、ようやく気がついた。窓辺に立って、三十分、一時間、夜の帳が下り、空がぜんぶ真っ暗になり、町のすべてに明かりが灯るまでずっとそうしていた。凶暴な人が急におとなしく、語気も奇妙にやさしくなって別人になったかのように、夜の町はすごく美しく穏やかになっていることに、彼は気付いた。自分が何を考えているのか分からない。かつて町を縫って流れていた漯河はまだあり、二十年前は、まるで外の世界を見るかのように漯河を見ていたが、二十年後も、やはり彼は漯河を見ていた。漯河はまた彼の「故郷」になったのだ。彼は従業員に夕食を持ってこさせ、タバコも一箱頼んだ。禁煙してもう数ヶ月になるのに、今夜はとりわけ一本吸いたかった。まるで過去の生活へのある種の弔いであるかのように。しかし、彼にも弔うものが何であるのか、はっきりとは分からなかった。ことはまだそのレベルには遠く達していないからだ。彼は自分の悲しみのなかに、ある種の偽りを感じとった。

彼は内心にふと浮かんできたもの寂しさがなんであるのか、分からなかった。それは思いがけず、県城に住む貧しい親戚が増えたためだけではなかった。より多くは、彼がこれから彼ら親戚と同じように、小さな町で自分の苦境を隠しながら、偽りの後光をでっちあげていくだろうからだった。彼はそのためにつらく悲しくなったのだ。

小さな町の夜はみょうに静かだった。彼はシミのあるベッドに横たわり、天井を見つめていた。電気は消さなかった。それは彼の習慣、知らない場所で夜を過ごす際の習慣だった。もともと彼は知らない場所が好きではなかった。特に明かりの点いていない知らない場所を恐れた。彼はここに知り合いがいるかどうか考えていた。それはがっかりすることだとよく知りながら、それでも興味津々で考えた。ものを書く縁で、二、三人の中学の国語の先生とネット上で交流したことがあり、たがいにチャットもしたが、「来たから会おうよ」と電話で言えるほど親しくはなかった。彼はけっして急いで知り合いに会いたいわけではない。ほんとうのことを言うと、ここではどんな知り合いとも顔を合わせたいとは思わなかった。母が会って来なさいと言った親戚も含めて、まったく会いたいとは思わなかった。奇妙なことに、彼にとってこの見知らぬ町は、どんな通り、どんな建物、さらにはどんな人でさえも、記憶に一度も現れたことがないようだった。しかし間違いなく、ここにはかつて記憶に現れた人たちがたくさん住んでいるのだ。彼の親戚、同郷人、先生、同級生、友だちの友だちがいて……彼らは見知らぬ人のようにこの小さな町に潜み、ここを故郷として、気楽に通勤し、売り買いし、値切り、大声で騒ぎ立てた。そして地元の人間がよくやるように、言葉の訛り方が違うよそ者を見下し……そう、彼らはこの町のごく近隣の鎮や村からやって来たことを、とてつもなく光栄で、先祖に誇りを与えることだと感じているのだ。彼はただ、そんな彼らを訪ねに行きたくないだけだった。あるいは、あまり早く彼らなんかの仲間に入りたくなかったのだ。その執拗なこだわりは、彼に「自分はここらの人間とはレベルが違う」という自尊心があることを、ぼんやりと気付かせてくれた。

彼は丸一日使って、県城のほとんど全部のマンションを見て歩いた。分譲マンションの営業の女性は、一様に彼の発音から違いを聞きとった。「地元の方ではないのですか」。彼はきまり悪そうに笑って、長らく違う土地にいたのでと言った。まるで故郷の言葉さえどう話すのかを忘れてしまったかのように。実際は、彼の郷里は村ひとつ隔てただけでも、言葉がすこし違っていて、彼が田舎者だということは、隠しきれなかった。口を開くや、「アー」でも「オー」でも、どんな音でも、この町の人はみな敏感によそ者だと察知した。その点からすると、彼はすごく深圳が好きだった。深圳はひとりも土地っ子のいない町で、全員がよそ者であると同時に、誰もが地元の人間だった。それで、彼は標準語を話すしかなかったのだが、県城で標準語を話すと、怪訝な眼差しで見られてしまった。とにかく彼は平静を装い、急いで自分の目的を説明した。「大都市はうるさすぎて、やはり小さな町の方が住みやすいですね」。そのように話すことは、もちろん筋の通らないことではなく、体に合った上着を選んで、みなぎる肉欲を隠すようなものだ。営業の女性の案内で十階に上がり、南向きのベランダから町の全景と、さらに遠くの山河と森を見下ろしたとき、彼はさっきの自分の話が証明されたと思った。青雲山（チンユン）が前にあり、福山（フー）が後ろにあって、真ん中に漯河が町を貫いて流れている。その景色ははじめて目にするものだった。二十年前に金鶏旅館で、その後は列車でここを通る度に、慌ただしく目を送ったが、これほど壮観な光景を眺めたことはなかった。それは距離を置くからこそ手に入れられるものであることは、もちろん分かっていた。高層マンションから下り、また地を踏んで町のあの雑踏に紛れさえすれば、目にした壮麗な光景はすべて一瞬で消えうせてしまう、あるいは崩れ落ちてしまうだろう……。意外なことに、彼はそこを離れるのを惜しんだ。いまだに建設用の足場のかかっているベランダに立ち尽くし、営業の女性が声をかけに来るまで、ずっと下りようとはしなかった。

十二月になった。一年がまた終わろうとしていた。年を取るほど、時間が飛び去るように過ぎるのを彼は感じた。妻は彼が持ち帰ったいくつかのカラーコピーのマンションの間取り図を一ヶ月あれこれと考えたあげく、ついに決断を下した。この件に彼は口を挟まず、すべて妻の決定を最終決定とした。けっきょく一回りして、最後に出した結論はやはり最初の物件だった。十階、福山を背にし、漯河を隔て、青雲山をはるかに眺め、彼がバルコニーから町を見下ろし、離れたくなった部屋だった。その結果は彼も満足できるもので、夫婦はめずらしく阿吽の呼吸で一致を見た。生活ってやはり希望があるものなのかと、彼はふいに思った。彼はまた休暇を取った。休暇を取るのに、いつもほんとうの理由を言えず、今度は、母の身体が悪くて様子を見にいくと嘘をついた。しかし、嘘というわけでもなく、母はたしかに身体が悪くて、やはり朝まで眠ることができない日が多く、胃がもたれ、ゲップをした。村の医者は、大きな病院で検査をした方がいいと言っていた。母が行きたがらないだけだった。どうせいい歳だし、もう死んだってかまわない、検査なんかいいよ、と母は言った。

彼は妻といっしょに県城に帰った。子どもを連れて家を見にいき、その日のうちに頭金を渡して、契約書にサインした。

思いがけなかったことに、妻は県城に不案内な感じがまったくなく、もともと県城で育ったみたいだった。しかも、今回は何もかもが彼女にとって新鮮だったらしく、少女のように興奮し、彼の手を引いて何本もの大通りや小路をそぞろ歩いた。食べるものや着るものを買って、やっぱり小さいとこはいいわ、一日で歩けるから。深圳なら、郊外から行ったり来たりで、一時間はバスに乗るでしょと言った。彼女は通りに向かって手を振り三輪タクシーを呼ぶと、田舎の訛りで彼らと値切り交渉をした。ウソ言わないで、深圳のタクシーの初乗りだって、たった八元よ、馬通りへ行くのに十元だなんて……。彼らは、「わかった、八元なら八元、さあ乗って」と言った。

彼はまったく目が点になった。生活というのは、こういう蛮勇が必要なのだとようやく分かった。彼はふいに、自分は妻と較べると、なんと照れ屋で繊細なのだろうと思った。本当に滑稽で、恥ずかしかった。彼は妻が自分の家の廊下を歩くように、小さな町の通りを歩くのを見て、いっそう安堵した。そうだ、ここは彼の故郷なのだ、今はまだ故郷でなくても、これから故郷になるのだ。

彼はふいに妻にお昼をごちそうしてあげたくなった。小さな町でおいしいものをいっぱい食べよう。通りのどのレストランも、すごくよさそうだった。「なにを食べる?」、すこし小声で、できるだけこだわらないふうに言ったが、じつはすごく機嫌がよく、小説が行き詰まったあとで、ついにすらすら書けるようになったときのようだった。彼はお祝いをしたかった。この一年、こんなに肩の荷を下ろしてほっとしたことはなかった。

「あなたに言ってなかったっけ。友だちの家に行って、お昼を食べるの」と妻は言った。

妻が県城に友だちまでいるとは知らなかったので、彼は本当に驚いた。しかも、その友だちは、はじめてここに来たばかりだというのに、すぐに妻を家に迎えて食事を振る舞ってくれるほど親しいのだ。彼はすぐには答えられなかった。ある目的地に行こうとしていたのに、とつぜん考えが変わってしまい、楽しくなくなったかのようだった。だが、彼はやはり妻についていった。三輪タクシーに乗って。道々、妻は家宝を数えるように、県城の友だちのことを話しはじめた。もちろんみな女の友だちだが、男の友だちのことはおおっぴらには言わないのだろう。友だちだとは言うけれど、じつは妻がまだ子どものころ、同じ界隈で育った仲間たちで、後に結婚して、バラバラになっていた。何人かはいい生活をしていて、夫について県城にきて、ちょっとした官職にありついていた、あるいは商売をして小金を儲けた人、ありていに言えば、みな家と車があり体面も良い……妻がその手を隠していたとは夢にも思わず、あんなに県城で家を買うのにこだわったのは、それと無関係ではないのだろうと思った。

　翌年の四月、清明節[8]に、彼は家族を連れて母の墓参りにいった。母の墓は新しく買った家のようにとびきり新しく、まだ草も芽を出していなかった。前の年、彼は兄からの電話で、母はベッドに横になったまま、亡くなっていたと聞いた。彼は電話で兄と言い争い、ちゃんと母の面倒を見なかったと兄を責めた。受話器を置いたあと、彼は自分のがむしゃらさを後悔しだした。夜を徹して家に帰り、母の葬儀を匆々にすますと、村には長く滞在せず、そのまま深圳に帰った。深圳は正月になると、町が空っぽになる。深圳に出てきて何年にもなるが、彼はいまだに深圳で正月を過ごしたことがなかった。弔事のために、その時は何も用意する暇もなく、その年の正月は、言うまでもなく寂しく味気のないものだった。彼を悲しませたのは、母が亡くなっても、やはりガンだったかどうか、あるいは、あのうつ病になったクラスメイトのように、母も自殺を選んだのかどうか分からないことだった。彼はそれを考えようとはしなかった。考えると、自分までダメになりそうだったからだ。

あの清明節の日、彼は急いで県城へ戻った。母が亡くなって、村が急に変わってしまったような気がした。兄の一家がまだいるとはいえ、兄は賭博好きで進取の気性に欠け、どれほどの懐かしさも覚えられなかった……意外にも、彼はすぐに家の所在地である県城に慣れしたしんだ。新しい家はまだ内装をしていて、様子を見にいかなければならない。自分でやった室内のデザインに強い満足感を覚え、新しい家はすでに彼の気持ちにいい効果をもたらしている。ただひとつ残念なのは、もし残念だとするなら、母を思うと、やはり心にひんやりとする感じを禁じえないことだった。小さい子どもが、だれも知らない過ちを後悔しているかのように。

（完）

（原題：「回県城」、初出：『青年文学』二〇一五年第一〇期）

訳　注

①恵州＝広東省中南部に位置し、東は河源市、汕尾市に接する。西部は深圳市、東莞市、広州市そして北は韶関市に接する。南部には大亜湾、海を隔てて香港を臨む。

②華為＝ファーウェイ・テクノロジーズのこと。深圳市に本社を置く世界有数の通信機器メーカー。

③前海＝深圳市西部に位置するベイエリアで、新たな金融や物流サービス、情報技術（IT）産業などが発展している。

④県城＝中国の行政単位は、基本的には直轄市と省がもっとも大きな単位であり、その下に市と県、さらにその下に鎮と郷が置かれているが、県城は県の中心の町で、県政府がある。

⑤漯河＝中国広東省陸豊市東海を流れる河。作家の故郷と思われる。

⑥蘇寧電器＝中国の家電小売販売会社。中国二十八省、直轄市、自治区、一〇九の都市に九百店舗以上を有する。日本においては二〇〇九年に家電量販店のラオックスを買収したことで知られる。

⑦懸崖造り＝山や崖にもたせかけたり、谷や川の上に突き出したりして建てること。また、その建物。

⑧清明節＝春分から十五日後にあたる中国の祝日。墓参りをし、亡くなった家族があの世でお金に困らないように紙で作ったお金を燃やしたりする。

鄧一光（ドン・イーグアン）

一九五六年、重慶生まれ。モンゴル族。代表作に、長編小説『我的太陽』、『想起草原』、『我是我的神』、中短編小説集『懐念一個没有過去的地方』、散文集『脚下地図』などがある。魯迅文学賞、人民文学賞、湖北省少数民族文学栄誉賞など多数の受賞歴がある。

深圳の馬と蝶

夜、彼はまた夢を見た。彼は草原の上にいて、スペアミントが足元から地の果てまで広がっていた。彼は感激し、咲き乱れるピンクの花々をさっと飛び越えると、冷たい風が吹き付けてきて、耳がズキズキと痛んだ。

それで、目を醒ました。

彼はベッドサイドテーブルの目覚ましを見た。夜中の二時だった。彼女は熟睡していて、いつもの習慣どおり体を丸くし、片腕を頭の上まで伸ばしていた。顔には一房の髪が垂れ下がり、口をぽかんと開いて、赤ん坊のように彼の下腹にぴったりくっついていた。

彼が夢から醒めたとき、彼女は口を二回ぱくぱくさせて顔の向きを変え、また元に戻すと彼の下腹を口で吸った。彼女は口を使うのが好きだった。彼女の髪はとても柔らかく、擦れると彼はむずむずし、小便に行きたくてたまらなくなった。

窓の外では、深圳市を東西方向に結ぶ北環大道（ベイホワンダーダオ）の立体交差点の上を貨物トラックが雨水に濡れた路面をかき分けて走り抜けていくかのような音が聞こえた。

彼は起きて水を飲もうとしたが、やはりそのまま寝ていることにした。何も考えなければ、そのまま、また眠れるかもしれない。

最近、彼はいつも真夜中に目が醒めた。時には、それは明け方だった。もし何も考えなければ、また眠れて、朝まで起きなかった。しかし、どうしても考えてしまう。

最近、彼はよく考え事をした。不安になるような事を。

例えば、今この時も彼は考えていた。なぜ彼は草原の上などにいたのだろうかと。

彼は一人で、他に人はいなかったようだ。ひょっとすると巨大なキノコの上に数匹のオドリバエが飛び回っていたかもしれないし、暗黄色（あんこうしょく）のウイキョウの茂みの下に、小さな眼をしたマーモットが一匹潜んでいたかもしれない。だが、夢の中ではそれに気付けなかった。

彼は辺り一面に広がるスペアミントをはっきりと見た。葉先には金色の斑点模様があり、それらは足元から地の果てまで続いていた。どうやってそれを飛び越えることができたのだろう。

それと、スペアミントの花は淡い紫色をしているはずだが、夢の中で見たのはピンク色の花だった。

そう考えると、ますます頭が冴えていった。しかし、それらは取りたてて言うまでもないことだと彼は思った。

このところ、会社は忙しかった。梅林（メイリン）方面に向かう道路のイミグレーションが狭いことに市民は憤り、市政府はそれを抑えきれなかった。拡張改造プロジェクトは、今まさに肝心な時だった。彼は現場管理を担当するエンジニアで、いささか対応に窮して疲れていた。プロジェクトを担当する会社の劉副社長はがなり立て、胡技師長もそれを受けて怒鳴った。彼は気力体力ともに追いつかなくなり、しっかり睡眠を取らないと、ますます状態が悪化しそうだった。

彼はやはり起きあがって洗面室へ行き、膀胱に残された液体を処理した。リビングで清浄水を一杯汲み、シューズラックに寄りかかりながら、一口一口ゆっくりと飲んだ。

窓の外では星が眩しいほど輝き、貨物トラックが列を成して通り過ぎていった。彼はトラックが雨水をかき分けているわけではないのを知っていた。北環大道の立体交差点の汚れを落とす工事は終了したばかりで、それも彼がマネージメントしたものだったが、吸音板の装着がまだ間に合っていない。そのために騒音が出るのだ。

グラスの水を飲み終えると、彼はそれをくるくる回し、もう半杯飲もうか迷った。清浄水はとても清々しかった。特にしんと静まりかえっている時には。

彼はシューズラックに寄り掛かったまま考えた。彼は草原の夢を初めて見たわけではない。最近はたくさん夢を見るが、彼はいつも草原にいた。深圳は北緯二十二度二十七分から北緯二十二度五十二分の南海の畔にあるが、南海に草原はなかった。それらの夢と彼の生活の必然的な繋がりは、ほとんど思い当らなかった。

しかし、なぜいつも草原にいるのか。彼には分からなかった。

彼は厨房に行き、グラスを洗って片付けると、明かりを消して寝室へ戻った。

彼女がすでに目を醒ましていることに気付いた。彼女はベッドの上に胡坐(あぐら)をかいてぼうっとしている。鎖骨の下には、圧迫されてできた薄紅色の筋があった。

彼女の鎖骨はとても美しかった。胸も綺麗で、肩幅が広いという欠点を補っていた。

一時期、彼女はその美しい鎖骨のために、彼が自分と寝たのではないかと疑った。「この卑劣な誘惑犯」。彼女は言った。

だが、そう言ってからも、彼女はあいかわらず裸で眠る習慣を続け、しかも部屋中の明かりを点けっぱなしにするのが好きだった。彼女は、それこそ肉体と精神が見事に結合した梵我一如(ぼんがいちにょ)①の境地だと公言した。

「待ってなさい。わたしの乳房がいつか垂れて来たとき、あなたの正体が完全に暴かれるから」。彼女はさっと彼の前に突進して、大声で怒鳴った。

彼女は話上手だった。優秀なヨガのインストラクターとして、彼女は素晴らしい話術を持っていた。

「どうしたの?」。彼は言った。

彼女は彼を相手にしなかった。腰をピンと伸ばして、姿勢正しくベッドの上に座っていたが、眼差しは虚ろで、彼を見ていなかった。乱れた柔らかな髪が一房、頬の横に垂れさがり、よく見ないと影のように見えた。彼女の両脚は、ほとんど腕の上に置かれていた。彼女は瞑想中でも、しなやかで美しい姿勢を保っていた。

「寝れば」。彼は言った。「まだ三時前だよ」

彼はベッドに横たわると布団を引き寄せて被った。彼女はまだぼうっと座っている。

彼はまた彼女にどうかしたのかと尋ね、しばらくしてから、ベッドサイドテーブルの明かりを点けた。彼は彼女が黙ったまま涙を流しているのに気付いた。彼女の顔は、流れた涙の痕で濡れていた。

彼はベッドの上で身を起こして座ったが、また尋ねる間もなく、彼女が彼の懐に飛び込んできた。肩が温かく湿っていくのを感じると、彼の心は微かに震えた。

「また夢をみたの?」。彼は言った。

「雨がわたしを泥の中へ押し流したの」。彼女は苦しそうにすすり泣いた。「すごい土砂降りだったの。わたしの頭はたくさんの葉っぱにぶつかって、葉っぱの上はずぶ濡れになった虫でいっぱいだったわ」

「大丈夫」。彼は彼女の背中を優しく叩いた。彼女の肌は粉のようにきめ細かく、さらさらしていて、冷たく心地よかったので、彼は手を放したくなかった。「大丈夫だよ」。彼は言った。

彼女を落ち着かせて再び寝かせると、彼女に布団をかけて明かりを消した。

彼女はすぐに眠りに落ちると、体を丸く縮め、蛾の蛹（さなぎ）のように彼の下腹に潜り込み、唇をそこに当てて吸った。

彼は眠れず、完全に目が醒めてしまった。


日中の間、彼はずっと工事現場でやみくもに動き回った。

劉副社長は、二日前に入院した。疲労で吐血し、応急措置が取られて数一〇〇ミリリットルも輸血した。胡技師長は午前中に三回電話を受けると、午後にはすぐに工事現場に駆け付け、車を降りるや、どんな話もすべて汚い言葉を使った。

誰もさぼってはいなかった。深圳には怠け者など見つからない。深圳では労働模範[2]さえ評価されない。もし評価などしたら、少なくとも八〇〇万人が賑々しく表彰台に立つことだろう。そんなものに関心を寄せる者もいなければ、人の生死に関心を寄せるものもいなかった。深圳では速度が重んぜられ、三十年もの間、速度を落とさず発展してきた。いまは品質が重んぜられるが、発展の速度には慣性があって、止められないのだ。

彼は疲れたが辛抱するしかなく、愚痴を言える場所もなかった。

彼は自分のことがますます嫌になった。仕事のストレスはどうということはない。誰もがストレスと戦っているのだから。問題は、自分で自分にこれ以上ストレスを加えてはならないということだった。しかも、そのストレスの影響を彼女に及ぼすわけにいかなかった。

彼女は最近また夢を多く見始め、しかもそれはじりじりと気をもむ夢だった。

彼らは結婚することに決めていた。彼らは共に初めての結婚ではなかったが、お互いをフォーマット化[3]して向き合う必要があると考えていた。

「どうせいつか地獄に落ちるんだから、連れと一緒に落ちればいい」。彼女は冗談を言った。

彼女はまた冗談で彼に訊いた。どうしてあなたは精子を精子バンクに提供しないの。ひょっとしたらあなたの精子の中にひとりか、たくさんの天才がいるかもしれないのに。そうしたら、わたしは大儲けでしょ。

彼はもちろん、科学技術を自分のことに割りこませるつもりなどなかった。子供は数年たってから作ればいいが、そのことは彼自身で解決しなければならない。

彼は三十八歳、彼女は二十七歳。彼は、自分と彼女に十分な自信を持っていた。だが、最近はしょっちゅうぼんやりしてしまい、普通ではなかった。

夜、帰宅すると、彼らは彼女の昨日の夢について話した。

その夜はもともと残業の予定で、グループリーダーは理工大学の同窓の孟（モン）技師だった。

彼は孟技師に、布吉（ブージー）[4]の方で事故があって胡技師長が今晩は絶対こっちに来られないことを確認してから休みを取った。

会社は厳格に『労働法』を遵守し、残業代を支払っていた。会社は人件費と販売管理費には、これまで出し惜しみをしなかった。そのことも、多くの人が疲れ果て、性的能力を失ってでも、その職場を離れない理由のひとつだった。

「国はとっくに解放[5]されたけど、個人の解放はまだだ。おれたち自身のためと思って抗戦するしかないだろ」。孟技師は苦笑いしながら言った。

普段、彼は残業をさぼったことがなかった。それは残業代のためではない。彼は高給取りで、結婚しても高止まりしている家賃の支払いをやり繰りできる。社長に良い印象を与え、今後プロジェクトマネージャーを担当する機会を得たいだけだった。そうすれば、あの愚かな官僚たちの身代わりに責任を負わなくて済むからだ。

彼女は昨晩の夢を彼に話した。彼女は夢の中で、また一匹の蝶に変わった。今回、彼女は熱帯雨林の中を気持ちよく舞っていたが、思いがけず、滝のように降りかかる雨に襲われた。前の二回の夢では、彼女は言葉で表せないような場所にいた。乾燥した北アフリカの砂漠と、氷と雪に覆われた南極だ。北アフリカの時には、彼女は言葉を話すことができた。南極の時は、話すことができず手話を用いたが、触覚や足で手話をするのが難しかったため、もう少しで皇帝ペンギンに誤解されるところだった。

「一人？　他に連れはいなかったの？」。彼は訊いた。

「蝶よ。一人じゃなくて、一匹よ」。彼女は彼の誤りを正した。

「僕が言っているのは、つまり他の蝶がきみと一緒にいなかったかということだよ。一匹のはずないだろ？」

「あなた、まさかそんなに嫉妬深くないわよね？　わたしがもしもいたって、しかも雄の蝶だなんて言ったら、またベランダでタバコを吸うんでしょう。そうじゃないの？」。彼女は彼をからかった。

彼らはキッチンにいた。彼女は忙しそうに紫キャベツとピーマンを洗っていた。彼は手伝い、冷蔵庫からサウザンド・アイランド・ドレッシングを取り出した。彼女はさらにスープを作るつもりだったので、帰宅する時に、サヤから出したばかりのグリーンピースを買って帰っていた。

それから、彼らは食事をした。

彼女は食事制限をしていた。八歳から始め、ずっと今まで続けている。

彼女はベジタリアンだった。彼と知り合ってから、彼女は彼にも赤身の肉を食べさせなかった。禁煙がもたらす副作用を十分に考慮し、さらに専門家の意見も訊いた上で、彼女は彼に一日五本までタバコを吸うことを許し、タバコのブランドは漢方薬入りの中国製タバコ「五葉神（ウーイェシェン）」でなければならなかった。

「太い脚から離れたくないの。また太鼓腹とくっつくなんて、ごめんだわ」

彼女が言っているのは、前の夫のことだった。前の夫は時代遅れのボクシングのコーチだった。人に誇れるプロポーションのヨガインストラクターにしてみれば、その要求はけっして度を越したものではなかった。

「それで、雨はどうなったんだい？」。彼は彼女の夢の話の続きを訊き、ミネラルウォーターで煮た燕麦(エンバク)を一さじ口に運んだ。

食事は簡単だが、注意深く作られていた。鉢一杯に盛られたサラダには、日中合弁企業のジャスコで買える新鮮な野菜のほぼすべてが入っていた。それに、一人一椀の燕麦粥。

彼はかしこまって食卓の前に座っていたが、一人だった。彼女は食卓につかなかった。

彼女はこれまでずっと座って食事をしたことがない。皿を持ちながら部屋中を動き回り、ここにいるかと思えば、すぐにあちらに移る。食卓は彼女が料理を取る場所にすぎなかった。

そんな食べ方をしているのに、彼女はずっと料理を取り続けたし、胃を壊したりもしなかった。なんてことだろう。

「ずっとお日様がキラキラしていて、微かに風が吹いていたわ。わたしがアカシアの広い林の中を飛んでいると、雨が急に降ってきたの」

彼女はソファーの上に胡坐をかき、清潔なスプーンでトマトとグリーンピースのスープを飲むと、それを止め、夢の中の事を考えた。

「どうしてアカシアだと断定できるんだい？　夢の中なんだぜ、きみは、はっきり見ることができるの？」

彼はスプーンいっぱいのさっぱりしたタマネギを口に放り込んで、呟いた。

「どうして断定できないのよ？」。彼女は皿を脚の上に置き、自由になった手を使いながら話した。「こんなに長いサヤ、ピンクの花。誰がこんなに長いサヤを生やせるの、あなた生やしてみて」

彼は心の中でドキッとし、昨晩見た自分の夢を思い出した。

彼は夢でスペアミントを見た。やはり一面に広がり、彼女の言うアカシアの林よりも広く、地の果てまで続き、ピンクの花も咲いていた。アカシアにピンクの花が咲くのは確かだが、スペアミントは薄紫の花を咲かせるはずだ。それなのに、どうしてピンクの花が咲いていたのだろう。

「ねえ、何を考えているの？　どうして雨のことを訊いてくれないの？」

瞬き一つする間に、彼女は食卓の前にやって来た。両手に食器を持ち、尖らせた口で額にかかった髪を吹くと、イケヤの青いフェールグリックボウルから素早く二さじのレタスを取った。

彼女が尖らせた口で髪を吹くのはやんちゃな感じで、誰かをあざ笑っているみたいだった。

「雨？」。彼はしばらくぼんやりしていたが、彼女との会話を思い出した。「きみはさっき雨って言ったよね。雨が激しかった、そうだよね?」

「ものすごかった。あっという間にわたしはずぶ濡れになって、どうやっても羽を伸ばせなくなった。風も強くなってきて」。彼女は続けた。「わたしは地面に叩きつけられて、一枚の葉っぱにぶつかった。アカシアの葉じゃなかったわ。厚くて硬い葉だった。ツツジじゃなければ、モチノキだわ」

瞬きしている間に、彼女はベランダの出入口に立った。体を弓なりにして、そこに寄り掛かった。裸足のかかとには青い血管が見え隠れしている。

彼女はピーマンの大きな一切れをなんとか口に押し込みながら考えていた。「不思議だと思わない、わたしは確かにアカシアの林の中にいたのよ」。彼女は困惑しながら続けた。「アカシアは何処へいってしまったのかしら?」

食事を終えると、彼女はシャワーを浴びに行った。彼は食器を片付け、明日のプロジェクトの進捗を詳しく確かめた。

彼はもともとベランダに行って、こっそりタバコを吸うつもりだった。しかし、彼女がすでに雨に心を傷つけられていたので、また別のことで彼女を傷つけてはいけないと思った。それに、あとでまた歯を二回磨かねばならなくなるから、割に合わないと思って止めにした。

生活の上では、彼女はとても注意深かった。作る料理は少しも残らなかった――彼が全部食べ切るのだ。ボールを洗っている時、彼はその中に料理されなかったピーマンが半分残っているのに気付き、それを果物として、プロジェクトの進捗状況をおさらいしながらたいらげた。

彼は彼女と知り合ってから食習慣を変えた。彼女は野菜ばかり好むので、彼も当然それに合わせて緑色野菜に敬意を表した。

独り身だった頃、彼はたくさん肉を食べないとイライラした。肉が食えないなら死んだほうがましだった。そのために、何度か彼らは口論し、別れそうになったこともあったが、その後、彼が変わった。

彼女は彼より表情を変えるのが上手かった。彼女は微笑みを浮かべて彼を見つめたが、口もとでは彼をからかっていた。彼女はそのままの表情で、体が溶けたように下に沈みこむと、手足を床につけ、腹ばいになって彼の方へ進んできた。彼は椅子のひじ掛けをきつく掴んで、唾を呑み込み、緊張しながら彼女を見つめた。彼女は這(は)ったまま彼に近づくと、湧き上がる波のように立ち上がり、彼の懐に飛び込んだ。彼女は鼻を高く上げ、猫のように鼻を上下させて彼の体の匂いを嗅いだ。

「いったい何トンぐらいの油を備蓄しているの?」

彼女は絶望してそう言うと彼の腕から脱け出し、手洗いに駆け込んで嘔吐した。

演技ではなく、本当に吐いた。

彼女の肌はきめ細やかで、痩せた背中は冷たくて心地良く、撫でると人を陶酔させる粉のような手触りがした。それが原因かどうか、彼ははっきりとは言えなかったが、彼は脂っこい食べ物にだんだん魅かれなくなっていった。彼は菜食主義を受け入れはじめ、しかもますますさっぱりした新鮮な野菜が好きになった。

だが、彼は彼女の背中の粉のような手触りのせいだとは、あまり認めたくなかった。

彼女はキュートなヨガのインストラクターであり、厳格に職業上必要な生活習慣を守っているだけで、それまで彼に一切無理強いをしたことはなかった。もし彼が菜食主義を受け入れはじめた原因を究明するなら、彼女が美貌を使い、彼がそれに吸い寄せられてしまったということだろう。

だが、彼は、本当はこう思っていた。日々の暮らしで、彼女が妥協を許さない態度をとるのは望まない。厳格なのはもっと嫌だ。

時折、どんどん遠ざかっていく牛肉と羊肉のために、彼は今でも少し悲しくなることがあった。あの素晴らしい日々は、今はもう他人のものになってしまったのだ。

梅林イミグレーション拡張改造プロジェクトが最も重要な時期を迎えたとき、彼はまた草原の夢を見た。今回の夢は真に迫っていて、夢の内容も鮮明だった。

彼は焉耆（イエンチー）⑥草原にいて、温和な新疆褐牛（フーニュウ）と綿羊の群れと一緒だった。巨大な翼を持った草原のイヌワシが二羽、彼の頭を掠めてゆき、その大きな影はしばらく消えることがなかった。

彼は興奮して駆け回った。狼狽した灰色のオオヤマネコ数匹と、眼中人なしの野生のラクダの群れ、それに高慢なタンチョウヅルの群れを猛スピードで追い越した。

彼は一頭の馬だったのだ。黒毛に四つの真っ白な蹄のある馬だ。

夢の中の彼が、なぜ他の場所ではなく、焉耆草原に現れたのか分からなかった。だが、彼は夢の中で起こった出来事をはっきりと記憶していた。

夢の中、彼は確かに馬だった。跳ね回ってはしゃぎ、彼を束縛するものはなにもなかった。夢から醒めたあと、彼は大きな口を開けたまま息をしていて、胸は激しく起伏し、膝から足首までの筋肉がひきつり、膀胱までぎゅっと締まっていた。それだけではなく、彼はうなじにうっすらと汗をかいていた。

彼は洗面所へ行き、膀胱に残った液体を処理すると、心臓の鼓動がそれほど激しくはなくなり、風に吹かれて痛くなった耳も温かくなってきた。

彼は鏡に向かってしばらく自分を見つめると、リビングへ行って水を一杯汲み、シューズラックのすみに寄り掛かって、ゆっくり水を飲みながらさっきの夢を思い返していた。

「彼」は湖面が輝き、果てしなく広がるボステン湖⑦から岸に上がり、気持ちよく何度も大きなくしゃみをした。体を揺り動かすと、黒い毛皮から水滴が四方に飛び散った。湖畔に穴を掘っていた数匹のマスクラットが驚いて赤い花々の中にこそこそと隠れた。

それは夢が始まった時の出来事だった。

「彼」は小雪の中を駆け抜け、高地にしばらく留まり、目を細めて遠くの山々を眺めた。

一瞬、「彼」は人を見たような気がした。耳当ての付いた帽子を被った少年だ。だが、「彼」はそう確信したわけではなかった。

彼は「彼」が森林を駆け抜けたことは確かだと思った。なぜなら「彼」は森林の辺縁で、雪を被って密生するアミガサユリを見たし、子供を連れた母親の黒貂も見たのだから。母親の黒貂は不満げに「彼」を睨むと、二匹の子供を追い立てながら素早く森林の中へ消えていった。

その後のすべての時間、「彼」はずっと草原にいた。興奮した大きな尻の野生のロバの群れと駆けっこをした。「彼」は四本の脚を空高く上げ、首を力強く前に伸ばすと、長く乱れたたてがみが高く舞い始めた。猛スピードでナガバドロノキの林を越え、オトギリソウが疎らに生えた玉砂利の土地を越え、憤慨した愚かな野生のロバどもを影も見えなくなるまで置いてきぼりにした。

それら一切が終わりを迎えたとき、夢の中には「彼」だけが残されていた。雪原が果てしなく続き、鮮やかな黄赤色（きあかいろ）に輝く太陽が、地平線の上で静かに「彼」を見ていた。

そして彼は目を醒ました。

だが、彼は訝しく思った。なぜ夢の中の「彼」は馬なのか。しかも思い返してみると、それまでに見た何度かの夢でも、「彼」は駆け回っていた。夢が鮮明でないのは、まさに「彼」が高速で疾走しているからだ。「彼」は駆けるのが速すぎた。彼には、猛スピードで流れていく世界を本物の馬のように鮮明に見ることはできないのだ。そのため、夢はぼんやりとしたものとなってしまう。

わずかに証拠となるのは、目覚めるたびに、彼はいつも速いテンポで呼吸し、尻がひどくこわばり、体にうっすら熱い汗をかいていることだけだった。

いつも目を醒ました時に、なぜ耳に強い風に吹かれた時の激痛が残っているのか、彼はようやく理解した。

彼は暗闇の中でグラスの水を飲み干し、また半杯ほど注ぎにいった。彼はかなり体力を消耗していて、たくさん水分を補給しなければならなかった。

彼は水を飲みながら、この状況は本当に滑稽だと思った。彼はここ最近ずっと夢を見続け、しかもそれらは奇妙なものばかりだった。彼は夢の中で「彼」、つまり一頭の馬に変わった。「彼」は黒い馬で、毛に光沢があり、四つの白い蹄があった。彼はそのような馬を「夜照白（イエジャオバイ）」と呼ぶと、ものの本に書かれていたことを覚えていた。

だが、もしも彼が本当にそうだったら。つまり、もしも彼が本当に一頭の馬だったら、どんな種類の馬なのだろうか。

彼はしばらく考え、もし選べるならば、違いのはっきり分かる優れた伊利馬（イーリー）か、あまり知られていない焉耆馬になりたいと思った。

彼はシューズラックに長いあいだ寄り掛かっていたので疲れを覚え、ソファーに座った。

彼は自分が確かに非常に長いあいだ自由を失っていたと思った。物心がついてから、彼はすでに自分が自由だという感覚を持てなくなっていた。馬は、誰もが知る何物にも拘束されない生き物だ。ユング博士[8]も、そんなイメージの解釈に賛同してくれることだろう。

問題は、彼が馬ではないこと——馬は情緒的にも奔放な、あるいは単純な子供のような生き物で、それはまったく彼の性格と違うことだった。

彼にはすこし自閉的な傾向があり、感情を容易に表には出さなかった。彼は生身の女性となれなれしくできる状態になっても、これまで抑制を失ったことはなかった。彼は前妻と現在のガールフレンドにさえ愛していると告げたことがなかった。

彼の心は複雑で、時には何をするにもビクビクした。彼に凧揚げをさせたとしても、凧の尾翼と糸を何度も繰り返してチェックしないと、安心して駆け出すこともできなかった。

最もよくこのことを説明しているのは、彼が今の仕事を辞められないことだった。たとえ今より更に二割の疲労、三割の不満が加わっても、彼はその仕事を辞めることができないだろう。

誰が自由な生活を送りたいと思わないだろうか。誰が広々とした生存環境を得ることを望まないだろうか。誰が一日ですべてを見渡せる場所で、四本の蹄を使って自由自在に野を駆け巡るのを望まないだろうか。だが、それらはすべて本の中のことだった。

人はなんと言うのだろう。理想。理想とは永遠に未来に属する精神安定剤だ。彼はそう考える自分を笑った。

彼は、自分は馬ではないと確信した――馬にはなれない。馬のようには振る舞えないし、馬の幸せなど持ち合わせていない。

彼は暗闇の中でしばらく声を立てずに笑うと、立ち上がってグラスを片付けた。寝室へ戻ると、彼はそこに立っていた彼女に跳びあがるほど驚いた。

彼女は寝室のドアの前に宇宙人のように浮き世離れして立ち、戸惑ったように彼を見た。彼がやって来たとき、彼女はそのことにまったく気付いていなかった。彼女は焦点が合っておらず、まるで瞑想の修業中のようだった。

彼は暗闇の中でしばらく立ちつくすと、彼女に向かって歩いていって手を伸ばし、愛情を込めて彼女の手を握った。

彼女をベッドの傍らまで連れて来たとき、彼は思わず目覚まし時計を見た。彼女はまた悪夢を見たのだ、彼は心の中でそう呟いた。

翌日、彼は残業をさぼらなかった。

政府の問責制度は市政部門とその傘下にある企業にとっては鞭のようなもので、すべての役人が打たれ、しきりに悲鳴をあげた。労働者たちは誰も上司に同情しなかった。鞭は振り回されるほど良く、血が流されればもっと良かった。だが、それには副作用があった。会社の役人が鞭で打たれれば、次は労働者たちが打たれるのだ。

休憩時間はなく、昼食も夕食も作業現場で済ませた。ファーストフード店から熱々の豚肉の包子(パオズ)と両面黄色く揚げられた海の魚が配送されてきた。彼は昼食を取っておらず夜はお腹が空いて堪らなかったので、海苔と玉子のスープを四杯飲んだ。

「おまえさ、まだ結婚もしてないし、子供もいないっていうのに、先に精進料理を喰って念仏を唱えているのか。色欲だって生臭(なまぐさ)だろ、どうしてやめないんだよ？　インド人は悪影響を与えたね」。孟技師は大口を開けて包子を食べ、口元からだらだらと油を垂らしながら言った。

彼は目を細めながら微笑んだ。彼の言葉は聴き心地がいい。特に、人をお気楽に非難する言葉が。彼はバタバタした作業現場を一目見ると、かつてそこにあったライチの林が懐かしくて、胸がいっぱいになった。

子(し)は馬にあらず、いずくんぞ草の美を知らんや。彼は心の中でそう思った。

だが、彼は心の中でどう思っているかを孟技師に伝えなかった。

大自然は本当に絶妙なものだ。自然はマガモとコククジラを同じ食卓につかせない。人々はこれまでまったくこの問題を考えてこなかった——ある日、彼らが家を出ると、食物連鎖の一番上をヒキガエルと朝鮮アザミが占拠していることを。奴らは意気揚々と、尊大ぶって人々に叫ぶ、消えうせろ。人々は慌てて考え出す、どうすればいいのか、それじゃ交換しよう、われわれがボウフラと活性水を頂くことにしよう。だが、人々は気付く、ヒキガエルと朝鮮アザミの食物連鎖の上は、すでにハゲタカとマダガスカル・スポッテッドガーに占拠され、禿げ頭と目をむいた奴らが人々に向かって口笛を吹きながら、嘲笑していることに。

これはまたどうしたことだ。こんな世界に、まだほんの少しでも愛すべきものがあるのか。

彼はそんなことを考えながらヘルメットをかぶり、生臭さの満ちた現場監督用の事務所を離れた。安全管理の立て看板を跳び越え、バリケードも跳び越え、作業現場へと走っていった。

家に着いた時は、すでに夜中の十二時だった。彼はへとへとに疲れ、吐き気がした。

彼女はまだ寝ていなかった。一度眠って、目が醒め、ベッドの上で三日月型の胡坐のポーズをしながら、ぼんやりしていた。彼女は彼を待っていた。彼女は彼と昨晩自分が見た夢の話をしたかったのだ。

彼は、勘弁してくれと思った。きみに一〇〇回つつかれるほうがまだましだ——だが良ければ、ぼくがベッドに横になってからつついてくれ。

昨晩は雨ではなく、南方へ大きな群れを成して渡っていく青い尾のコマドリだった。飛翔中の捕食を得意とする殺し屋たちは、低空から蝶の群れに飛び掛かっていった。それはまるで蝶を絶滅させるような大虐殺だった。

もちろん、彼女はやはり蝶だった。一群れの蝶の兄弟姉妹たちと共に、一面のムラサキウマゴヤシの中へ必死になって逃げ込んだ。

彼女は自分があの災難から逃れたのかどうか、はっきり説明することができなかった。彼女は驚き慌てて彼の手をつかみ、顔の形さえ変えて、何遍も彼にコマドリたちが空で発した嬉しそうな鳴声と、彼らが群れで急降下攻撃してきた時の、鋭く長い音を伝えた。

彼女をあやして寝かしつけてから、彼はリビングへ行き、自分のために水をグラスに注ぎ、一口一口ゆっくりと飲んだ。彼はまだ自分の夢の中へ入ってもいないし、まだ夢の中で駆け回ってもいないのに、ひどく脱水したような感じがした。

彼女にはどんな焦りもないはずだ。彼女は身心を磨き上げた女性のヨガの行者であり、自然と魂の寵愛を一身に集めた赤ん坊なのだ。彼のように夢と自己が分裂してしまうことなどないだろう。

彼はしばらく戸惑っていると、すこしお腹が空いてきた。キッチンへ行き、食器棚と冷蔵庫を開けたが何もなかった。

彼らはそれまでずっと、前の晩に残したものを食べなかった。前の晩の野菜さえ食べなかった。それも彼らがジャスコを選ぶ原因だった。

彼は蝶のレシピは質素で単純なのを知っていた。蝶は植物だけ、クヌギ、ムクゲ、カエデ、竹を食べる。それらは彼らのレシピとよく似ていた――もしも彼が「彼」であり、あの黒毛で白い蹄の馬であるなら。そうだとすると、彼が豚の肘肉の煮つけや、餡かけ羊肉の煮つけを二度と口にしないのはもっともなことだ。

彼と彼女は同じ類の生命なのだ、彼はその結論に満足した。

厨房でグラスを洗い、洗面所に行って歯を磨いてシャワーを浴びた。

彼は水が好きだった。水を飲むことも、浴びることも好きだった。それは彼女と違っていた。彼女にとってシャワーを浴びるのは悲壮な儀式だった。シャワーを浴びる前には不安を覚え、いつも一大決心をしなければならなかった。もし彼がその場にいれば、彼の励ましを求めた。もし彼がいなければ、彼女は何度も自分を鼓舞し、それから目を閉じ、おもいっきり息を吸い込み、お湯のレバーを回し、シャワーから逃げ出してリビングへ駆け込む。そして、バスタオルに包まれ、目を大きく見開いて震えるのだった。

そのことで、彼は彼女を笑ったことがあった。そればかりか、彼はそれを、彼女を懲らしめる手段にした——もし彼女が彼を怒らせたら、彼女を裸にし、肩に担いで洗面所に連れていって辛抱強く水温を調整し、彼女が許しを請うまで、彼女を肩から降ろさなかった。

シャワーの勢いのよいお湯のおかげで、彼の頭はすっきりし、全身の疲労も消え、とても爽やかな気分になった。

もし夜更けでなければ、彼は叙情的な歌、あるいは民謡をなんでも構わず歌ったことだろう。どうしていけないんだ。僕は誰かに聴いてもらおうなんて思わない。それに、大声を出して歌うわけじゃなく、ただ個人的に感情を発散したいだけだ。真夜中に小声でハミングしてはいけないと法律で決まっているわけじゃないと彼は思った。

彼はそう考えながら、シャワーの栓を開き、腰に手を当てながら顔を上げ、清々しい水しぶきに向かって口を開いた。

しかし、少し歌っただけで、すぐにやめた。

彼は自分自身に驚いた。

しばらく、シャワーを浴びながら呆然とした。透明なお湯が頭の上から流れ落ち、脚の上を音もなく滑っていった。

洗面所のドアは閉まっていて、窓の外の北環大道の立体交差点を貨物トラックが走る音は聞こえない。しかし、彼はさっきの自分が発した声を思い出すことができた。

そうだ。彼は確かに自分の声を聴いた――叙情的な曲でもなく、民謡でもなく、それは馬の小さな嘶きだった。

彼は我に返って、気を落ち着かせるとシャワーを止め、浴室から逃げ出し、鏡の前に立って、その中の自分を細かく観察した。

ちょっと見ただけで、汗が噴き出した。

裸のままリビングへ行き、タバコに火を点けた。

彼は不安に駆られながらタバコを吸い終えると、吸い殻を始末し、窓を開け、部屋の空気の通りをなるべく良くした。それから、また洗面所の鏡の前に戻った。

湯気はすでに消えており、鏡は彼を鮮明に映し出していた。

今度はもう逃げも隠れもできなかった。

彼の体は細く、肌はきめ細やかで、首は細長くすっと伸びていた。細長い体形の馬、いや、男だった。彼の脚は力強く、尻はどっしりしていた。上に向いた尻尾から盛り上がった肩と首の後まで、よく見ると暗い色の線が続いている。

彼は鏡をじっと見つめた。鏡の中の彼は、ゆっくりと変化していった。彼ははっきりと彼自身を見た。

「彼」は彼ではなく、前脚をもたげて立っている馬だった。

違う。彼は自分に言った。これじゃいけない。

彼は視線を鏡から移して身を翻し、弱々しく洗面台に寄り掛かった。彼女はどう思うだろう、もし僕が一頭の馬だったら。彼は緊張しながら思った。

彼女は彼の強靭な長い首が好きだったし、彼の真丸いお尻に夢中だった。「わたしは優秀なジョッキーになるわ」、彼女は得意げに何度もそう宣言した。

ある時、彼は本当に彼女をジョッキーにした。彼女を背負い、一気に南山(ナンシャン)を登りきると、すべてのカップルの女性の眼には、自分の男に対する憤怒が漲った。また、ある時、彼女が怒り、むきになって、彼に仕返しをしようとした。彼は、もし彼女が彼に追いついたら、三〇回、思いっきり噛み付いていいと応じた。当然、彼女は追いつけなかった。彼は彼女が追いかけてくるのを見て、いつもすんでのところでサッと身をかわした。身の周りのあらゆる障害物を跳び越え、瞬く間に遠くまで駆けていった。

いま、それらのことをすべて思い出した。彼女はとっくに言い当てていた――彼女はジョッキーになる――彼女は一年前に「彼」が誰であるかを知っていたのだ！

彼は洗面台に寄り掛かってしばらくぼんやりとし、そこを離れると、抜き足差し足で寝室へ向かった。

彼の側のベッドライトはまだ点いていた。彼女は体を丸め、片方の腕はだらりと枕に置かれ、頭は彼の側のベッドに埋もれていた。顔にはライトが当たっておらず、静かに眠っていた。

彼は静かにそこから離れ、寝室のドアを閉め、洗面所へ戻ってドアを閉めた。いま、彼は一人になった。

彼は鏡の中の自分を見ながら深く息を吸い込むと、口を開け、丹田を縮めながら声帯を動かした。

その瞬間、彼は驚きと不安で呆然となった。彼は自分の声を聴いた、しかもはっきりと。それは馬の抑え気味の嘶きだった。

少なくとも一週間、彼はパニックに陥った。

彼はしばしば呆然とし、一人で座り込むか、一人で立ち尽くし考え事をした。

梅林方面へ向かう道路のイミグレーション拡張改造工事は、最終段階に入り、作業現場はすっかり戦場になっていた。胡技師長は、簡易事務システムと組み立て式ベッドを現場に運び込み、目の下に隈をこしらえて、いたる所で怒鳴り散らした。劉副社長は、もがきながら病院を抜け出してきた。助手に点滴の瓶を掲げさせ、ふらふらしながら現場を歩き回り、誰かれ構わず肩を借り、ゼイゼイ息を切らしていた。

彼は気が動転していたので、怒鳴られないわけがなかった。

彼はあっという間に痩せこけ、無精髭も伸びた。二日、髭を剃らないだけで、髭が手に刺さるほどだった。

彼はあらゆる新鮮な野菜を嫌悪し始め、さわやかな土の匂いを嗅ぐだけで心が乱れ、海苔などの乾燥野菜までも嫌いになった。

彼は小走りで作業現場に向かうことをやめ、警告表示板の上を跳び越えることもやめた。彼はいつも自分を制御してゆっくり動き、駆けるのが好きなあらゆる動物との間に厳格な境界線を引いた。

そのため、彼の神経は過敏になり、それにつれて反応と動作も鈍くなった。胡技師長はすでに堪忍袋の緒を切らし、少なくとも二回、彼を厳重に注意した。

彼は自分をコントロールする術がなく、コントロール不能だった。誰が彼に、いったい何が起きているのか伝えられるというのだろう。彼には自分が誰なのか考えてみる勇気さえなかった。彼は彼女が誰なのかを考える気さえなかった。

彼は彼女の夢のことを思った。彼女は夢の中でいつも蝶になった。考えてみれば、彼女はおそらく変化したのではなく、本当に蝶なのだ。

もし彼が馬であるなら、なぜ彼女が蝶であってはならないのか。蝶はあらゆることに口を使うし、彼女は口を使うのが大好きなのだ。蝶は長い触毛(しょくもう)があり、彼女の髪は柔らかく魅力的だ。蝶は羽を閉じて休み、彼女は体を丸めて眠る。彼女が蝶でないとしたら何者なのだろう。

自分は馬、彼女は蝶、彼はこの考えに笑い出してしまった。だが、彼は一瞬笑っただけで、二度と笑わなかった。笑えなかったのだ。

彼は馬と蝶がどんな言葉で交流するのか、どう交配するのかなどは気にしなかった。だが異なる生物種として、彼という馬と彼女という蝶は結婚できないのではなかろうか。


プロジェクトが竣工し、テープカットが行われた日、彼は祝賀会に参加せず、早々と帰宅した。家に帰るとドアを閉め、書斎に入ってパソコンを開いた。

彼は体中汚れ、汗臭かった。まだコンクリートが付いている手のひらには、いくつも血豆ができていた。

彼はグーグルで昆虫類を検索し、更に鱗翅目（りんしもく）を調べると、千にも及ぶ鱗状の鱗粉に覆われ、四つの羽をもつ小さな蝶たちを見つけた。

彼は一頁ずつ蝶の目録をめくり、一つひとつ見ていった。彼は一枚の蝶の図に惹きつけられた。図は美しい一頭の蝶で、一対の透明な前羽と一対の長く垂れ下がった後羽を持っていた。

彼女が弟子たちとヨガをしているとき、もし両腕で輪を作ったら、光の環が彼女の背後に現れ、全身がほとんど透明になるのではないかと彼は思った。しかも、確かに彼女は考えられないほど細くて長い脚を持っている。

蝶の図には解説があった。この種の蝶は、飛翔する時の羽の動きが非常に速く、休んでいる時でさえ羽を震わせている。それは彼女の普段の様子とそっくりだった。ヨガをしていない時でも、彼女はいつでも機敏に動き続けている。彼と話をしていると、話し出した時にはまだベッドの上にいたのに、話の後半ではもうキッチンにいた。

また、その種の蝶は食事の方法も他の蝶と違っていて、草花の上を旋回しながら食事を摂り、停まって休んだりはしない。それは完全に彼女のやり方ではないか！

彼は心臓がドクン、ドクンと狂ったように鼓動するのを感じた。彼はその蝶の名前に視線を移した。Green Dragon butterfly――彼は思い出した。いつも彼女を撫でるとき、指にあの奇妙で人を魅了する粉のような感覚があったことを。

彼は背中が熱くなり、何かがそこから流れ落ちてくるのを感じた。まるで、「彼」が果てしない草原で長い距離を疾駆し、たったいま夢から醒めたときのようだった。

彼は維平（ウェイピン）の意見を訊いてみることにした。

維平は彼の大学時代のバスケットボール部の仲間で、その後、妻を交換すること以外は何でも話し合える親友となった。彼は土木建築を学び、大学を卒業したあと、政府から深圳の仕事を割り当てられた。維平は生物学を学んで著名な生物科学研究者となり、深圳大学に招かれてこの町にやって来た。維平は新世紀後、ずっと神秘的な生命現象の研究を続けており、執筆した論文は常に学界に衝撃を与えている。

彼は週末を選んで訊くことにした。

彼女は九時に出発し、あるセレブのために「心の呼吸」という講座をしに出かけた。彼は彼女が嬉しそうに腕を引くのに任せて階段を下り、彼女が競技用自転車でマンションの居住区を出ていくのを見送った。彼は一人で庭をしばらく散歩して家に戻り、リラックスできる服に着替えると、維平に電話を掛けた。

彼の話を聞き終えると、維平は電話の向こうで長いこと沈黙した。

彼は待った。北環大道の立体交差点を貨物トラックが轟々と走り抜ける音が聞こえる。赤ん坊がマンションの廊下でクックックッと笑う声が聞こえて、そのまま消えた。

およそ七十七台の貨物トラックが通り過ぎた時、彼の忍耐が臨界点を超えた。

「聞こえているのか?」。彼は受話器の向こう側に向かって訊いた。

「もちろん、聞こえているよ」。維平はまるで唐突に夢から醒めたかのようだった。「何が訊きたいんだ?」

「ひょっとして、僕は幻想症じゃないのか。つまり、ある種の僕が知らない状態のことだ。生活のリズムが速すぎるから、何が起きても変じゃないだろう？」彼は言った。

「こっちに来れるか？」維平は彼の質問を避けた。「午後には、博士課程の学生の口頭試問があるけど、二時間なら大丈夫だ。顔を合わせて話をしよう。おれがDVDを用意しとくから、おまえのプライバシー保護のために撮影しておいた方がいい。おれは昔のクラスメイト、最も仲のいい友人として誓うよ、どんな時でも、おまえのプライバシーを侵害することはないと」

「いったい何が起きたっていうんだ？」しばらく沈黙したのち、彼は言った。本当にこんなことを訊かなければ良かったと彼は後悔した。まだ質問を続ける必要があるだろうか。

「どう説明したらいいかな、専門的な学問領域に関係してくることだから、一言では説明できないよ」。維平は電話の向こうで言った。彼ができるだけ冷静であろうとしているのが聞き取れた。ひょっとしたら、彼はいま姿勢を正して座っているのかもしれない。「種の突然変異という言葉を聞いたことがあるかい？　ロックフェラー基金がサポートしている国際共同研究なんだけど、おれはちょうどその共同研究のメンバーなんだ」

「おまえが言っているのは、怪奇現象のことか？」彼はぎこちない口調で、語気に揶揄を込めて言った。

「大学卒業の時の、財政大学とおれたちの試合のことをまだ覚えているか？　おれは諦めて、おまえにボールをパスした。おれにはできないと思ってさ。おまえはおれたちのチームのゴールライン近くからシュートを放って、ゴールを決めたよな。おれたちが一点差で勝った。あれは試合終了三秒前のことだった」。維平は明らかに彼を説得しようとしていた。「おれはずっとあのシュートのことを考えていた。あれはあり得ないことだ。だが、どうってことはない。生命の神秘的な現象は科学では説明つかないけど、あらゆる科学にはプレサイエンスの時期がある。問題は、おれたちが十分な忍耐と畏敬の念をもって、それを認識するかどうかなんだ。ひょっとしたら、非常に長い時間が必要で、おれたちの孫でも、その結果を見届けられないかもしれない。だが、おれは責任ある生命科学研究者の一人として君に誓う……」

彼は維平が話し終える前に電話を切った。

彼は確かにやり過ぎだった。友達との電話を途中で切るべきではなかった。しかも、彼の方から頼み事をしたのだ。だが、今回は話が合わなかった。もし彼が人類でなく、黒い毛に四つの真っ白な蹄の焉耆馬だとしたら、彼はこんなことをする必要もないし、できもしないのだ。

彼は静かにソファーに座りこみ、リビングを離れなかった。

太陽の光が窓から差し込んでいた。肉眼では見えない微小な生物たちが陽光の中を漂っているのが見えた。彼の視力の範囲の外、もっと広大などこかの場所では、まだまだたくさんの眼には見えない生物たちが生きている。

彼は今、彼が誰であるかを確信することができた。また彼女が何者であるのかも、ほぼ確信できた。だが、それは彼が直面しているもののすべてではない。彼が向き合わねばならないことは、それより遥かに多かった。

もし、本当に彼が理解している状況のようならば、つまり、彼は「彼」であり、一頭の焉耆馬であるならば、「彼」はかつて風のように自由で、小糠雨と雪の導きに従って、ボステン盆地の美しい沼地を楽しく駆けていたのだろう。生存は厳しくても、悩みなどついぞなかっただろう。それなら、彼は「彼」の生活へと戻るべきなのか。もし、戻るべきなら、彼は「彼」の生活へ戻れるのか。どうやって戻るのか。

それに、彼女はどうするのか。彼女は唐突に降り出した雨や、突然襲ってきた青い尾のコマドリのために心を痛めている。彼女は絶対に自分が何者であるかを知らない。彼は彼女にこのことを伝えるべきだろうか躊躇した。彼女は彼女ではなく、彼女が思っている彼女ではなく、細くて長い両脚を両腕で腹に巻き付けるヨガのインストラクターではないことを。彼女は「彼女」であり、一匹の蝶であり、正常な状態なら、「彼女」は陽光に満ちた林へ戻り、雨が降る時や、青い尾のコマドリの群れの襲撃に遭った時には、暖かいケヤキの林の中に隠れるべきなのだと。

少なくとも三時間経った。彼はもうそれ以上考え続けないようにした。

彼には自分を困惑させるそれらの問題をはっきりさせられるはずもなかったし、抱えきれない問題を解決する方法もなかった。考え続けるのが恐ろしくなった。

彼はリビングを離れて寝室へ入り、カバーと布団をベッドから一枚一枚めくり取った。カーテンを外し、クローゼットの外に放り出された彼女と自分の服をすべてひとまとめにして、洗濯機の中へ放り込んだ。彼の頭の中にはブンブンと音が鳴っていた。彼は分からなくなった。もしもそれ以上考えたら、どんな状況になるのか。彼は狂ってしまうのだろうか。

午前中、彼はずっとあくせくと動き回った。絶えず水を入れ、脱水し、取り出して干した。昼頃には、すっかり部屋をきれいにしてしまった。

彼は時計をちらっと見た。彼女が帰ってくる頃だ。彼は袖と前身ごろが湿ったルームウェアを脱いで、外出用の服を着ると、彼女にメモを一枚残して玄関に鍵をかけ、車庫へ向かった。

赤信号になったところで、転機が訪れた。

彼は車を彩雲支（ツァイユンジー）通りの三叉路の入口に停め、赤信号が変わるのを待っていた。美しいアメリカ製自動車のオールズモビルが彼の車の後に停まっており、その車同様に美しい若い女性のドライバーが興味ありげに彼を一瞥した。

彼は若い女性を見なかった。そのとき、彼はある男の子を見ていたのだ。

その男の子の髪はぼさぼさで、アニメの絵柄入りの大きなリュックを背負っていた。怪しい素振りで、通りの角口から左右を眺めると、さっと歩道から飛び出し、楽しそうにスキップしながら通りを飛ぶように横切っていった。

ぼさぼさ頭の男の子に、注意を払う者は誰もいなかった。彼だけが運転席にいて、もしかすると、そうだったからこそ、フロントガラス越しにはっきりとその一幕を見ることができたのかもしれない。

彼が見たのは、ぼさぼさ頭の男の子ではなく、翼を広げ地面を掠めて飛ぶヨシキリだった。蓮花山（リエンホアシャン）へ向かう並木道へ消えていく男の子を見守っていると、熱い涙が彼の目から流れ落ちた。後方のオールズモビルがクラクションを鳴らした。彼に信号が変わったことを伝えようとしているのか、あるいは早く行ってという意味だろう。

今、彼は分かった。彼と彼女だけではない、ぼさぼさ頭の男の子だけでもない。もしかすると、もっと多くの人——維平、孟技師、胡技師長、劉副社長など、彼らも焦ったり落ち着いたり、不安になったり耐えたり、ごまかしたり平然としながら、同じように孤独で、同類を見つけられないでいるのかもしれない。

もしかすると、それだけでなく、もっとずっと多くの隠れた生命が、この都市で生活しているのかもしれない。「彼ら」は彼らではなく、彼らが思っているような彼らではなく、それはまるで、この都市が焉耆草原でも、三江源（サンジアンユエン）⑨でも、青蔵（チンザン）高原⑩でも、潘陽湖（はんようこ）⑪でも、伶汀洋（リンディンヤン）⑫でも、頭上に広がる天空でもないのと同じようなものなのだ。誰がそれをきちんと説明できるだろうか。

彼は頭の中で、こんな奇妙なことを考えていた。彼の顔にはゆったりとした微笑みが戻ってきた。彼はブレーキを踏む脚を緩め、アクセルを踏み、停止線を越えて車を走らせた。

（完）

（原題：「深圳在北緯22°27′〜22°52′」、初出：『人民文学』二〇一一年第五期）

訳注

①梵我一如＝インドのウパニシャッド哲学に代表されるバラモンの根本思想。宇宙の根本原理であるブラフマン（梵）と個人の本体であるアートマン（我）は同一であるというもの。

②労働模範＝生産や建設中に成績が顕著だった人物に与えられる中国の栄誉称号。

③フォーマット化＝ディスクなどを初期の状態にして使えるようにする作業。指定されたファイルを細かく区切り、どこに何があるか管理すること。

④布吉＝深圳市龍崗区西部に位置する街。

⑤解放＝一九四九年十月、中華人民共和国の成立を指す。

⑥焉耆＝かつて中国に存在したオアシス都市国家。現在の中華人民共和国新疆ウイグル自

治区のバインゴリン・モンゴル自治州焉耆回族自治県。
⑦ボステン湖＝中央アジア・タリム盆地の北東縁にある淡水湖。新疆ウイグル自治区バインゴリン・モンゴル自治州バグラシュ県。
⑧ユング博士＝カール・グスタフ・ユング（Carl Gustav Jung 一八七五年〜一九六一年）。スイスの精神科医・心理学者。分析心理学の創始者。
⑨三江源＝青海省にある長江、黄河、メコン川の水源地区。
⑩青蔵高原＝青海省とチベットを跨ぐ高原。
⑪潘陽湖＝江西省北部。中国で一番大きい淡水湖。
⑫伶汀洋＝広東省珠江にある河口。

皮佳佳（ピー ジア ジア）

一九八〇年代、湖南省常徳生まれ。代表作に、長編小説『時間在弥敦道没有離開』、中短編小説集に『方死方生』などがある。広東有為文学賞などの受賞歴がある。

庭前の芭蕉

是れ身は堅からず、依蘭(いらん)の水沫(みなわ)、是れ身は常に壊(こわ)る、芭蕉之樹

——『涅槃経』

新しく来た小施(シャオシー)は、ちょうど庭で落葉を掃いていた。欧陽(オウヤン)教授が籬(まがき)の外から声をかけた。掃かなくてよい、掃かなくてよい。欧陽教授は朝の鍛練から帰ってきたところで、まだ顔が少し紅潮していた。彼は手を腰の後に組んだまま入ってくると、顔をもたげて大きな楓の木を眺めた。葉が数枚ひらひらと落ちた。また秋が来た。彼は階段の前の空地をぼんやり見つめた。欧陽教授は、階段の前に芭蕉の木を植えようと年初から考えていた。もちろん、夏に昼寝をしながら、いちめんの芭蕉の葉を見るのは快いし、夜に雨が芭蕉の葉を打つ音を聴くと、古代の人と対話をしているような気持ちになる。しかし、欧陽教授は眉間に皺を寄せて別のことを考えていた。小施は箒を置き、塵取りを持って出ていった。自転車が走ってきて、すこし錆びたような音のベルを鳴らした。彼女は傍らに身を避け、首をかしげて眺めた。低い籬の内側に、欧陽教授が白の単衣を身

にまとい、微かに黄色くなった落葉を踏んでいる姿が見えた。秋の陽光が彼を照らしていた。小施はぼうっとした。落葉が残っている方がやはり美しいわ。

この二棟の瓦葺の家は、中華民国期①に建てられたものだった。傍らにまだ数棟あるが、誰も住んでおらず、数匹の野良猫の邸宅となっていた。野良猫たちは塀の上に縮こまるように伏せ、太陽の恵みを気怠そうに浴びていた。誰かが通りかかっても野良猫たちは億劫がって動こうともせず、ただ微かに目を開くだけだった。陽光の下、瞳孔は縫い目のように縮こまっており、ぼさぼさの毛を風で揺らすことが、どうやら縄張りを守るための警告であるらしい。

余先生が亡くなったあと、欧陽教授は「どうしても」と言ってここへ引っ越して来た。妻は縁起が悪いと言って嫌がった。先生のことを縁起が悪いなどと思う人はいない、と彼は言った。彼が最初に運び込んだ物は、余先生のモノクロームの写真だった。書机の上に置き、傍らには歙硯②を置いた。現在、欧陽教授はこの写真と連れそって一人で住んでいる。朝食を食べ終えると、ある人が庭に入って来て、欧陽教授を豪華なランドローバーで出迎えた。車高が高いため、抱えて支えてあげないと、欧陽教授は座席に座れなかった。車は町を離れ、農家の小さな庭に停まった。遥か彼方の山を望めるその農家の入口には、「逸廬」と書かれていた。苧麻の衣服を身にまとった銭社長が迎えに出てきて、肥えてつやつやした両手で拱手③の礼をした。「お越しになられるのを、ずっと待ち望んでおりましたが、ようやく願いが叶いました」

部屋に入ると、巨大な和田玉（フーティエンユィー）④の原石が横たわっていて、その前には木の枝の化石も聳え立っていた。床に蹲（うずくま）っていた黒石の獅子は不満げだった。まるでこんな場所に置かれたら、自分の価値が下がってしまうと言わんばかりに口をすぼませ、頭には埃をかぶっており、傍らには端が欠けた磁器の壺が置かれていた。後方には観音菩薩のタンカ⑤が置かれ、そのすぐ横に瀟湘⑥雲水図の掛軸が飾られてあって、まるでたくさんの人が吐き出した生（なま）のオリーブの実のように、無数の赤い落款が押されていた。欧陽教授は茶卓の傍らに座り、部屋中に飾られた「雅（みやび）なもの」を観察していると、いつとはなしに膝の上を指でトントンとたたき始めていた。お茶を入れるお手伝いの娘が、雅やかな数々の儀式を茶杯の間で繰り返しているのを見ると、その中から鳩でも出てきそうだった。銭社長はマホガニーのソファーにそっと寄り掛かり、腕にはめた琥珀の数珠をいじりながら言った。「私って奴は、雅なものだけが趣味でございまして。友人たちのように酒を一日中飲んだり、麻雀を打ったりはしません。あまり良い言い方ではありませんが、あれこそが俗というものです」。銭社長はお茶を何杯か飲むと、自分が俗物でないことを証明するために、欧陽教授に書道の指導をしてもらった。書斎にはひき臼のように大きな硯（すずり）があった。硯池（けんち）には分厚く墨がこびり付き、一筋の墨の裂け目は水を飲みたがっているかのようだった。傍らの筆洗（ふであらい）は洗面器のように大きかった。欧陽教授が確認すると、彼が使っている洗面器より大きかった。銭社長は一枚の紙を広げ、「この書道紙はいい、古いもので、すでに粘り気も水分も飛んでいます。

筆当たりもいい」。彼は「筆当たりがいい」と言った後、ゆっくりと息を吐き出しては吸い込んだ。銭社長の表情はとても満足気で、この雅やかな言葉を口にした自分自身に酔っているかのようだった。

銭社長は何枚か書きおえると、意味ありげな表情をして言った。最近、宝物を手に入れたので、欧陽教授に見ていただきたいのです。欧陽教授は眼鏡をかけ、絵を鑑賞しながら画帖(がじょう)を広げて言った。「おお、石涛⑦のものだ！　金山竜游寺⑧の画帖ですね」彼は顔を近づけ、貪るように一本一本の線を眼で追い、細筆の屈曲を追いかけた。彼は、生命とはまさに欲望のことだという言い方を軽蔑していた。孤高な文化人として、それは生命を貶(おとし)めるものだと思っていた。だが現在、彼の眼は欲望の塊となり、山石に隠された美を探り当てようとしていた。だが、視線をしばらく動かしていると、いぶかしげな表情になり、なぜかなかなか視点が定まらなかった。手もそれにつれて焦りはじめ、すばやく画帖をめくっていき、最後の一枚になって、肩の緊張を緩めた。顔をすこし撫でると、なんと涙が流れていた。

「愚なるべきか否か？」。余先生はかつてこう問うた。

その晩、余先生はあの古い毛糸のチョッキを着て、『論語』⑨を手にしながら、そう彼に問うた。

欧陽は大学院生になったばかりだったが、すでに自身の研究計画を立てていた。一年目は中国の古典を通読し、文学、歴史、哲学を完全に理解する。二年目は西洋の古典を自在に読んで、中国と西洋の文化の精髄を吸収する。三年目はただ黙考するのみで、他には何も行わない。四年目に、自分の芸術思想体系を創り上げる。彼は長々とした書籍リストを手にしながら、宿舎の友人にそう説明した。友人は二段ベッドの上の蚊帳に隠れ、トウモロコシをかじっていた。彼は頭を蚊帳の外に出し、トウモロコシをかじりながら、書籍リストの一行目を指差して言った。大風呂敷を広げるのは、せめてこのリストの一行目の本だけでも読んでからにしろ。その後、その友人は農業のリーディングカンパニーの社長になった。同窓会で、彼は欧陽教授の肩を叩き、「大教授、書籍リストの本は読み終えたか?」と言った。帰宅後、欧陽教授は書籍リストを探し出し、まだ四分の一も読み終えていないことに気が付いた。だが大学院生だったあの頃、彼はまだ土から芽を出した春の竹の子のように若く、まさに上へ上へとまっすぐに伸びていこうとしていて、誠実に世界と向き合おうとしていたのだ。孔子は言った。顔回(がんかい)は自分の前だと愚鈍に見えた。いつも自分の意見を述べることはなかった。しかし、後に、彼が教わったことをとてもよく説明できることを知った。顔回は実は愚鈍ではなかったのだ。欧陽教授はこのような態度をひどく嫌っていた。これでは、表向きには師を尊んでいるかのように見せかけながら、実際にはただ老練で如才のない、しかも文人にとって最低限の誠実さもない人間ではないか。余先生は長くため息をついた。「死が近づいているというのに、私は未だどうやって生きるべきか分からない。私こそ本当の愚だろう!」。余先生はあの頃、すでに胃ガンと診断されていた。

「どうですか？」。欧陽教授が感激のあまり涙を流しているのを見て、銭社長は悦に入った。もちろん、彼は欧陽教授にこの収蔵品の今後の価値を評価して欲しいと思った。去年、銭社長は日本へ行ってたくさんの古書を買ってきたが、欧陽教授がその中に、宋代の古書があるのを見つけてくれたのだった。しかも官製の古書だった。銭社長は興奮のあまり数晩も眠れず、古書を紫檀（したん）の小箱にいれて保管し、枕元に置いた。「いま住んでいる別荘と同じものが買えるぞ」。銭社長は妻に言った。

「よく描けています」。欧陽教授は答えた。その褒めるようでいて否定的な評価に、銭社長は自信を失い、慌てふためいた。「よく描けています。もちろんそうです。石涛の絵ですから悪いはずがございません。見て下さい、この筆の跡を」

欧陽教授は学術的な用語をひけらかしたくなかった。そこで、彼は感激のあまり涙を流したのではなく、自分でも涙を流したのに気付かなかったと説明しようとした。それは瞬間的な感応で、その瞬間に、彼はやっと石涛が述べていた内在的な感応を理解することができた。数百年という静かな時間の河を隔てて、その感応はずっとそこに留まり、鑑賞者が画帖を紐解くのを待っていたのだ。

「前の方の数枚の絵ですが、私が見るに、なかなかのものです。技法もしっかりしていて、非常に精緻にできております。しかし筆が細く、気魄も弱く、集中が切れています」

「この八枚のうち、最後の一枚だけが本物だという意味でございましょうか？」。銭社長は自分がこの画帖のために支払った対価を思い出し、今度は泣き出しそうになった。「ですが、これは一揃いのものですよ」。彼は心で海南黄花梨⑩の大きなベッドを惜しんだ。

「そんなはずはありません、絶対に。この収蔵印を見て下さい。しかも以前、専門家が公認したものですから。先生お一人でお決めになれるものではございません」。銭社長は欧陽教授の独断に断固反対した。

信じないとは言ったものの、銭社長はずっと意気消沈したままで、欧陽教授が帰る際には、石の獅子よりも口がすぼんでいた。もちろん、彼は欧陽教授に感謝の謝礼を支払うのを忘れなかった。欧陽教授は受け取らず、私は鑑定しに来たのではなく、絵を見に来ただけですからと言った。

銭社長はふいに、前回会った際に、余先生の全集の出版を承諾したことを思い出した。その後、用事があって忘れてしまっていたが、人はやはり信用を重んじねばと思い、今すぐに手配をさせた。欧陽教授は踏み出していた足を止め、わざわざ戻ってきて銭社長と握手を交わした。「前の方の数枚の絵は、模倣ではありますが、張大千(ジャンダーチエン)⑪によるものです。ですから、やはり非常に価値のあるものです」

余先生の全集の件にあてがつくと、欧陽教授は遠くの山を眺め、それがまるで余先生の描いた雲山図のようだと思った。絵はすべてがらんとした霧に覆われ、奥深い所に小山が描かれたもので、「愚翁」の落款があった。愚と言えば、先生は確かにすこし愚なところがあった。ひょっとすると、生涯未婚であったことが原因で、歳を取って風変りな性格になったのかもしれない。毎朝、時間通りに起床し、小路に沿って西北の方向へ歩いて行く。そこには家と小さな庭があり、一本の芭蕉の木が植えられていた。みなが、この芭蕉の木は怪物だと言っていた。北方はこんなに寒いのに、なんと凍えて枯れることもない。冬、主人は木に稲と麻の縄を巻き付ける。春になると、また新しい葉を付け、これまで通り木陰をつくる。余先生は庭を囲むように、同じテンポでゆったりと歩いた。人々は言った。彼は中華民国期の古い物語を真似して、芭蕉の木の下の美しい女性を想っているのだと。少し前まで、そこには人が住んでいた。そこに住んでいた男は、余先生の足音を聞くと起床し、余先生がちょうど窓辺まで歩いて来ると、タイミングよく妻に「おはよう」と挨拶し、さらに、わざと余先生に聞こえるように一言添えた。「やっぱり誰よりも君を愛している」。暗に外の足音と張りあっているのだった。そこに住んでいた二人が引っ越した後にも、庭の足音は頑なに響き続けた。あの日、芭蕉の木も死んでいた。余先生はそこに立っていた。道行く人が余先生の言葉を聞いた。「やっぱり誰より君を愛している」。その後、余先生は水墨で芭蕉を描くようになった。わずかに残された数枚の芭蕉の葉を。

欧陽教授は家に戻ると、パソコンを開き、序文の修正をつづけた。いくつかの資料を探さなければならず、彼は立ち上がった。本棚から一冊の古書を取り出すと、そこに封筒が挟まれていた。

それは余先生が彼に残してくれた『勤礼碑』⑫の拓本の断片であることを思いだした。だが、彼はとっくにどこに置いたのか忘れていた。多くの書籍と同様、本棚に置く時だけ、彼の指に触れてもらえるのだった。彼はパソコンを閉じるのも忘れ、拓本を開いて細やかに鑑賞した。以前、印刷された写真と拓本はほぼ同じだと思っていたが、今日、拓本に残っている本来の感覚、模糊としているが、本物の風采を見出した。写真の中の余先生は、時間が経てばよそよそしく思えてくるが、彼が先生を思い出し、脳裏に浮かんだ姿と話す時は、より身近に感じるように。だが、その感覚はそれほど真実味のあるものなのだろうか。いつも彼がその姿を捕えようとするたび、一切は消えてしまうのだった。初めて先生の書斎を訪れた時、彼はとても落ち着いた気分になった。あの机の上に置かれた、あばたのある、せむしの老人のような醜い文鎮のせいだろうか。それとも、あの黄ばんだ書籍に埋もれた本棚が、眼に見えない深淵の中で、彼に柔らかな蔓を差し出してくれたからだろうか。ある人は物語の中で生活し、物語の外で生活する人がそれを覗き込む。それは人を途方に暮れさせるある種のロマンであり、彼はそこに留まりたいと願った。

時々、先生は彼に墨の磨り方を教えてくれた。簡単そうに見えてなかなか難しく、手と固形の墨に入れる力加減は微妙で、上手くやらないとリズムに富んだ心に響く音は聞こえてこなかった。中秋節、月光が美しく、人と物にはすべて青瓷(せいじ)の釉(うわぐすり)の光が浮かんでいた。欧陽は家で自家製の干し豆腐を一椀蒸し、黄酒(ホアンチュウ)⑬を一壺携えてきた。二人は大きな楓の木の下で月を愛でた。余教授は珍しくご機嫌で、手づかみで干し豆腐を食べ、酒を半壺飲むと、海外で勉強した日々と、あの生涯愛し続けた美しい女性のことを話しはじめた。「学問好きで、勝気で、怒った時は、無錫の言葉に英語を交えながら怒鳴るんだよ」。余先生は自分の手と爪を見ていた。欧陽はすべて鮮明に憶えている。

「二人のご関係は……」

「あのとき約束したんだ、先に卒業した方が彼女と結婚するって」

「じゃあ、先生は彼より遅かった」

「私が遅かったわけじゃない、あいつがずる賢かったんだ、小細工しやがって」

先生は話題を変え、生涯見た中で、一番美しかった月の話をはじめた。ある峡谷で、谷の間から澄み切った円が昇ってきた。「浮生は夢の如し、歓を為すこと幾何ぞ[14]、と古人は言う。でも、考えてみれば、人生は必ずしも夢ではないな。夢はいつだって忘れてしまうが、人生のいくつかの記憶は鮮明になっていくばかりだ」

「しかし、まずいのは、私の記憶がどんどんぼやけていくことだ」。欧陽教授は黄酒の味と、先生の顔かたちを思い出してみたが、それは水に落ちた月の影のようで、波が立つと一切が混じり模糊とするが、依然と美しい影像のようだった。ただ、ひとところだけ、あまりにも鮮明だった。あの白い色……。欧陽教授は慌てて我に返った。全集の序に、さらに二点つけ加え、余先生の理論と独創性を論じねばならなかった。

妻が雑穀粉一袋とクルミ、赤棗（あかなつめ）を携えてやって来た。欧陽教授に朝煮て飲むよう言いきかせた。

「インスタントラーメンなんかもう食べちゃ駄目よ」

欧陽教授は秘密を見破られ、若い学生がみせる恥ずかしそうな笑顔を見せた。「一、二回しか食べてないよ」。一昨年、息子が子供を授かり、妻は越していって子供の面倒を見た。彼は行きたがらなかった。息子が借りたあの２ＬＤＫの部屋に入ると、彼はいつも不安を覚えた。

「息子があなたに引っ越してきてって言っているわよ、どうせあなたも、もうすぐ退職だし、この古い家屋だって取り壊すらしいわよ」

「その時、また考えればいいさ」

彼は息子の辰呉（チェンウー）の言葉を思い出した。「父さん、一つの観念の中だけに生きていちゃ駄目だよ」

「観念？　どんな観念だ？　古代に生き、気品の高い文人を模していると、自分では思っているが、そんなのは妄想で、時代遅れだとでも言うのか」。欧陽教授はもちろん自分を骨董品だとは思っていない。普段は毛筆で書いていても、とっくにパソコンで文章を書いているし、WeChat⑮のグループチャット上でも、思ったことをしょっちゅう発信している。学生たちが使う新しいものにも、興味を持っている。机の上の蛍光ペン、スタンドファイルボックスなどは、すべて学生にネットで買ってもらったものだ。その日、学生はシンガポールのインスタントラーメンもプレゼントしてくれた。魅力的な包装で、カレーソースのクルマエビが数尾描かれていて、インパクトの強い絵は味覚を刺激した。欧陽教授は待ちきれずに黄色と乳白色の調味料をスープに入れると、すぐに本でお椀に蓋をして麺を十分に温めた。その時、辰呉が来て、彼の奇妙なインスタントラーメンを見た。だが、彼らの話は決してそのラーメンから始まるはずがなかった。彼らはいつも沈黙し、必要なことだけを説明するか、それほど白熱しない議論を交わすかだ。議論をしているとき、彼は辰呉の眼を見たが、そこには青黴（かび）の生えた骨董品と、それを入れる小箱が映っているだけだった。

　辰呉が五歳の時、欧陽教授は彼に筆を与え、新聞紙に落書きをさせた。息子はだんだんと習字の手本をそれらしくなぞれるようになった。先ず『声律啓蒙（ションリーチーモン）』⑯、『幼学瓊林（ヨウシュエチオンリン）』⑰などを諳んじ、それからゆっくりと「四書」⑱に入っていった。彼はあの膨大な書籍リストを、息子が読み終えてくれることを思い描いた。しかし、辰呉は興味を示さなくなった。「雲は雨に対（むか）い、雪は風に対い〔対句の組み合わせの規則〕……、いつ武術をやるの？」。息子が言う「武術をやる」とは、ゲームで遊ぶことだった。子供たちはみな夢中になった。ゲームはテレビに繋げることができ、コントローラーで画面の中の英雄に、殴ったり蹴ったり、風を巻き起こさせることができる。息子が家に帰ってきて真っ先にやるのはゲームだった。欧陽教授は、昔、自分が家に帰ってきた時には書道をしたことをはっきり憶えていた。今、息子は緊張しながらコントローラーを動かしている。「スピンキック、スピンキック、回転足払い、さらに旋風脚。クリアーだ！」。欧陽教授は、息子に武術界の未来の担い手、手をポケットに突っ込んで一日中街をぶらつく奴らの影を見た。彼は恐れた。一ヶ月お菓子を食べなかったらゲームを買うと同意したことを後悔した。息子は家に帰ると、テレビの横にあった宝物がなくなり、分厚い習字の手本が、まるで記念碑のように立っていることに気付いた。何とも惜しいことに、それは欧陽教授の失敗の記念碑になった。息子は家中を隅々まで探し回ったあと、記念碑をなぎ倒してしまった。欧陽教授は怒り、手を挙げて殴ろうとしたが、息子の顔を見て驚いた。これは明らかに自分自身の顔じゃないか。高さの揃っていない眉毛は捻じれて、怒りのこもった「一」の字になり、まるで康有為[19]の碑学[20]の筆法のようだった。

辰呉は二度と毛筆を執らなくなり、その後はデッサンを学び、大学では建築設計を専攻した。欧陽教授は以前息子との距離を縮めるため（彼は息子がドイツ出身の建築家ルートヴィヒ・ミース・ファン・デル・ローエ[21]を好きなのを知っていた）、設計図を書いている息子に近づき、言った。あの建築家の理念は、実は中国の伝統哲学と非常に似ているんだ。辰呉は欧陽教授の保守的な雰囲気に息苦しさを感じたようで、何度か空咳をした。まるで空咳をすることで、あざ笑うのを堪えているかのようだった。「設計では新しさが求められるんだよ」。息子が欧陽教授と話をする時は、いつも皮肉が込められていた。欧陽教授はあきらめずに毛筆を執り、簡潔で風雅な黒白を描いてみせた。

「でも、こんなのは生活とは無関係じゃないか。昔の人は毛筆で文章を書いたけど、父さんだって、今はパソコンで文章を書いているんだろ。父さんが今、毛筆を使うのは無意味な観念に過ぎないよ」。欧陽教授の頭にあれほどあった聖賢の言葉は、なんと喉に詰まってしまった。

「昔、いつもおれに書道の道だとか言っていたよね、おれもそれは美しいと思うけど、それは過去のものだよ。今、本当に道が必要だとしたら、それはキーボードを打つ道、自動車の運転の道で、あるかないか分からない道じゃない。おれたちは、現実の生活で道を見つけられないっていうのかい？　見てよ、おれは今、パソコンで字を打っているけど、韻律もある、もっと打てば気韻生動（きいんせいどう）だ。自動車の運転だって、運転が上手くなれば文化が生まれてくる、ひょっとしたら父さんたちが言うような身心脱落の境地にだって至るかもしれない」。辰呉は勝者のような態度だった。

　父子の沈黙は、部屋に射す陽射しをとても目障りなものにした。欧陽教授はその時やっとインスタントラーメンのお椀の蓋にしていた書籍が『周礼正義』[22]であることに気付いた。書籍の上にはラーメンのスープの滴（しずく）がはね、小さな黄ばみが滲んでいた。「これが私の生活状況か？」。欧陽教授はほんとうに耐えがたい気持ちになった。自分こそ、虫に喰われて汚れた一冊の本に過ぎないと思った。

欧陽教授は自ら息子の説教に耳を傾け、時には自分が間違っていると思うこともあった。数年前、息子は結婚して家を買った。頭金がまだ四十万元足りず、欧陽教授と妻は、すべての貯金を数え直してみたが、二十万元にも満たなかった。息子は頭を下げて友人に同行してもらい、絵を携えて父のところへやって来た。「鑑定して欲しいんだけど。父さんはこの道の権威だから、父さんの言葉で決まるだろ」。息子の眼にはやるせなさと懇願の気持ちが浮かんでいた。家を買うためには父に頭を下げるしかない。欧陽教授は、余先生がなぜ自身を何ひとつ取り柄の無い人間だと言っていたのか、ふいに理解した。誰だって理想にしたがって生きたい、しかし、そんな考えは握れば零れ落ちていく砂のような考えなのだ。もし貯金の残高がもっとあれば、こんな状況にはならなかっただろう。たとえ、こんな状況になったとしても、眼には見えない原則がなければ、少なくとも現実の世界においては、平静に一切を処理できたであろう。

手が震え、筆を持つことができなかった。彼はできるだけ低く頭を垂れた。息子の顔を見る勇気はなかった。この頑なさは、余先生から学んだものであることを彼は知っていた。個人の世界においては、もちろん孤高な態度ではあるが、今はたしかに息子が言うように、たんなる無意味な観念に過ぎない。息子はもう何も言わず、身を翻して去っていった。欧陽教授は余先生の写真と向き合い、愚痴をこぼしたくなった。するとまた心が痛んだ。もしも余先生が現実的な一面を少しでも持っていたなら、あんなに早く亡くなることはなかったはずだ。生きていたら、生涯の夢であった五代芸術史全三巻を完成させることもできたはずだ。だが、彼は胃ガンと診断された後、巨額の医療費を負担する術もなく、手術も放射線治療もできず、ただ薬を飲むしかなかった。後薬と言っても、実際は痛み止めを飲むだけで、きちんと痛みを緩和できるわけでもなかった。読者の読者にとっては、作者紹介の最後に、「胃ガンのため逝去」という文言が加わるだけだ。読者はそんな数文字は読み飛ばし、早すぎたと、ため息をつくだけだろう。だが、物語の中のその人が、どれだけの苦しみの夜を乗り越えて執筆したか、想像すらできないに違いない。

学生たちはなんとか余先生のために、お金を集めようとした。ある学生が美術品の収蔵家を紹介してくれたが、先生は少し困ったように、水墨画はちょっとやるだけで、それじゃあまりに粗末じゃないかと言った。収蔵家は気にすることなく、彼に梅を描いてもらった。余先生はさっと筆を下し、にじみ、ぼかしをつけることもなく、ただ単純に毛筆を使って輪郭を描き出すと、すっきりとした一枝の梅の花が現れた。収蔵家は長らく見定めていた。高尚で優雅な誉め言葉を使っていたが、目付きから躊躇していることが分かった。文人画も分かると自任していた収蔵家は、書机の周りを何度か回ると小枝を指差し、先生にいくらか花を加えて欲しいと頼んだ。もちろん、文人画にはあっさりした感じが必要だが、あっさり過ぎてもいけない。さもないと、冷え寂びた感じになってしまう。先生は動かず、筆を置き、水で薬を飲んだ。収蔵家は長々と説得したが何の反応も得られず、笑顔が少しばかりこわばった。手を伸ばして先生の手を取り、毛筆の方へ動かした。墨が収蔵家の顔に飛び散った。

「自分で描け」

余先生が亡くなったあの冬、それは最も寒い冬だった。たとえ土の上を歩いていたとしても、鞋を隔てて土の硬さを感じることができた。木々は寒さのために暗褐色になり、野良猫もどこの隙間で縮こまっているのか分からなかった。欧陽教授と余先生の甥は、代わる代わる病院で先生を見守った。余先生は一度目を覚まし、学生の手をつかんだ。

「あの芭蕉の木はまだあるか?」

「ぼけてしまった」。傍らの甥が小声で言った。

「家に帰りたい」。余先生はまた目を覚ました。

強風が顔に吹き付けてきた。欧陽教授はマフラーをきつく巻き、向かい風に逆らいながら走った。彼は自動車を探し、先生を家に連れて帰りたかったのだ。先生の甥も同意した。もうああなってしまったのだから、家に帰らせてあげた方がいい。

総務処の処長が受付カウンターの後に座っていたが、こちらを振り返りもしないで、何か重大な問題に思いを巡らせていた。

「ああ……、先ずは報告書を書いてくれ」

「間に合わないだと？　いったいどういう状況なんだ」。処長は立ち上がり、タバコを一本取り出すと、人差し指と中指の間で動かしながら、何か方法を考えているようで、火を点けるのも忘れていた。

「彼は独り身だから、大変だよな」彼はタバコをまた箱に戻すと、何かを訊きに出て行った。戻ると、欧陽教授に告げた。「副校長が会議で、あの車はここにはない。学校には古いラーダ[23]一台と、トラック一台だけしかない」

欧陽教授は諦めるわけにはいかず哀願した。「危篤だっていうのに、なぜ迎えに行けないんですか」

「もともと校則に合っていないのは、おまえも知っているだろ。余先生は講師ではあるが、教授ではない。おれは前例を破ってまで方法を考えたんだぞ、どうして分からないんだ」

欧陽教授は、自分が無茶を言っていることは分かっていた。しかし彼はどんな道理を主張すればいいというのだろう。彼には満腔の無力な怒りしかなかった。処長の言葉は、その無力を有力に変えた。欧陽教授は生まれて初めて机を叩き、処長の机の上の書類を放り投げ、処長の胸に差してあった万年筆を投げ捨てた。彼は少し平静さを取り戻し、真っ赤になった処長の顔を見た。欧陽教授の顔はそれよりもっと赤くなっていたはずで、焼きごてが顔に貼り付いているように熱く、彼はそれを剥がしたかった。彼は駆け出し、階段を下りる時につまずいた。彼は振り返って階段を蹴飛ばすと、干乾びた声がふいに喉から飛び出した。「おれは絶対、こんな大学の階段では死なないぞ」

彼は従弟（いとこ）のことを思い出した。ここ数年の改革開放で、従弟は包子（バオズ）[24]を売る朝食屋を始め、今は小型トラックを買って輸送業をやっていた。

「おれに、もうすぐ死ぬ人間を運ばせるつもりか。兄貴、万一、おれのトラックの上で死んだらどうしたらいいんだよ？　おれを頼らんでくれ、頼むよ、土下座でもなんでもするよ、やめてくれ」

風がさらに強くなった。木の枝が堪え切れずに折れて、欧陽教授の足元に落ちてきた。彼は歩きながら気が動転し、マフラーがだらりと垂れ下がった。余先生の家に戻った。彼は先生の机の上にあった写真を持っていきたかった。彼は手で籬にもたれかかったが、籬を前に押すのではなく、ただぐっと掴んだ。竹の破片が肉に突き刺さった。その痛みは彼の苦痛を和らげてくれるようだった。

彼は遠くから、余先生の甥が体を前にのめらせて荷車を引いているのを見た。彼は混乱し、逃げ出したくなった。周囲がふいに静まり返り、心臓の鼓動が耳元でドンドンと上下に揺れ動いた。彼は近づいていった。荷車の上は真っ白だった。雪は降っていない。雪ではない。心臓の鼓動が早まり、彼は手で髪をつかみ、目を覆うと、またそれを開いて隙間を作った。そのようにしなければ、視線が定まらないかのようだった。さらに近づくと、彼ははっきりと見た。それは白い布で、何かを覆っていた。その時、風が白い布の角を捲り上げると、一房の白髪が現れた。その小さな白髪が、天地を真っ白にし、世界を意識が生まれる前の混沌へと回帰させた。意識が生まれる前の世界には、すべてに形がなく、それでいて、燃え尽きた瞬間の稲穂であっても、その形を変えることはない。先生が帰ってきた。惜しいことに、目を閉じて。風はあまりに冷たく、その一房の白髪は微かに震えていた。あらゆる生命はこのように微かに震えているのだ。欧陽教授は全身が凍え、膝が折れたかのように跪いた。頭を地面に打ち付けると、大地がしゃくりあげて泣いている声が聞こえた。最も寒い冬だった。

欧陽教授は初めて自分の頭に白髪を見つけてから、いつでもすぐにそれを抜いた。彼は白い色が恐ろしかったのだ。見ると、白い布の下にあった一房の白髪を思い出してしまう。歳を取ると、その記憶はさらに深く心に刻まれた。彼は楓の木の下に一日中座り、葉がどのように落ちるのかを見ていた。道を歩く時は、自分が前に進むのではなく、前を向いて後ろ向きに歩いているのではないかと疑った。南方の小さな庭で、彼は一本の芭蕉の木を見た。黄色くなった葉はすべて垂れ下がり、ひどく醜かった。「この芭蕉は、生命がいかに脆いか、それだけを示しているみたいだ」。芭蕉の木の主人は不満げに言った。この木はとてもよく育つが、簡単に死んでしまうのだった。

欧陽教授は、有名な画家に頼まれて絵の批評を書いた。その絵を一目見た時、彼の目は足の裏まで沈んでいった。二度と見る気にはなれない。彼はポストモダンの水墨画は、まったく理解できなかった。しかしその画家の絵は高値が付き、ヨーロッパの展覧会から戻ってきたばかりだった。一平方インチで十万元以上はするらしい。一平方インチのサイズなら、ちょうど余先生の顔を覆うことができた。それと、その一平方インチの絵の上に札束をのせ、息子に家を買ってやりたかった。彼は画家の研究討論会にいくつか参加し始め、懸命になって聞こえのよい文句を考え出し、表向きは論理的で高尚な言葉で話した。しかし、批評する際には、やや慎重で、最後にはそのことが彼にとっての慰めとなった。「わたしは自分の信念を曲げてはいない、少なくとも贋作を本物の絵だと偽ってはいないのだから」。欧陽教授は、余先生に説明するかのように独り呟いた。初めて研究討論会に参加した時、運営側の人が金一封を手渡した。彼以外の人は手慣れたふうにさっとポケットにしまい込んだ。彼もそれを真似てズボンのポケットにしまった。しかし、あいにくその日に履いていたズボンのポケットは浅かった。封筒の半分しか入らず、半分が外にはみ出していた。それは疑いなく、みなに気まずい思いをさせた。彼は隅まで歩いていって封筒を取り出し、小さく畳んでポケットに押し込んだ。すると今度はポケットが膨れ、まるでそこに瘤が生えているようになった。しかたなく、彼はまた取り出してジャケットの袖の中に封筒を差し込んだのだった。友人の薦めに従って、彼は高額の投資型保険に加入した。「息子さんにまとまったお金を残してあげられますよ」。その言葉を聞いて、彼はずいぶん安心することができた。

彼は真剣に自分の変化について考えてみた。自分は別に物欲が強いわけではない。インスタントラーメンに、豆腐の燻製があればおいしく食べられるし、日用品も簡単なもので良かった。金(カネ)や、いつも山のように積まれている商品のことを考えると、かえって息苦しくなった。欧陽教授は自分がいったい何を必要としているのか分からなかった。息子に家を買ってやるだけでいいのだろうか。余先生の白髪が、また彼の視線を真っ白に染めると、心の内に捨てきれないものを見つけた。「わたしには尊厳が必要だ、少なくとも尊厳を持って死にたい」

高校時代の同窓である大鵬(ダーポン)が書画集を抱えてやってきた。髪は長めで、褐色の中国服㉕を着ていた。

「おまえ、以前、保険のセールスマンをやっていなかったか?」

「おれは、今は書道家になったんだよ。今は芸術がいちばん金になるんだ」

欧陽教授は、昔のたくさんの友達がみな書道家になったことを知った。大鵬は何年か厳しい訓練を積み、書道界の友人も少なくなかったので、お定まりのように何度か展覧会を開いた。彼自身の話では、ちょっとは名声があるらしい。ある企業の社長は、彼の字をおおらかで端正であると気に入り、金運が上がるようにと家に飾った。さらに、彼と毎年三十万元ですべての作品を買い取る契約を結んだという。大鵬は冗談めかして「なんだか愛人みたいだな、絶対他の人には字を書けないよ」と言った。「書道とは何か、それは真心の震えであり、学識教養の横溢である」。余先生の言葉がいつも欧陽教授の脳裏をよぎった。彼はもちろんそれは間違いではないと思った。しかし、どうしても先ず自分自身の足でしっかり立たなければ、筆を自由に操ることはできない。欧陽教授は、そこまで世事に疎くなりたくはなかった。大鵬は欧陽教授を連れて古琴(グーチン)㉖の雅会(ヤーホイ)に参加した。欧陽教授は、懐古趣味が確かに盛んになっていることに気付いた。聴衆の中には、たくさんの漢服㉗を着た美女がいた。彼女たちは髪を巻いて頭の上にとめ、何本か金の簪を挿している。彼は数日前に参加した書道の大家(たいか)の雅会を思い出した。道袍(ダオパオ)㉘を着た数人の美女たちがそれぞれ花籠を提げ、花びらを空に向かって撒きながら露払いをすると、典雅な音楽が奏でられた。すると、ようやく書道家がゆっくりと舞台に上がって来た。それに比べれば、古琴奏者はまだ地味なほうで、床に正座し、精神を集中しながら、真っすぐに古琴と向き合っている。みなが期待を込めてしばらく待つと、奏者はゆっくりと両手を上げ、弦に軽く手を添えた。すると、あろうことか、人群れの中から携帯電話の着信音が鳴り響き、その静謐な雰囲気を台無しにした。古琴奏者は人格者で、何も聞こえなかった振りをして、再び右手で弦を数回弾いた。左手で弦を押さえると、また別の携帯電話が鳴った。今度の着信音はポップスだった。「でも/張士超の馬鹿野郎/おまえは女を連れて閔行(ミンハン)〔上海市西南の閔行区〕へいっちまった/いったい、お前は家の鍵をどこに置いた/いったいお前は家の鍵をどこに置いた……」㉙。

威勢の良い八人の歌声と各パートがハーモニーを作り、さらに人群れの中から忍び笑いの声が加わった。古琴奏者は爪に怒りを込めて弦を叩き、音を止めると、努めて冷静な表情を保って言った。「琴は知音のためのものです。どうぞご退席を」。二曲演奏すると、多くの人が帰った。彼らは追い出された人を探し出して言った。「あんたの曲、滅茶苦茶いいじゃん。何て曲、最近すごく流行っているやつ？　おれもダウンロードして着信音にするよ」

午前は古琴を聴いてお茶を飲み、午後も古琴を聴いてお茶を飲んだ。夕方、欧陽教授は夕飯の材料を買って帰る知人にばったり出くわした。知人は羨ましがって言った。いい生活しているよな、毎日、古琴を聴いてお茶を飲んで、優雅だよな。「優雅すぎて死んでしまうよ」。欧陽教授は思わず本音を漏らした。

余先生の全集がついに出版された。彼の論文集、詩文集、それと未完の五代芸術史の全三冊だった。学術検討会のその日は、ちょうど余先生逝去三十周年だった。欧陽教授はわざわざその日を選んだのだ。

小さな会議室は満席だった。同業の専門家たちはほぼみんな来ていた。「先生の追悼会に来た人よりもぜんぜん多いじゃないか」。本来は喜ばしいことではあったが、欧陽教授は素直には喜べない虚しさを感じた。発表会は自然と盛んになった。あるご高齢の先生はマイクを放したがらず、荘子[30]の芸術思想から説き始めると、二王[31]の思想と作品、蘇軾[32]の文人画の伝統に結びつけ、千年の歴史に沿って様々な思想や作品を数え上げ、それらが余先生に受け継がれていると述べ立てた。最後には立ち上がって、即興の七言絶句を詠んだ。彼は良い酒を一壺飲んでほろ酔い気分になったように得意満面で、襟を正すと胸を張って着席した。まもなく昼食の時間になるのに、大半の専門家がまだ発言をしていなかった。欧陽教授は、学生に頼んで時計を机上に置かせ、十分経過するごとに、机上を軽く叩いてもらうようにした。時間の節約のために弁当を食べ終えると、一同は学術検討会を続けた。ある人は我慢できなくなり、口を半分開けたまま、ひっそり椅子の背に靠れて居眠りした。彼らの、あるいは落ちついた、あるいは高ぶった、あるいは厳格な、あるいはしまりのない賛美を聴いていると、欧陽教授はしだいに恥ずかしくなった。自分が参加した無数の学術研究討議会と同じで、自分さえ何を話しているのか分からないようだった。「ひょっとすると、余先生の書籍さえ読んだことがない人もいるのでは」。そう考えるのは、いささか刻薄だと分かっていた。彼は自分自身も悪い気はしていなかったことを、はっきり憶えていた。特に散会したあと、いつも数人の人が彼を取り囲み、彼の発言を「優れている」、「古典の素養から先生の気概がにじみ出ています」などと褒め称えたことを。彼は知らぬ間に笑顔になり、若い人の真似をして、手を伸ばしてその人とハイタッチをしたいとさえ思ったのだ。今、彼は苦笑いをした。元々、最も笑うべきは自分だったのだ。発言はもうすぐ終わりそうだった。彼は一枚のメモを取り出した。一昨日書いた総括の原稿は、ぎっしりと蟻の群れがはっているかのようだった。彼は一文字も読むことができなかった。原稿を折りたたんで、再び鞄にしまった。

彼は立ち上がって、余先生の本を一冊掲げた。表紙の半分は白だった。「余先生がお亡くなりになった時、どんな様子だったか知っていますか？　こんなふうでした……」。彼は体を弓なりにして、苦しそうに二、三歩あるいた。「こうやって、荷車に引かれて帰ってきたのです」。彼は歩きながら、あの重たい荷車が彼の肩の上にあるような気がした。

高速鉄道の中で、欧陽教授はあの芭蕉の木を抱えていた。その時も身を弓なりにし、生まれたての赤ん坊の柔らかな体を守っているかのようだった。

去年、彼は無錫（むしゃく）㉝で大きな芭蕉を見て気に入り、友人が木から種苗（しゅびょう）を分けてくれ、五〇センチほどまで育ててくれた。小さな芭蕉の葉が欧陽教授の顔に触れると、清々しい香りがした。向かいの席に座った褐色の革ジャンパーの男は、懐に一瓶の酒を抱えていて、欧陽教授と視線が合うと、何かが分かったかのような笑顔を見せた。

「あなたのものは、一目でいいものだと分かりますね」。向かいの男は口を開いた。

「いいえ」

傍らの人たちが議論を始めた。ある人は芭蕉の木のようだと言ったが、見聞の広い人にすぐに違うと言われた。あの用心深さを見ろよ、そんな金にならないものなんかじゃないだろ。革ジャンパーの男も議論に加わった。その男の世界を周遊した経験によると、南米の鉄皮芭蕉（ティエビーバージャオ）の一種であり、見た目は中国の芭蕉と似ているが、非常に高価で貴重なものでガンを治療できるらしい。

みなの敬意の眼差しが、彼が懐に抱えている酒瓶に向けられた。

「これは俺の命だよ。一八一一年のシャトーディケムだ。フランスボルドーのワインの中でも、当たり年のものだ」。彼はやさしく酒瓶を撫でた。このワインのためだけに、彼はわざわざフランスまで飛んでいった。オークションでの価格競争は激しかったが、彼の決心は不動だった。保証のために、彼は証明書を作ってもらい、そのワインのために、ファーストクラスのチケットを買った。それでも彼はワインを放したがらず、飛行機の中で、十数時間ワインを抱えていた。

「抱えすぎで手がつっちゃったよ、でも、友だちとこのワインの品評をするのは、人生最大の楽しみだ」。欧陽教授は彼らを見ていなかった。俯いて芭蕉の葉の上にある葉脈（ようみゃく）を数えていた。

欧陽教授は小さな芭蕉の木を家の前の庭に植え、肥料を施した。五月、暖かくなってくると、草叢から白いイワシモツケが咲いた。

初冬に初めて気温が下がった時、芭蕉の葉はすべて萎え、数日すると幹と枝だけになった。

「この冬を越えられないかもしれない」。欧陽教授はやはり用心深く芭蕉の木に藁を巻き付けると、部屋に入って片付けを続けた。彼はもうじきここを離れるのだ。

翌年の春、そこは工事現場になり、古い家を解体するため、ショベルカーと労働者があちこちで忙しなく仕事をしていた。欧陽教授が帰ってきたのは夏だった。芭蕉の葉が彼の額に触れた。彼はある詩句を思いだした。

「芭蕉は心を尽くし、新しき枝を展く」[34]

（完）

（原題：「庭前誰種芭蕉樹」、初出：『小説月報』二〇一七年二期）

訳　注

①中華民国期＝一九一二～一九四九年。

②歙硯＝硯の名産地である安徽省歙県産の硯。

③拱手＝中国の敬礼で、両手の指を胸の前で組み合わせてお辞儀をすること。

④和田玉＝新疆ウイグル自治区和田産の玉であり、非常に価値が高いものが多い。

⑤タンカ＝チベット仏教特有の装飾布絵巻。

⑥瀟湘＝湖南省境にある瀟水河と湘江を合わせた言い方。

⑦石涛＝一六四二～一七〇七年。明末清初の僧侶、画家。
⑧金山竜游寺＝東晋時代に建立された寺。現在の江蘇省鎮江市の西北にある。
⑨『論語』＝孔子没後、門人による孔子の言行記録を儒家の一派が編集したもの。
⑩海南黄花梨＝中国、海南島でとれる黄壇。
⑪張大千＝一八九九～一九八三年。中国を代表する国画家。
⑫『勤礼碑』＝顔真卿（七〇九～七八五）作。曾祖父の顔勤礼（イェン・チンリー）の墓碑。
⑬黄酒＝穀類を原料とした麹を用いてつくる中国の醸造酒の総称。
⑭浮生は夢の如し……＝李白『春夜宴従弟桃花園序』の一節。
⑮WeChat＝中国版のLINE（ライン）のようなアプリ。
⑯『声律啓蒙』＝車万育（一六三二～一七〇五）著。子供に詩歌の形式と韻律を教える書籍。
⑰『幼学瓊林』＝明末、程登吉編纂。子供向けの啓蒙書。
⑱四書＝儒学の基礎となる『大学』、『中庸』、『論語』、『孟子』の四部の書。
⑲康有為＝一八五八～一九二七年。清末民初の思想家、政治家、書家。
⑳碑学＝碑刻の書は真跡に近く、書法の正統は北碑であると主張した。
㉑ルートヴィヒ・ミース・ファン・デル・ローエ＝一八八六～一九六九年。二十世紀のモダニズム建築を代表する建築家。

㉒『周礼正義』＝孫詒譲（一八四八〜一九〇八年）作。『周礼』を考証学の視点から総合的に研究した書籍。
㉓ラーダ＝旧ソ連で生産されていた自動車。
㉔包子＝肉や野菜や餡子入りの饅頭。
㉕中国服＝前ボタン式で襟が前で合わさる中国の服。
㉖古琴＝中国の伝統楽器、七弦琴とも呼ぶ。
㉗漢服＝漢民族の伝統的な民族服。
㉘道袍＝道教の道士が着る服。
㉙「でも／張士超の馬鹿野郎……」＝金承志作曲のポップス『張士超你到底把我們家的鑰匙放在哪里了』。
㉚荘子＝生没年未詳。戦国時代の中国の思想家。老子とならぶ道家思想の中心人物。
㉛二王＝王義之（三〇三年〜三六一頃年）とその子、王献子（三四四〜三八六年）。
㉜蘇軾＝一〇三七〜一一〇一年。北宋の政治家、文学者。号は東坡。
㉝無錫＝中国江蘇省南部の商工業都市。太湖北岸にあり、交通の要衝。
㉞「芭蕉は心を尽くし……」＝張載（一〇二〇〜一〇七七年）の詩の一節と思われる。北宋の儒学者。太虚は無形であり、気は有形だが、この両者は一物両体、太虚即気という緊密

な関係にある、という気一元の哲学を樹立した。

王十月（ワンシーユエ）

一九七二年、湖北省石首生まれ。代表的な作品に長編小説『煩躁不安』、『無碑』、『収脚印的人』、短編小説集『成長的儀式』、散文集『総有微光照亮』などがある。老舎文学散文賞など、多くの受賞歴がある。

プレス機

一

ある出稼ぎ労働者がいた。名を李響（リーシアン）という。だが彼の世界にはまったく音がなかった。そこで彼は自分で李想（リーシャン）と改名した。彼はいっぱしの見識ある人間になりたいと思っていた。もう一人、出稼ぎ労働者がいた。彼は広西省出身で、十八歳になったばかり、しかも痩せて背が低く一本の草みたいだったので、労働者たちから小広西（シャオグアンシー）と呼ばれていた。彼ら二人は同じ金物工場で働いており、二人ともプレス機を操縦していた。ある日、小広西の片腕がプレス機で潰されて挽肉のようになってしまった。血と肉が李想の顔にはねてかかった。李想はその時、まったく関係のないことに思いを馳せていたので、彼の顔にかかったものが血や肉であるとは意識しておらず、何かが顔をはたいたような感覚があっただけだった。彼は訳が分からないまま小広西を見た。小広西は跳び上がり、蹲り、また跳び、続いて独楽（こま）のようにくるくる回った。小広西は絶えず口をパクパクさせており、まるで岸辺で死にかかっている魚のようだった。小広西の顔の筋肉は痙攣し、捻じ曲がり、最後には体が麻花（マーホア）①のような形状になった。

その奇怪な様相を見て、李想はつぎつぎと連想した。彼はいつもこのように、事件甲を目撃すると、事件乙のことを考え、また事件乙から丙……とその連想は切りがなかった。李想は、その原因は彼の名前が悪影響を与えているのだと思った。彼は自分の名前の中にあるこの「想」の字は、思想の「想」ではなく、やみくもに連想する「想」だと思った。例えばいま、彼は麻花を思い出した。工場の外では天津麻花を売っていた。李想は初めて見たとき、ひどく驚いた。あ！こんなに大きい麻花！　これが麻花なもんか？　しかし麻花でなければ、一体これは何だ？　それは、もう十年も前のことだった。十年前、李想は十八歳だった。今の小広西と同じ歳だ。李想は湖北から広東へ出稼ぎにきた。同郷人の世話で、この工場の人事責任者に「特美思（トゥーメイスー）」という中国製のタバコを一カートン贈った――その頃、工場に入るのは非常に難しかった。しかも李想のように聴覚を失った人間にとってはなおさらだった。だが一カートンの「特美思」のおかげで、工場入りが容易になった。容易と困難はときに弁証法②的で、相対的なものだった。――李想は順調にこの金物工場に入ることができた。李想はその年、かつて見たことがないものをたくさん見た。例えば、プレス機、例えば、多くの珍しくて奇妙な植物。ともあれ、何もかもが珍しく新鮮なもので、天津大麻花もそのうちのひとつだった。李想は天津大麻花をことのほか好きになった。麻花を販売する露店の前を通り過ぎるとき、あの濃厚な油の香りを嗅ぐと、いつも旧正月になると母が作ってくれた油餅（ヨウビン）③を思い出した。母が油餅を揚げるとき、李想は首を長くして鍋を見つめて言った。

「母さん、だめだよ。もう油がないよ」

母は彼を見やり、彼に向かって手を振りながら言った。

「あっちへ行って遊びなさい。こんなにいっぱいの油餅でも、あんたの口を塞げないなんて。そんなに喋らなくても、誰もあんたが口を利けないとは思わないわよ」

そのとき、誰もそれが不吉な予言になるとは考えていなかったが、彼はなんと本当に口が利けなくなってしまった。工場に入って四ヶ月が過ぎたとき、彼は生まれて初めて給料を貰った。百八十元④だった。李想にとってみれば、それは小さな金額ではなかった。給料を貰うと、李想は工場の外へ出て麻花の露店に真っすぐ駆けてゆき、天津大麻花を一本買った。李想はそれを両手でささげるように持ち宿舎へ帰ったが、有頂天になって結局はもったいなくて食べなかった。家では病気をしたときだけ母が麻花を何本か買って帰り、砂糖水の中に漬けた。これは李想の記憶の中にあるもっとも絶妙な味だった。天津大麻花の油の香りを嗅ぐと、小学四年生のあの冬の記憶があとからあとから湧いてきた。

あの冬、大雪が降ったことを彼は覚えていた。あのときはいつも大雪が降っていたようで、朝早く目覚めるといつも雪が玄関を塞いでいた。彼は雪が好きだった。雪の大地で野ウサギやキジの足跡を、それが突然なくなるまで追い続けた。彼は一度も野ウサギやキジを見つけたことはなかったが、それでも夢中になって足跡を追いかけた。あの冬、彼は野ウサギを追いかけていると き、うっかり水だめに落ちてしまい、這い上がって来たときには全身ずぶ濡れになっていた。家に帰り、火の傍で温まると、手足がまるで魚に噛まれてでもいるように痛くなった。その夜、彼は病気になった。高熱が退かず、外の世界は氷に覆われていたが、彼の体は真夏のようだった。病気は一ヶ月余り続いた。李想は今でも思い出すことができた。

母は毎晩、寒風の吹く山上で彼の魂を呼び戻した。母は叫んだ。「響や、帰っておいで」。父が部屋の中で答えた。「帰ったよ」。母の叫び声と父の返事は、李想にとって最後に聴いた大切にしまっておくべき声となった。冬が過ぎると、李想の体は夏から春へ戻ったが、音のない世界になってしまった。現在からみれば、あれは医療事故であった。田舎の医者はゲンタマイシンとストレプトマイシン⑤を使って李想の体を代わる代わる攻撃しウイルスを殺したが、彼の両耳は聴覚を失うことになった。九十デシベル以上の聴力が失われたのだ。……李想は天津大麻花を見ると、すぐに母を思い出した。母が彼の魂を呼び戻す声を思い出した。その声は彼の体の中からやって来た。まるで細胞の中からふいに溢れ出てくるかのように。

生涯一度も烟村(イエンツン)を離れたことがない母は、こんなに大きな麻花を見たことはないだろうと、李想は思った。彼は首を伸ばして唾を呑み込み、最後には用心深く麻花を包んで工業区の郵便局に行った。大きな麻花を実家に送るついでに、はがきを書いて母に伝えた。

「僕は外でうまくやっています。給料を貰ったのでお金にも困っていませんし、仕事も疲れません。毎日、プレス機の前に座り、薄い鉄片をプレス機に入れ、足でスイッチを踏む、こんな簡単な仕事ですから。工場にはたくさんプレス機が並んでいて、絶えず、鉄や、アルミ、ステンレスをプレスしています。そればかりでなく、電動ノコギリもあり、鉄、アルミ、ステンレスを切断し、花のような火花を四方に散していて、すごく綺麗です」。……李想の考えがぶらりぶらりと一回りすると、彼は再び、体が麻花のように捻じ曲がっている小広西を目の当たりにした。とたんに頭が冴えてきた。「小広西が大怪我をした！」。李想は顔がネバネバしていると思い、手で拭くと、手が血だらけになり、血の中には肉片も混じっていた。それは小広西の血であり、小広西の肉片だった。血と肉片は硝酸とまったく同じで、李想の顔を腐食した。顔の皮膚は裂け、痛みが一瞬のうちに顔から心臓を通って足まで伝わった。李想の意識はまた現場から逃れ去った。「硝酸」の二文字は労働者仲間が以前、彼に書いて見せたものだった。工場には池のある作業場があり、池の中は硝酸で満たされていた。李想は初めて硝酸を見たとき、こう思った。

ああ！　なんて不思議なんだ。火のようだ！　大口を開けた怪物のようだ！　水がなんと、ものを食べることができるなんて！？　李想はある労働者仲間の指が硝酸に食べられ、残った指がカマドから出した炭のように黒くなったのを見た。この工場の中は危険と恐怖に満ちていて、いたるところに人を食う硝酸や人を噛む電気ノコギリ、プレス機があった。原料を持って倉庫からプレスの作業場へ、あるいはプレスの作業場からクロムメッキの作業場まで行くのは、まさに危険だらけの原始の森を通るようなものだった。李想はしばしば、ふたつの眼だけでは足りないと思った。半年後、李想が工場に慣れると、どこに電気ノコギリがあり、どこに硝酸の池があって、どこから隠された武器の鉄片が飛んでくるのか、どこの地下に「脚を引っ掛けるための縄」があるのかをすべてはっきりと覚えた。

硝酸は彼の肉を食べたことはなく、プレス機も彼の手を噛んだことはなかった。彼に「硝酸」の二文字を書いてくれた労働者仲間の手は、小広西のようにとっくにプレス機に食われてしまっていた。手を失った後、小広西は失踪した。この十年で、李想はそのような失踪に慣れてしまった。数日もかからず、早ければ数時間で小広西が抜けた穴を他の人が埋めることを、彼は知っていた。この巨大な工場では、二年続けて勤務できた人は少なく、五体満足のまま辞めた人はもっと少なかった。李想はもう何本の指が呑み込まれたのか覚えていなかった……李想はしばしば思った。彼らはどうしてこんなに慎重さに欠けているのだろう？　李想は違った。彼はこの位置に座り、三年。五年。八年。十年。……おそらく、まだ座り続けていられるだろう。

李想は思った。プレス機は優しく、安全で、言うことを聞くと。足の先でちょっとコントロールすれば、プレスの巨大な掌が上がり始め、プレスする材料を置いて、足の先で再びちょっとコントロールすれば、プレスはふっと落ちてくる。すべてはこんなにも簡単なことだった。小広西のちぎれて血と肉がぐちゃぐちゃになった掌を見ながら、李想は無表情に考えた。ちゃんとした人で、知力にも異常がないのに、どうして手をプレス機の入口に入れるのだろう、手がプレス機の入口にあるのに、どうしてコントロールのスイッチを踏むのだろう。もしも、ただ一人だけそういうことになったのなら、まだ理解はできるが、なぜ必ず毎年同じ過ちを犯す人がいるのだろう。李想は彼のこのプレス機が好きで、プレス機に対して愛着を感じていた。まるでそのプレス機が彼の恋人ででもあるかのように。毎日、仕事が終わると、彼は雑巾でプレス機を油光りするまで綺麗に拭いた。李想はこのプレス機と自分は一心同体だとさえ思った。彼は自分の指を熟知しているようにプレス機を熟知し、プレス機を自分の手足のように操縦した。彼が労働者仲間にプレス機の使い方を実演して見せたとき、彼の動作はとてもリズミカルだった。そのとき、李想は目を閉じていて、心のなかにはプレス機も鉄片もなく、ただ広い舞台があるだけだった。彼はそこで踊り、動きは伸び伸びとして軽快だった。彼がプレスした製品は規格が揃い、鉄片の上に押された円は一つ一つ密接していて、全く無駄がなかった。

それが責任者に見つかって、彼は五十元の罰金を払った。李想はそのことで何日も心を痛めた。李想はそれからプレス機の実演をしなくなった。体は制限されたが、精神は無限の自由を獲得した。プレス機の前に座っているとき、すべての考えは、最後にはだんだんと遠ざかっていく声の上に落ちていった。声に関して、李想は回想できるものが本当に少なく、ぼんやりと覚えているのは、母と父が李想の魂をこの世界に呼びもどそうとする叫び声と、家の周りの林から聞こえた鳥の鳴声、草むらから絶えず聞こえた虫の鳴声だけだった。あるとき、李想はプレス機を操縦しながら、懸命に鳥と虫の鳴声を追想した。彼はきっとまだ鳥と虫の鳴声が自分の細胞の中に隠れており、彼とかくれんぼをしているのだと信じていた。彼はそれらの声とゲームをし始め、彼らを探し出すと誓うのだが、声は彼から逃れ続けた。彼はいつも、骨折り損のくたびれ儲けだった。後に彼は分かった。彼の能力では、それらの声を探し出すことはできないと。彼は医者に行こうと思いついた。医者は検査を終えたあと、山のように薬を処方した。それからというもの、李想は長期にわたって給料をいろいろな医者につぎ込み、漢方薬、西洋の薬、チベットの薬、様々な先祖伝来の薬を試してみた……。李想の出稼ぎ労働には明確な目標ができた。お金を稼ぎ、病気を治し、失われた声を取り戻す。この目標のためには、どんなに苦しくても疲れても、李想は平気だった。彼はそれよりも多くの希望を見出したのだ。ついにある病院が李想に本当の希望を与えた。手術をして電子蝸牛（かぎゅう）⑥を埋め込むのだ。李想はもういたずらに医者を探すことをやめ、お金を貯め始めた。十万元。それが医者の提示した金額だった。李想にしてみれば、それは途方もない数字だった。しかし、李想はそれから安心してプレス機の前に座った。プレス機が上下に十往復すると一分（フェン）⑦になる。プレス機が上下にどのくらい往復すれば、彼のお金が六桁になるのか、李想は計算することができなかった。しかし、彼はその日が遅かれ早かれやって来ることを信じた。

李想は教科書で『愚公移山』⑧という題の文章を読んだことがあった。李想はまた『精衛填海』⑨という題の話も読んだことがあった。李想は愚公と精衛は彼自身のことだと思った。彼はプレス機の上に一枚の紙を貼った。「志のある者は必ずや事を成す」

二

李想と小広西は一つの二段ベッドで寝起きしていた。李想は下段、小広西は上段だった。宿舎には八人いたが、小広西は李想の唯一の友人だった。

小広西が来る前、李想の世界は作業場のプレス機と手の中の金属だけだった。数十台のプレス機が絶え間なく上がり下がりする音は天を震わせた。李想はそこで静かに座っていた。そこは李想の音のない陣地だった。音のない世界の中で、李想はとうに言葉を忘れていた⑩。強烈な自尊心のため、李想は手振りで人と交流しようとはせず、また口を開いて徒労に終わる声を出すこともなかった。もしかすると小広西を見て、李想は実家を離れるときの自分を思い出したのかもしれない。彼は小広西とコミュニケートしたいという衝動を持った。李想は小広西が彼に何を話しているのか聞こえなかったが、彼は小広西が話すのを「聞く」のが好きだった。小広西が事故に遭ってから、しばらくの間、李想は彼と小広西との交友を回想したが、いつも脳裏に浮かんでくるのは、彼らが初めて言葉を交わした場面だった。

（李想）紙とペンを取り出し、紙に一画一画書きながら言った。僕の名は李想。君の名は？　友達になろう。

（小広西）顔がサッと赤くなり、口をパクパクさせながら、やたらに両手を振った。

（李想）とても焦って、紙に素早く字を書いた。僕は悪い人間じゃないよ。君を見て、僕が家を離れた時の様子を思い出したんだ。

（小広西）顔がさらに赤くなり、口を急いでパクパクさせ、両手で手真似をした。

（李想）書いて。何て言ったの？　僕は聞こえないんだ。書いてくれないか？

（李想）紙を小広西の手の中に押し込んだ。

（小広西）紙を見ながら、呆然とした。

（李想）書いてよ。夜は寒いのに、掛け布団を持っていないの？　どうして買いに行かないの？お金がない？　お金なら貸してあげるよ。

（小広西）ふいにひどく泣き出し、頭を抱えながら地べたに蹲り肩を震わせた。

この場面は、数えきれないほど李想の回想に登場した。その時、李想は小広西が文盲であることを知らなかった。それから、ほかの労働者仲間が泣いている小広西と、どうしていいか分からなくなった李想を見て、通訳を買って出てくれた。小広西の言葉を字にし、李想の字をまた小広西に読んで聞かせ、やっと彼らの困難を解決してくれた。その労働者仲間は言った。

「彼の名は葦超（ウェイチャオ）、広西省の出身、彼は文盲で自分の名前さえ書けない。彼は掛け布団を買うお金がない。でも彼は寒くないと言うんだ」

あの夜、仕事が終わった後で李想と小広西は一緒に街をブラブラした。李想は小広西に掛け布団を買ってあげたかった。

一人は口が利けず、一人は文盲だった。彼らの初めての付き合いは、その後この金物工場で笑い話として広まった。しかし、この笑い話が伝わったとき、李想と小広西は仲の良い友人になっていた。彼らは本当に奇妙なコンビだった。出勤時、李想の傍に小広西は座っていた。就寝時は、李想の上に小広西が眠っていた。食事のあとは、二人で工場の外の公園をブラブラした。小広西は何か新しいものを見るといつも李想に訊いた。李想が聞こえないことがはっきり分かっていながら、彼はやはり訊き、やはり喋った。李想は小広西の眼から発せられる感情、それら喜びと悲しみを感じ取ることができた。そうして、それは彼にも感染し、ともに喜び悲しんだ。

小広西は言った。

「僕は小玲子(シャオリンズ)のことが好きになった。でも打ち明ける勇気はないよ。彼女は学校にも行っていたし、教養もある。それに倉庫管理だってしている。僕らは釣り合わないってことは分かっているんだけど、僕は小玲子のことが好きなんだ」

小広西は言った。

「僕はもうこの工場で働きたくなくなったよ。作業場はうるさすぎるし、毎晩、眠った後でも耳の中でウォンウォンウォンウォンって音が響いているんだ」

小広西は言った。

「プレス機の操縦は危険すぎるよ。毎月、労災事故が起きているそうだよ」

小広西は言った。

「君はいい人だ。どうしてガールフレンドを探さないの？　あんなにたくさん貯金があるんだから、絶対に君を好きになる女の子がいるよ」

小広西がこのような話をするとき、李想はずっと笑顔を浮かべていた。

小広西は、たまにわざと広西省の方言で李想を罵った。くそったれ！

李想はやはり笑ったままだった。李想が笑っているのを見ると、小広西は我慢できなくなり、自分も大笑いした。

だが、李想は笑わなかった。彼は小広西の笑いに悪意を感じ、彼に向かって拳を振り上げた。

小広西は慌てて拱手（きょうしゅ）⑪をしながら、ごめん、ごめんと言った。李想の顔にはまた笑顔が戻った。

　労働者仲間たちも小広西に訊いた。

「おまえ、李想に何を喋っているんだ。おまえ病気じゃないのか、何を言ってもあいつは聞こえないのに、無駄じゃないのか？」

「小広西、小広西、おまえは牛に向かって琴を弾いているのか」

　小広西は訊いた。牛に向かって琴を弾くってどういう意味？

「いくら言っても、聞こえやしないってことだよ」

　小広西はまた顔を赤くして言った。

「おまえら僕のことを馬鹿にしているな」

　工場にはいつも罰金の掲示が張り出されていた。某職員は勤務中、規則通りに機械を操作しなかったため罰金百元とし、良くないことをまねる者の戒めとする、という類のものだ。小広西は罰金を恐れた。掲示が貼り出されるたびに、押し合いへし合いしながら見にいった。自分の名前があるとすぐに怯えた。あるとき、工場で奨励者の掲示が出て、そこには小広西の名があった。

　小広西は緊張しながら同僚に訊いた。

「僕はまた罰金を払わされるの？」

　同僚は言った。

「百元の罰金だよ」

小広西は言った。

「僕は間違いを犯してないのに、どうして罰金を払うんだ？」

同僚は掲示を指差し、一字一字読んで聞かせた。

「我々のプレス機作業場の葦超作業員は、勤務時間中に規則通りに操作を行わなかったため罰金百元とし、良くないことをまねる者の戒めとする」

小広西は言った。

「僕は操作違反なんかしていないよ。責任者は今日僕のことを誉めてくれたんだ。僕は違法操作なんかしていないよ！」

野次馬の同僚たちがどっと笑いだした。だが小広西は泣いた。

李想が割って入って掲示を読み、小広西のために喜んだ。彼はなぜ小広西が泣いているのか分からなかった。百元の奨励金を貰って、どうして泣くんだ？　彼は小広西を引っ張り、掲示にある小広西の名前を指差しながら、彼に向かって親指を立てた。

李想が手振りでコミュニケーションをしたのはそれが初めてだった。

小広西は李想の表情と同僚たちの嫌みな感じの笑いから、これは罰金の掲示ではないとついに分かった。だが小広西は喜べなかった。彼は沈黙することを学んだのだ。彼はあの同僚たちと一緒にいるのが好きではなかった。彼らと一緒にいるとき、彼はとても卑屈になった。彼は李想と一緒にいるのが好きだった。李想と一緒のときは、彼は自分を生活の強者だと感じた。李想と一緒のとき、彼はなんでも喋った。夜の手淫のことも、手淫のときに想う女性のことも話すと、彼の心は穏やかになった。李想は彼の最も良い聞き手だった。永遠に彼の秘密を暴露しない聞き手だったのだ。

二

李想の貯金はもうすぐ手術代を支払える額に達する。プレス機の前に座り、彼は小広西のことを想った。もし、彼がまだここにいたら良かったのに。手術を終えれば、小広西の声を聴くことができたのにと思った。李想は本当に残念な気持ちになった。彼は小広西がどこへ行ったのかさえ知らなかったのだ。小広西が工場を離れたあと、李想の隣のプレス機は二日間空いていた。三日目に見慣れない人がプレス機の前に座った。小広西と同じくらい若かった。その人は李想に向かって頷き、挨拶をした。彼の顔には謙遜と、愛想笑いが浮かんでいた。李想はこの種の笑いをよく知っていた。彼も工場に入りたての頃は、周りの先輩に対してそのような笑顔を見せてきたからだ。その笑顔の意味は明白だった。先輩から嫌われないためにするのだ。李想はそれで、見慣れない人に頷いて微笑んだ。見慣れない人が、彼に手を差し出してきたので、李想も手を差し出した。李想はふいに冷たい光を放つナイフが高い所から振り下ろされ、ナイフの刃がその人の腕を斬るのを見た。まるで脆い大根を切り落とすかのようだった。

思いも寄らないことに、一ヶ月後、彼は本当にナイフを見た。スイカの露店でよく見かけるナイフだ。ナイフは小広西の手に握られていた。手は左手だった。小広西の右手は一本の露出した肉棒になり、奇妙に振り回されていた。小広西は工場に賠償金を求めに来たのだ。そのとき、工場はもう昼休みだった。昼食の時間になると、ある者は一目見るや、食事を取りにいき、ある者は食事を貰ってから、急いで帰ってきて騒ぎを見物しに来た。李想は作業場を出たばかりのとき、ビルの前を人が取り囲んでいるのを目にし、そして小広西を見た。彼は興奮して小広西の方に駆け寄ったが、二歩走っただけで体が動かなくなった。李想は迷彩服を着た警備員たちの姿を見た。警備員たちは一メートルほどの長さの鉄パイプを持ち、ちょうど扇状に並んで小広西を追い詰めていった。小広西の足は明らかに震えていた。李想はどぎまぎしながら小広西を見て、手に汗を握った。小広西は一歩一歩後退していったが、彼の背後は工場の労働者たちが取り囲んでいた。迷彩服が一歩一歩近づいて行った。小広西が一歩後退すると、迷彩服はすぐに前に一歩進んだ。小広西のナイフは、迷彩服の手に握られた鉄パイプと比べるとたわいもないものに見えた。小広西は持ちこたえられず、手を挙げて投降するだろうと誰もが分かっていた。彼らはその瞬間を待っていたのだ。迷彩服もそのことを固く信じていた。

彼らは手にした鉄パイプを振るだけで、急いで攻めて出ようとはしなかった。彼らはただ小広西を脅しているだけだった。この身の程を知らないやつを、猫がネズミを弄ぶように脅かしているだけなのだ。しかし、小広西が窮鼠猫を噛むような真似をするとは誰も予想していなかった。小広西はこのように事態を収めようとは思っていなかった。それは彼の本意ではなかった。彼はナイフで社長をちょっと脅かしてやろうと思っていただけだったのだが、いまの状況は見たところひどくまずく、賠償金を手にするどころか、激しく殴られそうだった。彼はひょいと振り返ると、視線を小玲子の身に落とした。それは絶望の眼差しだったが、みなこの点を見落としていた。小広西は一歩後退りすると、ふいに手のない腕を小玲子の首に巻きつけ、手中のナイフを振り回した……李想はそのすべてを目の当たりにした。彼は小広西が口を素早くパクパクさせるのを見たが、彼が何を言っているのか分からなかった。李想は胸が張り裂けるような思いがした。汗が滲む手のひらで服の隅を引っ張った。李想は小玲子のことを心配していたわけではない。彼は小広西が小玲子を傷つけることはないと分かっていた。彼が心配しているのは小広西だ。彼は本当に叫びたかった。

「小広西、馬鹿なまねをするな、ナイフを捨てろ」。しかし彼は叫ぶことができない。李想は自分を恨んだ。なぜもっと早くお金を貯められなかったのか。どうしてもっと早く手術ができなかったのか。だが、いま小広西は人質をとっている。この突然の変化は迷彩服たちの足並みを乱れさせた。しばらくその状況が続いたあとで、警察が駆けつけた。迷彩服たちは、見物していた労働者たちを後に下がらせた。小広西はすでに小玲子を無理やり引き連れ、誰もいない事務室まで退いて、警察と対峙していた。彼にはナイフがあり、小玲子という人質がいた。ナイフは小玲子の首に突きつけられていた。警察はピストルを手にしていた。

李想は、はじめて至近距離から本物のピストルを見た。工場の入口にはたくさんの車が停まっていて、車の上で青と赤の光が閃いていた。李想は以前、それらの様々な色の光が好きだった。それは都市の色だったからだ。農村は昼のもので、夜は漆黒の闇が広がるだけだが、都市は昼も夜も区別なく、いつも賑やかで光り輝いていた。李想は母への手紙に、都市の夜の感じとそれへの偏愛を綴り、都市の照明について書いた。いま、パトカーの上で閃いている照明は、李想をひどく恐れさせた。弾丸がスイカを貫くように小広西の頭を打ち、彼の頭の中で爆発し、空中に赤いスイカの果肉と黒い種が飛び散るのを彼は見たような気がした。さらに空気中にたちこめる血腥さを嗅いだ。警察の一人が建物の屋上に登り、向かいの建物に入った警察もいた。彼らが手にした拳銃はすべて一つの方向を指していた。

狙いは小広西だった。彼らの指が軽く動いただけで、全てはもう取り返しがつかなくなる。李想は駆け寄っていって警察に、小広西はいい人だ、あの女性を傷つけたりはしないと伝えたかった。だが警察は外をしっかりと囲んでいて、彼は全く近づくことができなかった。彼は叫びたかった。だが叫べなかった。彼は紙とペンを探してきて、紙に書いた。小広西はいい人だから、撃たないで。だが彼は紙を警察に手渡す方法がなかった。彼は焦った。焦ると心が乱れ、警察に向かって精一杯手まねをした。だが、誰も彼を相手にはしなかった。

一人の警察が拡声器を手にして、小広西に向かって何か叫んでいた。そのような状況がずっと続いた。昼から午後までずっと。指揮をしている警察が屋上の警察に向かって手をさっと振った……李想は一切を顧みずに突進していった……そのとき、太陽が金物工場の建物の後方に落ちると、空は最後の煌めきを見せ、急に暗くなった。太陽は沈み、翌日また昇った。李想の生活と同じように。李想の生活はそのために何かが大きく変わったわけではなかった。彼のベッドの上には、また新たな同僚が寝ていた。だが、李想はもう友人を欲しいとは思わなかった。彼はあの時のように、心臓を抉り取られるような痛みを味わうのが怖かったのだ。彼は誰とも話さず、もう紙とペンを使わなかった。毎日繰り返される仕事は単調だった。彼の顔にはもう笑顔が浮かばなかった。毎日、プレス機の前に座ると、彼の考えはやはり遠くへと飛翔していった。考えはまったく縛られることはなかった。それはまるで一本の放射線のようで、彼はその起点であり、もう一方の端は無限の未知へと延びていた。

労働時間は水のように静かだった。その年、李想にとって話すに値することは、彼が鎮[12]主催の出稼ぎ青年労働者技術コンテストに参加し、卓越したプレス技術によって全鎮第一位を獲得したことだけだった。記者が彼にインタビューをして、彼にこの賞金一万元をどう使うつもりか訊いたとき、彼はこう書いた。「貯金します」。記者がお金を貯めて何に使うのですかと訊くと、彼は頭を横に振って何も答えなかった。記者が彼に夢は何ですかと訊くと、彼は紙の上に真剣に書いた。「鳥の鳴声を聞き、虫の鳴声を聞くこと」。それを書き終えたとき、李想はふいにとめどなく涙を流し始めた。一年後、李想の夢はついに叶った。彼は耳に人工蝸牛を埋め込むお金を貯めたのだった。手術が終わったあと、彼は実家に帰って、鳥や虫の鳴声を聴きにいったわけではなかった。彼はまたお金を貯めなければならなかった。未来の生活には、お金が必要で、生活は鳥や虫の鳴声より遥かに重要だったのだ。彼は再びプレス機の前に戻った。作業場は耳を震わす騒音が響きわたり、騒音は激しく彼の鼓膜にぶち当たった。それは彼が予想もしていなかったことだった。彼はその位置に十数年余り座っていたが、記憶の中のその場所はとても静かで、まるで夢の中のようだった。だが、現在、彼の耳は様々な雑音に満たされていた。彼はプレス機がプレスをする度に、こんなにも巨大な音を響かせるとは思ってもみなかった。

電気ノコギリが鉄片を切断する時の音がこんなにも耳障りだとは思ってもみなかった。彼の胃は繰り返し痙攣し、吐き気がしたが吐けなかった。機械の前にしばらく蹲って吐くと、ついに緑色の胆汁を吐き出した。李想は歯を食いしばり、もう一度プレス機の前に座った。心を一生懸命に整え、気持ちを落ち着かせようとした。足で軽くボタンを押すと、プレス機は勢いよく上がり、もう少しで彼の顎は削り取られるところだった。彼は鉄片を握り、呆然と周囲を見まわしたが、どうしても鉄片を危険なプレスの入口に置く勇気がなかった。これは李想にとって耐え難いことだった。数分後、彼は勇気を振り絞り、鉄片をプレス機の鉄の掌に入れ、ゆうに数千回は踏んだことがある、あのスイッチを足先で踏んだ。プレス機の巨大な鉄の掌ががっちりと彼の右手を挟み込んだ。しばらくして、彼はやっと痛みを感じた。彼は跳びあがり、そして蹲り、そしてまた跳びあがった。体は独楽のように捻じ曲がった。彼の口は、まるで岸の上で死にかかっている魚のように絶えず開いたり閉じたりしていた。彼の顔の筋肉は、体が麻花のように捻じれるまで痙攣し、歪んだ。

（完）

（原題：「開冲床的人」、初出：『北京文学』二〇〇九年二期）

訳注

①麻花＝小麦粉をこね、二、三本ねじり合わせて揚げた菓子。
②弁証法＝ある主張とそれに矛盾する主張を合わせ、どちらの主張も切り捨てず、より高いレベルの結論に導くこと。
③油餅＝小麦粉を円形に練って油で揚げた食品。
④百八十元＝現在のレートで約一二五〇円程度。
⑤ゲンタマイシンとストレプトマイシン＝共に抗生物質の一種。
⑥蝸牛＝内耳にあり聴覚を司る感覚器官。
⑦一分＝中国の通貨単位。元の百分の一。
⑧愚公移山＝「愚公」は老人の名。「移山」は山を動かすこと。
⑨精衛填海＝「精衛」は伝説上の小鳥の名前。「填海」は海を埋めること。
⑩言葉を忘れていた＝一般的に、耳の不自由な人のなかには、言葉も不自由な人も多いと言われている。
⑪拱手＝中国の敬礼。両手を胸の所で合わせ敬意を表する。
⑫鎮＝中国の行政単位の一つ。比較的人口が多く、ある程度商工業が行われている町。

王威廉（ワン ウェイ リエン）

一九八二年、青海省海晏生まれ。中山大学で人類学と文学を学び、中国近現代文学の博士号を取得。主要な作品に、長編小説『獲救者』、中短編小説集『内臉』、『非法入住』などがあり、茅盾文学新人賞など多くの受賞歴がある。

塩の花

午後四時、工場を出て地平線まで続く真っ白な塩田（えんでん）を眺めていると、僕は泣きたくなった。最近、ますますこんな衝動が多くなった。僕はさっき小汀（シャオティン）からの電話に出たところだった。彼はチベットへ行く道すがら、僕に会いたいと言った。これまで一度も僕に会うためだけに、ここに来た人はいない。みなここを通過するついでに、僕に会いに来る。僕はもうとっくに、こんなことには慣れていた。この場所は、ただ通りがかるだけでも人をうんざりさせる。僕が化学検査室入口の石段の前まで行って腰を下すと、屋上に設置された高音用スピーカーから、安全生産の細則が読み上げられるのが聞こえてきた。夏玲（シァリン）の声は、もう僕らが出会った頃のように魅力的ではなくなっていた。彼女の声はしわがれていて、ぶっきらぼうで、僕らが厨房で喧嘩する時とまったく同じだった。

僕には夏玲がそれを読み上げているとき、どんな気持ちでいるのか理解できなかった。あのことが起こってから、すでに一ヶ月が過ぎていたとはいえ、僕はやはりそれを受け入れることができずにいた。もともと大の酒好きだった僕が、なんと二度と酒を飲まなくなった。僕は心を入れかえて酒を断ったわけではなく、飲む勇気がなくなってしまったのだ。酒を見ると、僕はすぐに老趙のあの顔を思い出してしまう。あの晩、僕たちは飲み過ぎた。老趙は塩湖に落ちてしまい、発見された時には、塩が顔中から吹きだし、眼玉は細かな白い層に覆われていた。まるで塩が奇妙な生命を我が物にしたかのようだった。僕は一目見たとたん、夜通し飲んだ酒を全部吐き出し、ひどい胸焼けに苦しんだ。嘔吐したものが塩田の深くに滲み込んでゆき、汚れた窪みを作った。それは、まるで怪物の口のように狂暴に大きく開かれていた。僕はそれをもう一度見る勇気はなかった。そいつが突っかかって来て、僕を喰ってしまうのではないかと思ったからだ。

　小汀がこれから僕に会いに来る。彼は興奮気味に言った。伝説の塩湖を見たい。僕は真っ白な四方を見渡し、ここの何処が美しいのかと思った。もちろん、これだけ長いこと会ってなかったのだから、小汀とまた顔を合わせることができるのは、やはり嬉しかった。小汀は僕の高校時代の同窓だった。僕たちは二人とも成績が悪く、クラス担任は僕らを一番後ろの列に座らせた。しかも授業中、僕たちは首を亀のように縮めていたので、クラスから永遠に忘れ去られた存在となっていた。あの頃、僕たちは猫背になった。小汀の性格は僕よりはましだった。彼はいつでも卑屈になることはなかったし、冷たくされても何とも思わなかった。授業中は、ぼうっとしているか絵を描いているかで、僕は彼が描いた女学生の横顔が、今にも動き出しそうだったことを覚えている。惜しいことに、僕はその女の子の名前を忘れてしまった。小汀はその女の子に片思いをしていたに違いない。小汀が絵を描いている時、僕は隅に隠れて歌詞を考えていた。僕はすこし略譜[1]を解していた。頭の中で旋律をハミングし、ぴったりとはまる歌詞を探す。いつも一言二言書いたところで授業が終わってしまった。すると、みんなが走り回り騒ぎ出すので、僕は歌詞の構想をいったん停止するしかなかった。だから僕は静かな教室が大好きだった。

ずっと何年ものち、僕はだだっ広い塩田と向き合うことになり、四六時中、静けさを手に入れたが、一言も歌詞を書くことができなかった。僕の悲劇はこうして決定づけられた。心の中にまったく旋律がないことに気が付くと、僕は酒に溺れるようになった。老趙は僕に酒を勧めた人で、彼が僕の家の窓を叩きさえすれば、たとえ夜中であろうと、僕は上着を羽織って彼と出かけた。僕たちは一瓶十元の裸麦の焼酎を飲み、いつもつまみなしで一人一瓶、乾杯しては飲み、一瓶飲み干すとほとんど意識を失った。翌日、僕は自分が家のベッドで寝ていることに気が付くと、いつも奇妙な感じがした。自分がどうやって歩いて帰ってきたのかさえ記憶にないのに、僕の鞋はきちんと床に並べられている。靴先は外に向き、まるで港湾で装備を整え、出航を待つ軍艦の編隊のようだった。初めの頃、僕は夏玲が整えてくれたのではと思ったが、後に、彼女が実家に帰っている時も僕の鞋はきちんと整えられていることに気が付いた。その時になって、僕はやっとおまえは酒に酔わないと言っている人の言葉を信じた。その実、僕はとっくに酔っていて、他の人も自分もそれを見分けられないだけなのだ。たまにそれは怖いことだと思うときもあった。

自分の体の中に別人がいて、僕はその人の代わりに生きているだけみたいだ。まるで自分が意識を失っている間に、その別人が僕の命をコントロールしているかのようだった。

僕は二度と酒を飲まなくなったが、生活がそのために良くなったというわけではない。僕と夏玲の冷戦は、ますます耐え難いものになっていった。僕らはいつも寝室でベッドに半分寝転がりながら、にらみ合い、口論し、そして共に言葉を失った。リビングのテレビはつけっぱなし、その音は虚ろで、僕の生活と同じだった。僕たちはリビングで口喧嘩をすることはあまりなかった。二人ともテレビを見ていたから。以前は、酒を飲んでいたので、睡眠に問題はなかった。僕は一番長い時で、昼夜を通して眠ったこともあった。ところが酒を止めてから、思いも寄らないことに、寝つきがすごく悪くなってしまった。昼にいくら働いて疲れても、夜はベッドに横になって数時間も寝返りを打たないと眠れない。ある夜、堪えられなくなり、トイレで小便をしたあと厨房に行き、料理酒を一瓶飲んで、ベッドで朦朧としたまま眠った。朝、僕は悪夢で跳び起きた。夢の中で塩田に立つ老趙を見たのだ。雪が舞っていて、天地の間は見渡す限り真っ白、骨にしみる寒さだった。老趙は言った。

「兄弟！　乾杯しようぜ」

白い塩、あるいは雪片が彼の顔から剥がれ落ちると、内側から腐乱した黒色が現れた。一週間、僕はずっと飯が喉を通らなくなり、頭の奥が引き裂かれるように痛んだ。僕は眠れないとしても、もう二度とこんな悪夢を見たくないと思った。

もう一度言おう。小汀が僕に会いに来るので、やはりとても嬉しかった。しかも、考えれば考えるほど嬉しくなってきた。僕は数日休暇を取り、町に滞在して彼とゆっくり楽しく過ごそうと決めた。小汀は、明後日のラサ②行きの切符を買ってくれと僕に頼んだが、僕は切符売り場の窓口に立ち、ちょっとためらってから五日後の切符を買った。僕は小汀に電話で伝えた。「明後日の切符は売り切れだ。僕ともう少しここにいるはめになったぞ」。小汀もあっさりと承諾した。「それもいいだろう。この機会に相棒と少しでも長く顔を合わせていよう」。僕は家を一通り掃除し、客室になるほどの空間を作り出すと、そこにベッドを用意した。小汀は、おれたちは二人だと言った。僕はもう一人が女性であると受けとったが、それ以上訊いたりしなかった。

夏玲は僕の行動に興味を持った。彼女は僕に何度も訊いた。

「小汀は仲の良い友だちなの？　どうしてこれまで彼のことを話してくれなかったの」

僕は言った。

「同僚たちのこと以外、僕はこれまで喋ったことなんかないだろ」

夏玲は頷くと、表情がとげとげしくなった。

「いつになったら、何でもあたしに教えてくれるの？　あたしのこと、ぜんぜん信用してくれないのね」。僕は言った。「このことは信用と何の関係もないだろ？　僕だってほとんど小汀のことを思い出したりしなかったんだから」。夏玲は頭を横に振って言った。「あんた本当に義理も人情もないのね」。僕はもう言い返さなかった。僕は義理も人情もない人間ではないのだから。

「小汀はどんな仕事をしているの」。夏玲は急に敏感になった。

「地元の炭鉱で仕事しているらしい」。僕と小汀は長いあいだ連絡を取っていなかった。ずっと昔はたしかそうだったはずだ。

「炭鉱夫？」

「そこまで悪くはないんじゃないか。おそらく事務かなんかだろう」。これは僕が想像したことだ。僕でさえ、なんとか技術者をやっているんだから、小汀なら言うまでもない。

「あなたの友だちは、あまり良い生活をしてないみたいね」

夏玲はちょっと口を尖らすと、スーパーへ食材を買いに行った。

夏玲は僕らの工場で一番の美人だ。こういう風に言っても僕はすこしも誇りには思わない。なぜなら僕らの工場には、十人しか女性がいないのだ。僕は初めて夏玲を見た時の様子を忘れることができない。彼女はかさばって重そうなスーツケースをずるずる引きながら、中型バスを降りてきた。赤い顔をして元気いっぱいで、まるで荒涼とした場所にふいに昇った太陽のようだった。

僕はたちまち彼女を愛してしまった。その愛には功利的な部分もあって、僕はなりふり構わず彼女を手に入れて結婚し子供が欲しいと思った。なぜなら、ここで綺麗な女の子と知り合う機会なんて、青々した植物をこの塩田で発見するのと同じぐらい難しいことだから。きっと縁があったのだろう、彼女は僕が所属する班に配属され、僕らはコミュニケートする多くの機会を得た。しかし僕は最初から、彼女をものにするのはかなり難しいと分かっていた。彼女の大きな瞳はいつも憂いに満ちていて、小孫（シャオスン）や小李（シャオリー）が楽しそうに笑って冗談を言っている時でも、彼女はやはり憂いに閉ざされたままだった。しかも、彼女はまともに僕のことを見ようともしなかった。僕は彼女の気持ちを理解することができた、僕も来たばかりの頃はそうだったのだ。塩田の白い光が僕の眼を痛ませ、涙がコントロールできなくなり、しばらくの間は自分が本当につらくて悲しいのかさえ分からなくなった。老趙が僕に言った。「春になれば良くなるさ。風が吹き上げる砂が白い色を覆っちまうからな」。春が本当にやって来たとき、僕は布団の中で真剣に泣いた。なんてこった。こんな春は見たこともない。黄褐色の砂嵐が、ここを地獄に変えちまった。

　小汀が電話をくれて、着いたと言った。僕は急いで宿舎の階段を下りていって、彼を出迎えた。長いこと会っていなかったとはいえ、僕はやはり一目で彼だと分かった。まるまると太った顔の上には、やはり微かな笑顔が浮かんでいた。彼の横に、黒いミニスカートを穿いた女性が立っていた。その女性はロングヘアーで、サングラスを掛けていて、どんな容貌なのかよく分からなかったが、結構いい感じがした。小汀は僕と強く抱き合った。それから、彼はその女性が金静（ジンジン）

という名で、ガールフレンドだと紹介した。「まだ結婚してなかったのか？」僕は思わず訊いた。彼は笑いながら言った、「ああ、まだだ」。彼の笑顔は意味深長で、僕は自分の生活が本当に味気ないものだと深く感じた。僕が彼らを連れて家に向かうと、階段の入口で、買い物から帰ってきた夏玲と鉢合わせになった。僕は小汀に言った。

「僕の妻、夏玲」

小汀は親切に夏玲が手にしていた食材を持って言った、「夏玲さん、お世話になります」。夏玲は体裁よく言った。

「どういたしまして、お越し頂いて良かったわ」

部屋に入ると、小汀たちは順に部屋を見て回り、しきりにお世辞を述べたあと、ソファーに坐った。金静はすぐにサングラスを外した。彼女の美しさは鋭利な短剣のようで、鞘から抜かれたその瞬間に、僕を刺し貫いた。僕はいささか慌てて彼らにお茶を注ぎ、それから小汀の横に坐った。僕は自分の部屋を眺めると、やっとの思いでそれらしく片付けたすべてが、うっとうしく感じられた。「ひさしぶりだな、おまえ……、炭鉱での仕事はもうやってないんだろ？」

僕はいたたまれなくなって訊いた。

「ああ、我慢できなくなってさ、逃げ出したよ」小汀は淡々と答えた。

「じゃあ、今は何をしてるんだ？」。僕は興味を持った。

「絵を描いてる」。小汀は僕を見ながら微笑んだ。

「覚えているだろ？　おれがずっと絵を描くのが好きだったの」

僕は力を込めて頷いた。

「もちろんさ」

小汀は目を細めると、記憶を遡り、感情を込めて言った。「おれが鉱山で仕事をしていた時だけど、あの暗闇は酷かった。真っ昼間なのに、ずっと真っ暗な地下に籠ってさ、夜になると地上に戻ってくるんだけど、またいちめんの暗闇だ。おれはたまに自分の眼が見えなくなったんじゃないかって疑ったよ。ある日、おれはまた絵を描き始めた。いろいろな色彩を見た時は、喉が渇いて死にそうな奴が、水を浴びるほど飲んだような気分だったよ！　おれは一番あでやかな色で絵を描いた、最高にあでやかな絵を描きたかったから。数一〇〇メートルの地下で、少しでも休憩時間があれば絵を描いた。おれが描いた絵は、すごくあでやかで、きれいで、仕事仲間たちは、それを見てみんな興奮した。普段、彼らが女についてあれこれ喋る時よりも」

小汀はたくさん喋ると表情が高揚しはじめた。それにつれて部屋も賑やかになり、古い友達と久しぶりに出会った愉快な雰囲気に包まれた。

「ということは……、当時、おまえ本当に炭鉱夫をやっていたのか！」。僕は驚いて言ったが、彼の絵に対してはどう答えていいのか分からなかった。

「そうだ、本当に石炭を掘っていた。おれの親父は生涯ずっと炭鉱夫をやって、肺がとっくに悪くなっていたっていうのに、おれに石炭を掘りに行かせたんだ。親父の目から見たら、おれは他に何もできなかったんだろう」

「幸い、おまえは絵が描ける」

「ああ、幸いに」

ここまで話すと、会話がしばらく途絶えた。小汀は過去を懐かしんだが、僕は自分の目の前の生活に更に深い絶望を覚えた。夏玲は一皿目の料理を炒め終えると運んで来て、僕らに先に食べさせた。金静が立ち上がって言った。「あたしも手伝うわ」。夏玲はしきりに手を左右に振ったが、金静には逆らえず、彼女たちは一緒に厨房へ入って行った。僕は彼女たちの背中をじっと見つめ、夏玲の代わりに卑屈になった。いつからかは定かではないが、夏玲が身なりを飾らなくなったことを、僕は初めて意識した。彼女の後姿はひどく見苦しく太っていて、町で働く家政婦のようだった。そのことで僕は痛みと恥ずかしさを感じた。僕は小汀の表情を見る勇気がなく、まっすぐにリビングの棚の方へ歩いていき、酒の瓶を取り出して言った。「めったに会えないんだから、一杯やろうぜ」。小汀はすこし眉をしかめると、眼差しに暗い影がふっと浮かんだ。だが彼は言った。「そうだな」

あきらかに酒など飲みたくなさそうな二人の人間が無理に飲もうとするのは、確かに普通では考えられない。しかし、僕の心には片意地を張る声が響いていて、それが僕をそうせざるを得なくさせていた。夏玲と金静は、ほとんど同時にこちらを気遣うように見た。だが僕と小汀は、やはり嫌々ながらも、こわばった微笑みを浮かべて一杯目の酒を飲み干した。彼女たちは視線を戻し、何も言わなかった。

昼食のあと、僕は彼らに少し休むように言った。僕はソファーに坐ってテレビを見た。夏玲は厨房で食事の後片付けをしていた。どうしてだか分からないが、僕は僕らの子供のことを思い出した。この世に生を受けられなかった子供のことを。あれはちょうど今のような午後だった。夏玲が厨房で洗い物をしていると、ふいに下腹部が痛いと言い出し、僕は急いで彼女を支えながら階段を下りてタクシーを呼び、病院に駆け付けた。だが間に合わなかったのだ。流産だった。僕はまともにその言葉を体験した。それは目には見えない死で、唐突な衝撃だった。夏玲は泣いた。彼女は顔をゆがめて泣いたが声は出なかった。僕の心はもう少しで壊れそうだった。あとで、夏玲は憤激しながら言った。「絶対にあの忌々しい塩田のせいよ」。僕は言った。「何か証拠でも見つけたの?」。彼女は言った。「探す必要なんてあるの? あの五キロメートル四方に、あたしたちみたいな畜生以外、生き物なんかいないわよ」。畜生。意外にも夏玲が畜生なんていう言葉を使った。僕は彼女が汚い罵り言葉を口にすることに慣れていなかった。だが、彼女の言う通りだと思った。

　そのとき、ふいにリビングのドアが開き、小汀が入ってきた。彼はあくびをしながら言った。「眠れないよ」。僕は訊いた。「どうしたんだ？」。彼は窓の外を見て言った。「明るすぎるよ、どうしてこんなに明るいんだ」。僕は言った。「ここは海抜三〇〇〇メートルもあるんだから、明るいに決まっているだろ？」。小汀は落胆してソファーに坐った。「おれはもともと暗闇を憎んでいたんだけど、炭鉱を離れた後は、逆にモグラみたいに暗闇が懐かしくなったんだよ。おれは部屋で真っ昼間からカーテンを閉め、暗闇の中で絵を描いているんだ」

　僕は笑って言った。「僕の世界へようこそ、明るすぎる世界へ」

　小汀は目を閉じて笑っていた。感電したかのように体中が震えていた。僕はリビングへ行ってカーテンを閉めた。部屋は暗くなったが、強烈な光がまだ隙間から入り込んでくる。一年中暗闇の中にいる。それはどんな感覚だろう。僕には想像もつかなかった。

「おまえのいる岩塩鉱は全国で最大のものって本当か？」。小汀は訊いた。

「それ以上だよ、ひょっとすると全世界で一番かもしれない」。僕は自嘲気味に言った。

「連れて行って見せてくれよ」。小汀はふいに元気を取り戻した。

「今すぐに……？」

　小汀は頷き、腕時計を見て言った。

「まだ遅くない、近くだろ？」

「自動車で行かなきゃならないんだ、一時間ちょっとかかる」。僕は本当に行きたくなかった。僕は午前中に自動車でそこから帰ってきたばかりだった。しかし僕はそれを言い出せなかった。とりわけ彼の顔に浮かんでいる期待を見てからは。

「毎日、往復してるのか？」

「いや。疲れた時は工場にいる。あっちにも宿舎があるから」

「大変だな」

「まあまあさ、僕は技術者だから」

「昔、おまえ、化学はけっこう良かったもんな」。小汀は笑って言った。

「そうだっけ？」。僕は本当に憶えていなかった。僕はすべての科目の成績が、あまり良くなかったことしか覚えていない。最後のテストは運が良く、専門学校に合格できた。しかし、小汀は大学統一試験の前に学校を辞めてしまった。彼は僕に言った。彼はもう完全に自信を失ってしまったと。彼の平穏な外貌の下の内面は、とっくに壁も垣根も崩れていたのだ……、そんな昔の事なんか、今日は口にする必要もないだろう。

「もうちょっと飲もうか？」。小汀はなんと自分からそう言い出した。

さっき僕らは三杯飲んだところでやめたので、二人の女性は安心した。今、彼女たちは休んでいるので、まさに酒を飲む絶好の機会だった。僕は酒瓶を持ち出し、僕らはまた飲み始めた。中学校の頃のことを色々と話した。僕は懐かしいわけではなかったし、あの頃が良かったとは思わなかった。しかし、あの頃のことはじっくりと話せたし、とても温かなものでもあった。実のところ、僕はずっと金静のことを訊きたかった。こんなに綺麗な女性を小汀はどうやって見つけたのだろう。しかし、僕は自分から話題にすることができなかった。僕は男の下心を曝け出したくなかったのだ。飲み続けていると、僕はとても眠くなってきて、ついには僕と小汀はソファーに靠れながら眠ってしまった。予想していた通り、僕はまた老趙を夢に見た。彼は言った。

「相棒、乾杯しようぜ！」

彼は顔中塩まみれで、採塩船（ツァイエンチュアン）の甲板の上に立っていた。水面に彼の影は映っていなかった。僕は言った。

「老趙、友だちが僕に会いに来たんだ」

彼は言った。「お前の友だちともっと飲もうぜ」。僕は言った。「彼はなかなかの生活を送っているんだ」。老趙は歯のない口を開けて笑った。「おまえだってなかなかじゃないか」。僕は驚いて目を覚ますと、夏玲と金静が長いこと会っていなかった旧友のように、ベランダでひそひそ話をしているのが見えた。小汀はちょうど僕の横で、半分坐った姿勢のまま大きな鼾をかいていた。僕は再び目を閉じ、まったく眠くはなかったが熟睡しているふりをした。僕はわざと数日遅い切符を勝手に買ったことを少し後悔した。僕はこの予定より多くなった時間をどう扱うべきか、まったく分からなかった。

その夜、僕らは昼食の残りを適当に食べた。その後、夏玲がみんなで散歩にいこうと言った。僕らは街に出た。その時は真夏だったが、暑さは昼とともに消え、涼しい風が広々とした野原の深くから吹いて来て、いくらか寒いくらいだった。小汀は驚いて言った「すごく涼しいな、気持ちいい！」。金静も同様に「本当、いい気持ち」と言った。僕は彼女の美しい顔をしばらく見つめ、それから視線を奥深い夜色の中へ滑らせた。街路のつき当りを数人の酔った男がふらふら通り過ぎていくのが見えた。このさびれた小さな町は僕の心を憂鬱にさせたが、明るすぎる電光のような金静の美貌は、僕の心の悲しい影をいっそう濃くした。

「まだ歌詞を書いてるのか？」。小汀がふいに訊いた。金静と夏玲が振り向いて僕を見た。僕が歌詞を書くことは、一度も夏玲に話したことはなかった。夏玲は目を大きく見開いた。僕は笑い出し、小汀の肩を叩きながら言った、「なに冗談を言ってんだよ！」。小汀は言った。「一度もおれに喋ったことはなかったけど、とっくに気が付いてたよ。それに、おまえが鼻歌でその歌詞を歌っているのも聴いたよ」。僕は決まりが悪くなって、手を左右に振りながら言った。「そんなのみんな遊びだよ」。小汀は言った。「遊びじゃないものってなんだよ？　おれだって遊びで絵を描いているんだし、人が生きているのだって遊びじゃないか」。僕はもう何も言わなかった。

僕は心の中でつぶやいた。
「でも、遊びを続けられなくなった奴もいるんだ」

翌日、僕は彼らを連れて塩湖を見に行くべきかどうか考えた。しかし、見終えた後はどうするのか。僕はためらいながらまた一日を過ごした。この日は太陽がまばゆく輝き、すべてのものの輪郭が強い光を受けて白くぼやけていた。僕らは部屋に閉じ籠り、何もすることもないまま時間を費やし、夕方になってやっとグルメ街へ行って焼肉を食べた。彼らはここの羊の肉は美味いと褒めちぎったので、僕はちょっと嬉しく安心した。焼肉を食べている時、金静はちょうど僕の対面に座っていたので、僕はいつもより多く彼女を見ることができた。僕は彼女がほとんど笑わず、瞳の奥になにか憂愁を秘めているのに気が付いた。しかも、彼女と小汀の仲も非常に親密とは言えないように見えた。だが、考えてみると夏玲だって憂鬱なんじゃないか。僕らだって、見た感じはそれほど親密でもないだろう。数十本の羊の串焼きを食べ終えると、みんな満足したようで、会話の雰囲気も再び良くなってきた。夏玲が笑いながら訊いた。「小汀、あなたどうやって金静の心を射止めたの？　聞かせてよ」。図らずも夏玲が僕の代わりに訊いてくれた。

小汀はへっへっと笑い出した。
「それは秘密だよ」

僕は言った。

「もったいぶらないで話せよ」

小汀は金静を一目見た。金静は言った。

「別にそんな秘密なんてないわ。わたしは彼のお客さんで、私たちは肖像画を描く時に出会ったの」

「そういうわけさ」

小汀は言った、「おれは炭鉱から逃げ出したあと、ずっと誰かの肖像画を描いて生きてきた。それである日、金静に出会った。おれは彼女に言ったんだ。お金はいらないから、君の絵を何枚か描かせてくれないかって。そしたら、彼女は同意してくれたんだ」

金静は僕の方を見ながら言った。「一番の理由は、彼があんなに真剣に絵を描いていたから。あんなに集中してわたしを見てくれた人は、初めてだったから」。僕も彼女を見た。僕らが見つめ合ったのは長くても一秒だった。僕は俯いてものを食べるふりをして、彼女の美しさから逃れた。ひょっとすると、芸術家だけが芸術という口実を設けて、このような美と見つめ合えるのかもしれない。

小汀は言った。

「じゃ、おれの絵はいいと思う?」

金静は言った。

「あなたは絵がとても上手だわ。でもあれはわたしじゃない」

小汀は驚いて大きく口を開けた。

「きみじゃないって、じゃあ誰？」

金静は微笑んだ。

「あなたの夢想よ」

僕と夏玲は笑い出し、僕は金静を見て言った。

「芸術家が創造するものは確かにすべて自分の中にある夢想だけれど、その夢想だってきみがあげたものだよ」

「その通り、その通りだ！」。小汀は続けざまに頷き、ビールをごくごくと飲んだ。

金静は顔の向きを変えて小汀を見た。「わたしがあなたにあげた夢想を返してくれる？」。僕たちはみな唖然とし、それから笑い出した。どうやら金静は冗談を言ったつもりのようだった。金静の微笑みは、流れ星のようにぱっと煌めいて過ぎていった。この女性は言葉にできない神秘的な何かを持っている。彼女は僕を深く魅了したが、同時に怖くもした。僕は彼女に対する興味から抜け出せなくなった。

小汀はクスクス笑いながら言った。

「それだけじゃなくて、おれを全部返してあげたっていい！」

みんなはまた笑い出した。夏玲がふとため息をついて言った。

「あなたたち、楽しそうで本当にいいわね」

「きみたちは、楽しくないっていうの？」と小汀が訊いた。

僕は返答する言葉が見つからなかった。しかし、何か喋らなければならいので、仕方なくクックと笑うしかなかった。「兄弟！　飲もう」。小汀はグラスいっぱいに注がれたビールを一気に飲み干し、口を拭いて言った。「実はおれ、酒が飲めないんだよ。でも久しぶりに会えて、本当に嬉しいよ。このことは金静に話したことがあるけど、ある時、おれが営業許可なしで露店を出していた時に、都市管理の警察に肝臓をぶちのめされて、病院で数十針も縫った。なんとか死ないで済んだけどな。ハッハッ」

小汀は微笑んでいたが、目のくぼみが影になっていて、僕はよく見えなかった。彼は簡単に話しただけだったが、それが何を意味しているのか僕には分かる。僕もグラスいっぱい酒を注ぎ、彼に応えて一気にそれを飲み干した。

「明日、おれたちは塩湖に行くんだろ？」。小汀はふいに僕に向かって大声でわめいた。

こいつ、話の続きを言うのが恥ずかしくなって、塩湖に行くことを言い出したな。僕が顔の向きを変えると、金静が僕を見ていた。その瞳には期待が込められていた。

「わかった。明日連れていくよ」。僕はグラスを持ち上げて言った。

これが塩湖だ。

通勤用の車に一時間ほど乗り、画一的な工場を一棟一棟と通り過ぎて曲がると、眼前に塩湖が広がっていた。小汀は口をポカンと開けて呟いた。「本当に奇妙な景色だな……」。彼の表情は僕が想像していたものと全く同じだった。僕はその様子を頭の中でとっくに何度もリハーサルしていた。ただ夏玲が来たことは意外だった。僕は、もともと彼女は来ないものだと思っていた。以前、友人が来た時などに、僕はいつも彼女を引っ張り出そうとして塩湖の「ガイド」をお願いしたが、彼女はいつも断固として拒否した。「あんなつまらない場所、行かないでいいなら行かないわ」。だから今回はきっぱりと、僕は彼女に声をかけなかったのだ。彼女が行かなければ、僕は金静の前でもっとリラックスできるとも思っていた。だが、金静が彼女に一緒に行って欲しいと頼むと、彼女はふたつ返事で引き受けた。美しい女性の魅力は、同性さえ抗いがたいのだろうか。今、夏玲は金静の傍らに立ち、彼女の腕を取っていた。風が彼女たちの髪を同時に乱れさせた。一瞬、僕は彼女たちがまるで本当の姉妹であるかのような錯覚を覚えた。

僕らは湖畔に向かって歩いていった。固まった塩粒が足の下でガリガリと音を立て、雪の上を歩いているかのようだった。周りにはまったく草が生えておらず、鳥一匹さえ見当たらなかった。

空は青く澄み渡っていたが、湖水はやはり沈鬱な深緑色をしていた。湖の中心の方は青色と黄色が混ざり合い、まるで心配事でいっぱいの沈んだ表情のようだった。金静は言った。「ここに来たら、急に冬が来たみたい」。僕は合槌を打った。「こんな感じ、何て呼ぶか知ってる?」。金静は僕を見ながら考えて言った。

「荒涼?」

僕は彼女の言葉は正確な銃弾のようだと思った。彼女の言葉は僕が心の中で準備した答えを撃ち抜いた。僕はため息をついて言った。「その通り、そうそう、荒涼」。風に吹かれ、夏玲の顔色は悪くなった。彼女は言った。「だから、わたしここに来るのが怖かったのよ」。その時、一番前を歩いていた小汀が振り返って言った。

「そんなことないさ、ここはすごく美しい!」

もちろん、ここには独特の美しさがあった。湖畔に雪のように積もる清浄な塩の層、それと湖水に沈殿した花のような塩の結晶。すべてはめったに見られない奇跡と言うべきもので、画家がこの風景を見て心を動かさない訳がない。しかし、火星に独特の美しさがあっても、誰もそこで生活したがらない。不幸なことに、僕と夏玲は滞在を余儀なくされた「火星人」になってしまった……。僕は気を取り直し小汀に半分冗談で言った。「必ずこの風景を描かなくちゃ、絶対に世間の人をあっと言わせられるよ」。小汀は蹲り、手を塩水の中に浸して言った。「必ず。しっかり心に留めておくよ」。僕は言った。「小汀、もし水虫があるなら、足を浸けると治るぞ」。彼は僕の言葉を聞くと、真に受けて靴下を脱ぎ塩水に足を浸した。金静は彼に向かって叫んだ。「豚足の塩煮でも作ってるの？」。僕らは大笑いした。

近くで一艘の青い採塩船が作業をしていて、僕らに気が付くと、こちらへ向かって進んできた。あれは小馬(シャオマー)に違いない。僕が知っている同僚の中で船を運転するのは小馬だけだ。

やはり小馬だった。彼は運転室から顔を出して僕に手を振った。僕も手を振り返した。小汀は興奮して言った。「船に乗りに行こうぜ、いいだろ？」。そう言い出すと、彼はもう船に向かって歩き出していた。「馬鹿！」。僕は悪態をついた。小汀は言った。「ここは死海と同じだろ、溺れ死んだりしないさ」。彼は思い切って湖へ飛び込み、船に向かって泳いでいった。僕と夏玲は金静を連れて、近くの桟橋へ歩いていった。僕らが着いた時には、小馬がすでに濡れネズミになった小汀を引き上げていて、こちらの方へ向かって進んできた。小汀は舳先に立ち、まだ興奮冷めやらぬようで、両腕を挙げて僕らに向かって楽しそうに叫んでいた。

僕らは船に乗った。小馬は喜んで言った。「おまえの友達は本当に面白い奴だな！」。僕は言った。「それはそうだよ。彼がどんな仕事をしているか当ててみな？」。小馬は頭を横に振った。小汀は笑いながら言った。「数一〇〇メートルの地下で、真っ暗闇、一年中太陽を拝めない」。小馬が言った。「炭鉱夫だ！　そうだったのか。ここは明るすぎるからな。どうやら、僕らは全く別の世界の人間のようだ！」。みんな大笑いした。小馬は船を湖の中心まで進めた。湖の中心とはいえ、実際には、大きな鹹水池の中心だった。管理上の便宜のため、広大な塩湖は水田のようにいくつかに区切られていた。

「塩湖の夕日を見に行こう、絶対に一生忘れられないぞ」。小馬は自信たっぷりに言った。

「そうか？」。小汀は目を丸くして、西の方を眺めた。

僕は数えきれないほどこんな風景を見てきた。夕日は引き裂かれた肝臓のようで、鮮紅色の血に染まった白い包帯のようだった。僕は、太陽を砲撃する目には見えない大砲があるような、僕の生活を掃射する目には見えない機関銃があるような気がした。僕は夕日と同じように真っ赤だった……そんな傷口でも、鑑賞すると、とても美しかった。たとえ、その傷口が自分の身体で疼いていたとしても。だが、夕陽無限に好し、ただ是れ黄昏に近し、あまりに美しいものは、死と紙一重になる。僕は金静を見た。夕映えに照らされた彼女は、鮮やかな光を四方に放つ仙女のようだった。彼女はそこに坐り、遠くの景色を眺めていた。見たところ、彼女は自身の美しさには無関心のようだった。小汀はほぼ完全に塩湖の風景に耽溺していて、金静がそばにいるのを忘れていた。

「ほら、飲もうぜ！」

小馬は船倉から裸麦の焼酎を一瓶取り出した。

ここには、大酒飲みではない男などいない。

同様に、ここで酒を勧められたら簡単には断れない。

僕ら男三人は甲板の上で車座になり、金静は船縁の欄干の前に立ち、夏玲は忙しそうに僕らに焼酎を注いでくれた。夏玲はさらに船倉から落花生一袋を見つけ出し、僕らのつまみにしてくれた。小馬は僕に言った。「おまえってやつは本当に幸せだな！」。僕は夏玲を見ながら頷いて言った。「なあ、小馬がずっとおまえのことを好きだったって」。夏玲は冷淡に僕を見ると、怒りを込めて言った。「自分の妻を冗談のネタにするなんて！」。僕は言った。「それはおれの妻が素晴らしいからだよ」。彼女は「ふん！」とふてくされ、身を翻して船倉に入り、もう外に出て来なかった。彼女はおそらくテレビを見に行ったのだ。もう眼前に広がる「美しい景色」を眺めることはできなくなった。この「美しい景色」は、彼女にとっては苦しみだった。そうだ、当時のことを思い出した。僕と小馬は同時に夏玲を追いかけ、最後には僕が彼女を手に入れたのだ。僕は唯一の趣味の作詞を武器にした。だが、僕は歌詞を歌えなかったので、一篇の詩として彼女に贈るしかなかった。

この生命の痕跡がない場所では、一篇の詩のロマンはその他のものより役に立った。翌日、僕は夏玲から返事を受け取った。そこにはこう書かれていた。「あなたの詩のおかげで、わたしはここの美しさが分かった。ひょっとするとこのことだけが、ここに留まる勇気を与えてくれるか僕は彼女のその言葉の方が、僕の詩なんかよりよっぽど素晴らしいと思った。僕は長い間ずっと感動した。彼女を見るとき、僕の心は小さな女の子を見る際に湧きおこる慈しみでいっぱいになった。僕らはかつてあんなにも互いを大切にしてきたのに、結局はこの遥か昔からの荒涼に打ち負かされてしまった。そして、僕らは共にこの荒涼の一部分となり、仇同士になってしまったのだ。

強い酒を数杯飲むと、夕暮れ時の冷たい風が真っすぐに吹き付けてきて、僕は少しめまいがした。小馬の火傷で青黒くなった顔を見ると、それが鏡のように僕自身の顔を映し出しているような気がして、僕は涙をとめどなく流した。小汀はその様子を見て、ひどく驚いた。しかし、僕は涙を拭く暇もなかった。

「何でもない、大丈夫。ちょっとむせただけだ」。僕はまた小汀に酒を勧めた。そして小馬に言った、「俺の相棒をちゃんともてなしてくれよ。飲み足りなかったら、おまえのもてなしが足りないってことだぞ」。小馬は僕がそう言うと、さらに頻繁に小汀に酒を勧めた。お互いに何度か酒を勧め合うと、小汀の視線は朦朧としてきた。小汀は弱みを見せようとせずに、僕に酒を勧めてきた。僕は彼と一緒に、続けざまに三杯飲んだ。僕は胸の内で恐怖が蠢き始めたのを感じて、自分に言い聞かせた。もう飲んじゃだめだ。

「老趙のことは、おまえのせいじゃない。本当に」。小馬がふいに言ったこの一言で、僕は胸に血腥さがこみ上げてくるのを感じ、何も話すことができなくなった。

「違う……」

僕は涙を流した原因を説明しようとしたが、どうやって説明すればいいのだろう。

「何のことだ？」。小汀は小馬を引き寄せ、はっきり訊き出そうとした。小馬は僕を見た。小馬は後悔でいっぱいの表情だった。

「だいじょうぶだ。小馬、おまえ話してやれよ」

金静が僕を見ていることに気付くと、視線が交差した。ちょうどそのとき、夕日が落ちた。視界を隔てるものがない場所なので、すごく唐突な感じがした。地平線辺りのいちめんの白さは、瞬く間に漆黒に変わった。その黒さは空の奥底の微かな明かりに引き立てられ、まるで何か重たい金属のようだった。僕はしばらく金静の顔がはっきりと見えなくなった。すると、なぜか分からないが、ふいに彼女の顔を無性に見たくなった。僕はけっして酔った後で、口には出せない欲情を抱いたわけではなく、ただ単純に憧れただけだった。まるで僕の生活でこれまでお目にかかれなかった希望のように。いや、そうではない、それは希望より美しい夢想といった方がいい。

小汀は暗闇の中で慟哭し声を失った。もしかしたら、老趙の話が彼を傷つけたのかもしれないし、あるいは自分自身のために泣いているだけかもしれない。僕はとっくに男が泣くことに慣れていた。僕が言うのは、自分だけではなく、ここにいるすべての男も含めてだ。小馬は泣いていいる小汀にまた酒を勧めた。彼は経験が豊富だった。こんな場合、もう数杯か飲ませれば、泣き止むばかりか、逆に笑い出して、笑いが止まらなくなったりもする。僕は立ち上がって船縁の欄干まで歩いていき、金静の傍らに立った。すると僕はもう一度、彼女の姿をはっきり見ることができた。金静の濃いまつ毛の下にある瞳には、湖面に輝く光が煌めいているようで、僕は抗うことができないほどに魅惑された。このような女性と一緒に生活したらどんな感じがするのだろう。僕は空想せずにはいられなくなった。夏玲が金静と入れ替わったら、自分の生活はどのように変わるのだろう。僕はしばらく訳が分からなくなり、思わずため息を漏らした。

「どうしたの？」。金静がついに口を開いた。

「小汀を愛しているの？」。僕はふいに訊いた。自分でも思いがけなかった。

「わからないわ。きっと愛していない」。金静の回答は思い切りがよく、まったくためらいがなかった。

「それでも君は彼と一緒にいるのかい？」

「わたしも自分を愛してないもの。それでも自分といなければならないわ」

「君は自分を愛していないの？」

「ええ」

「どうして？　こんなに綺麗なのに！」

「わたしは逃亡犯なの。人を殺してしまったのよ……」

僕は自分が耳にしたことを信じられなかった。あまりにも驚いたために、ほとんど酔いが醒めてしまった。だが金静の表情は平静だった。まるで話したことが日常茶飯事であるかのように。だが、彼女は涙を流した。それが僕に彼女の言葉に偽りがないことを確信させた。

「小汀は知っているの？」。僕は喉が渇いて痒くなり咳をした。

金静は頭を横に振って言った。「彼は一度も訊かなかった」。しばらく沈黙して彼女は続けた。

「もし尋ねられたら、話すわ」

「それなら、話さなくていいじゃないか」。僕はため息をついた。

「あの人は当然の報いだけれど、わたしの罪は深くて重い。わたしはいたずらに生きながらえようなんて思わない。わたしは一所不住のその日暮らし」

「僕は何も知らなかったんだね」。僕はこれっぽっちも事の経緯を詮索する気がしなかった。金静が話してくれたのが、テレビドラマででもあるかのように。

「誰かが訊いてくれれば、わたしはすべてを話すつもりだったの。でもこれまで誰も訊いてくれなかった。あなただけが訊いてくれた、どうして自分を愛していないのかって。嬉しいわ。多くの人がわたしの美貌を愛したけど、わたしがわたし自身を愛しているかどうかなんて、ほとんどの人は考えようともしなかった」

「分かるよ」

「あなた、本当に分かるの？」

「本当だよ。さっき彼らが老趙の話をしていたのを聞いただろ」

「夏玲がわたしに教えてくれたわ」

「老趙が死んだあの日、僕と彼の二人だけだった。僕はいつも自分を疑うんだ、僕が彼を殺したんじゃないかって」

「その日、あなたは酔っていたの？」

「ああ、酔っていた。でも奇妙なことに、僕は酔っても、普通の人と同じように行動できるんだ。みんなが僕は酒が強いと誤解しているけど、本当は違う。僕はよく酔いが醒めたあと、自分が何をしたのか、全く思い出せないことがあるんだ」

「あたしが知りたいのは、あなたがなぜ自分を疑うのかっていうこと……」。金静は僕の致命的な手綱をしっかりとつかんで放さず、僕に話を続けさせた。

僕は少し考え、近くの工場に灯りが点ったのを見ながら言った。「僕は老趙のことがとても好きだった。一緒に飲んでよもやま話をしていると、時間があっという間に過ぎて、毎日を楽に生きられた。でも、僕はこんな生活が嫌だったし、反抗したかったんだ。だけど、老趙はこういう生活の代表さ……だから、僕はそんな疑問を持つようになったんだ。でも、老趙が死んでしまった後、僕の生活はもっとつらくなった」

「それなら、あなたは自分が老趙を殺したと思えばいいのよ。その方が楽になるわ」。金静は小さな声で言い、僕の方へ少し身を寄せて、腕をぴったり僕にもたせかけた。

僕は彼女からの慰めを感じたが、小声で呟いた。「そうだろうか？」

「わたしがどんなにあなたの生活を羨ましいと思っているか分からないのね。仮にあなたが本当に殺人犯だとしたら、この荒涼とした場所にいることが、ある種の安らかな贖罪になるんじゃない？　しかも、あなたをとても愛している女性がいて、ずっとあなたに子供を産んであげたいって思っているのよ」

「彼女が君にそう言ったの？」

「もちろん」

金静は言い終えると笑った。彼女の笑顔は薄暗い灯りの中で神聖な光暈（こううん）に包まれていた。僕はほとんど彼女に溶かされそうだった。

「おい！　おまえら何を話してるんだ？　早くこっちに来て酒を飲め！」。小汀は僕らに向かって大声を上げた。彼はすでに酔って、馬鹿みたいに大笑いしていた。その日のその後のことは、僕は何も覚えていない。なぜなら、僕と小馬、そして金静の三人であれから飲み続けたからだ。

奇妙なことに、その夜、僕は老趙を夢に見なかった。だが、僕はやはり夢を見た。僕は一人で塩湖のほとりを歩いていた。暗闇が圧しかかってきて、僕は息が出来なくなった。絶望して目を閉じると、パリパリと砕けるような音が辺りを覆い尽した。何かが成長しているような音だった。僕はひどく恐ろしくなった。朝、目覚めると、それは塩が成長する音ではないかと思い当たった。ここでは、塩は成長する。あの美しい塩の結晶の花がとどまることなく咲き続けるのだ。こんな風に言うなら、ここには僕ら以外に、まだ他の命があったということになる。塩は一種の生命ではないのか。造化の神の前では、僕らと塩との間に本質的な違いなどあるのだろうか。僕らも塩もすべては成長して衰える一種の変化に過ぎないのだろう。

小汀たちは去った。およそ二ヶ月後、僕は大きな郵便物を受け取った。形から見ると、それは一幅の絵のようだった。開けてみると、僕の予想通り額装された油絵で、小汀が塩湖をモチーフにして創作したものだった。その絵の塩湖と花のような塩の結晶は、非常に奇怪な姿をしていた。初めて見た時は、まるでどこかの星の風景か、あるいは超現実主義の絵のようだった。だが、長いこと見ていると、そのデフォルメと誇張が、まさに塩湖の最も重要な特徴を際立たせていることが分かった。僕はリビングに絵を置き、夏玲が帰ったあと、彼女に鑑賞させた。しかし。彼女はたった一目見ただけで驚いて叫んだ。「早く片付けて、二度と見たくないわ！」。「どうして？」。僕は理解できなかった。夏玲は言った。「あたしが夢で見た塩湖とまったく同じなのよ。びっくりしたわ！」。それは確かに奇妙なことだ。僕は絵を包みなおし、片付けるしかなかった。ひょっとすると、ここ以外の場所でもう一度取り出して見てみたら、まったく違った味わいがあるかもしれない。

僕は小汀に手紙を出した。彼の絵に感謝し、僕は大切に収蔵しておくと伝えた。しかし、金静のことには一言も触れなかった。僕は、彼も触れて欲しくないと思っているに違いないと考えた。僕はもう小汀のことを羨ましく思わなくなった。もしかすると、金静が特に彼を愛していなかったからかもしれないし、自分の罪業を受け止めることで、自分が幸福であると気付いたからかもしれなかった。僕は誠実に、ここに留まろうと思った。小汀は返事をよこさなかった。彼はそのまま消えてしまった。塩湖を漂う一粒の塩のように、大雨の中に消えていってしまった。

生活はこうして再び平静さを取り戻した。あの波風はゆっくりと静まっていった。僕はもう酒に溺れなくなった。しかし、それは夢に老趙が出て来るのが怖いからではなく（たまに、まだ老趙を夢に見た）、入山を禁じ造林を育成するという子供を授かるための準備だった。夏玲は妊娠したあと、無給休暇を取って省都の叔母の家へ行った。僕らは二つの場所に分かれて生活を始め、言い争いも減り、関係もゆっくり修復されていった。僕はもう自分が別の女性と一緒に生活をすることなど想像もできなくなっていた。翌年の秋、彼女は順調に健康な男の子を生んだ。父親になってからも、僕は塩湖の工場で仕事を続けた。退職を考えたこともあったが、不思議なことに僕は一人で果てしのない塩田にいると、逆に落ち着くようになり、ここを離れようという考えは切実ではなくなった。僕は塩湖のほとりを歩き、この地球外の星のような奇怪な景色を眺めるとき、いつも小汀の絵と美しい金静のことを思い出した。それはとてもぼんやりとしたもので、本当はこれまで彼らと会ったことなどなく、ある奇異で幻想的な夢の中での出来事だったのではないかと思った。

冬が来て珍しく北風が吹くと、塩湖の水面になんと薄い氷が張り、透明で美しい塩の層と混ざり合った。その景色はとても珍しかった。塩湖に氷が張るのは非常に稀なことだった。僕はそのことだけのために、工場の温度計を見に行ったが、最低気温は零下二十度に達していた。だが困ったのは、こんなに珍しく寒い冬なのに、ずっと雪が降らず、とても乾燥していたことだった。毎朝起きると、喉がひりひりと痛んだ。ある朝、僕は起床したあと、一通の手紙を受け取った。見たところ、外国から送られてきたようだった。僕はしばらく覚束ない英語力でどこの国からのものか確かめた。おそらくネパールだろう。僕は十中八九、金静だと予想した。夢の中から来た一通の手紙？　僕は束の間、自分が本当に目覚めているのかどうか疑った。

金静の字は彼女の容貌と同じように美しかった。彼女は万事順調で、その手紙を書いたのはカトマンズのボダナートストゥーパ③の前で懺悔している時に、僕のことを思い出したからだそうだ。ストゥーパの台基には、無数の仏の眼が描かれていて、それらの慈悲に満ちた眼に見つめられた彼女は、ついに死を恐れることがなくなったという。カトマンズはどこもかしこもとても美しく、四方を青山が囲み、鮮やかな花々がいつも咲き乱れている。今後、機会があれば見に行けばいい、塩湖とは全く違った風景がそこにはある。彼女は僕に小汀のゆくえを教えてくれた。彼は深圳に行って画廊を開き、なかなかうまくやっているらしい。最後に彼女はこう言った。この世を去る時には、塩湖のような場所を選び、永久に荒涼とひとつに溶け合っていたい。彼女は資料を調べ、世界で一番大きな塩湖は僕らのここではなく、ラテンアメリカのボリビア南部の高原にあるウユニ塩湖④であることを知った。今後、そこを自分の骨を埋葬する場所にしたい。彼女は面倒くさがらずにデータを記してくれていた。

「……そこは海抜三〇〇〇メートル以上あり、一万二、五〇〇平方キロメートルも続いている。毎年冬季には、塩湖は雨水で満たされ浅い湖となる。夏季になると、湖水が涸れ、一層の塩を中心とした鉱物の硬い殻が残される。その塩の層の多くは一〇メートルを超える厚みがあり、埋蔵量はおよそ六五〇億トン、全世界の人々の数千年の需要を満たすことができる。現地の人は、乾季に湖面に形成された硬い塩の層で、分厚い塩レンガを作り、家を建てる。家は屋根と扉と窓以外、壁や家の中に置かれたベッド、机、椅子などの家具もすべて塩の塊で作られる」

僕は彼女に返事を書いた。

「ウユニ塩湖のデータを少しだけ小さくし、季節を北半球に変えさえすれば、ここととそれほどの違いはない。きみにこの手紙を書いているとき、僕は塩レンガで作ったテーブルの上にかがみ込み、塩レンガの上にガラス板を敷き、ガラス板の上にさらに温かい青色の絹を敷いた。とても暖かでふかふかとした手触りだ。僕はそんなテーブルを撫でている。その構造は珍しいものだけど、普通の机と実はそんなに違いはない……」

それ以降、僕は彼女からの手紙を受け取ることはなかった。長い時間を経たあと、僕は受け取った手紙さえも主観的な幻だったのではないかと思った。それに物的証拠もなかった。僕は夏玲に見られることを恐れ、読み終えた後に手紙を燃やしてしまったのだ。春が来たとき、夏玲がまた電話を掛けてきて、子供を見に来て、そのついでに面接に行ってと催促した。ある親戚が、僕のために新しい仕事のチャンスを見つけてくれたとのことだった。僕は荷物を片付けながら思った。ひょっとすると、これまで誰も僕に会いに来た人はいなかったのではないか。ただあの絶え間なく成長する塩だけが、僕の傍にいたのではないか。——ああ、これだ。今は騒々しい昼間なのに、僕はあのパリパリと砕ける音を聴き分けることができる。僕は顔を上げて、窓の外に広がる真っ白な塩湖を見た。もう一度ここへ帰ってくることがあるだろうか。

（完）

（原題「听塩生長的声音」、初出：『文学界』二〇一三年第一二期）

訳注

①略譜＝五線譜に対して、簡略化した形式の楽譜。算用数字で音階音を示した数字譜のことをいう。

②ラサ＝ラサ市。中華人民共和国チベット自治区の中央部に位置し、同自治区を構成する市のひとつ。

③ボダナートストゥーパ＝高さ約三六メートル。ネパール最大のチベット仏教の巨大仏塔。「カトマンズの渓谷」の一部としてユネスコ世界遺産に登録されている。

④ウユニ塩湖＝数百万年前にアンデス山脈が隆起した際、海底が海水ごと持ち上げられて形成された世界最大の塩湖。

熊育群（シオン ユイ チェン）

一九六二年、湖南省汨羅に生まれる。代表作に、詩集『三只眼睛』、散文集『随花而起』、『霊地西蔵』、長編小説『西蔵的感動』、『走不完的西蔵』、撮影散文集『探険西蔵』など。魯迅文学賞、冰心文学賞など受賞多数。

春、十二本の河

一

汨羅江（べきらこう）①と洞庭湖（どうていこ）②が交わる場所は、洞庭湖東汊（ドンチャー）と呼ばれ、また汨羅江尾閭（ウェイリィー）とも呼ばれる。この平坦で広い荒洲には、十二本の河が静かに流れている。河の上流にはいくつかの村落が疎らに広がっている。遠くから一望すると、ただ小さな灰色のかたまりに見えるだけだが、それらは家々の瓦である。霧の多い雨の日には、遠くを歩く人の姿はいつも朧げにしか見えないが、歩みは速い。キジの鳴声が家の裏手の菜園から聞こえて来る。鳴声は清々しく、また湿っぽい。黄昏の軒は、よく注意して見ないと黒い影絵へと姿を変えてしまう。一頭の水牛がふいにわけもなく空に向かって長々と鳴いた……。

それは、ある春のことだった。旧正月の元宵節（げんしょうせつ）③を祝い終えると、冬のあいだ吹き荒れた北風が暖かくなりはじめた。もう北風が平原を叫びながら疾走することも、人の顔に吹き付けることも、骨身に染みるほど人を凍えさせることもなくなった。

二月に入ると、空気はある朝ふいに湿っぽくなった。

私は初めて巫者（ふしゃ）の茅葺小屋を訪ねた。私はそこに二晩泊まるつもりだった。巫者の茅葺小屋は洲の上にあった。巫者は私の父で、長いこと人の代わりにこの茅洲（ちがやのす）を守ってきた。茅洲にある草は、売ってお金に換えることができた。そのとき、私は自分が妊娠していることに気が付いていなかった。

巫者は寝床の横に、チガヤで自分が寝るための敷布団を拵えた。地面も湿りはじめたのが分かった。地面に転がった鍋や鎌が立てる音さえ変わって聞こえた。

シラサギが「ガア、ガア、ガア」と茅葺小屋の外で楽しそうに鳴いていた。何かを競い合っているかのように。さらに空の鳥の鳴声も、その大合唱に加わった。私にはそれらが何の鳥なのか分からなかった。しかし、私は父の茅葺小屋がわが家よりもずっと騒がしいことを知った。ここは決して寂しくはなかった。

巫者と鳥はずっと生活を共にしてきた。巫者は鳥の鳴声から、意味を聴き取ることができた。巫者はいくつかの奇怪な名を呟いていたが、私には何を言っているのか分からなかった。一度、巫者はならず者のことを話した。私は小屋の外をずっと見ていたが、人影ひとつ見当たらず、ただシラサギの群れが空を舞っているだけだった。小屋の傍に棲みついた一羽のシラサギが「ガア、ガア」と楽しそうに鳴いていた。巫者は、ならず者は一日中狂っていて、野良に出ようとはせず、誰にでも乱暴を働くと言った。私は堪え切れなくなって訊いてみた。「父さん、ならず者っていったい誰なの」。巫者はふいにチガヤの縄を撚る手を止め、ぽかんとして笑い出した。ならず者とはあの鳥のことだよ。

巫者は手仕事を止め、木の盆を手に取って茅葺小屋の外へ出たが、またすぐに小屋に戻った。すると今度は四手網で獲った小魚や小エビを小屋の外へ持ち出した。彼は、それを地面の上に置いてあった盆の中へあけると、その場に突っ立ち、鳥の群れに向かって叫び始めた。巫者はまるで、夕暮れ時に村の入口に立って、家に帰るのも忘れて遊びふける子どもたちを呼ぶ親のように繰り返し叫んだ。

生い茂る葦の奥から、一羽、また一羽と鳥が飛んで来た。鳥たちは仲間を呼び集め、茅葺小屋の上を旋回した。鳥はどんどん多くなってゆき、黒雲のように空を覆い尽した。空はみるみるうちに暗くなっていった。鳥たちの白い糞が雨のように巫者と私の上に降ってきたので、私たちは茅葺小屋の中へ避難せざるを得なかった。

その雨雲が下りてきて、地上が大雪の後のように白く染まったあと、私たちはやっと茅葺小屋から出ることができた。鳥は巫者の周りを睦ましげに回り、長い嘴を持ち上げ、興奮しながら鳴声を上げた。巫者は鳥たちに小魚と小エビをやり、純白で美しい鳥たちの羽毛を優しく梳き、鳥の善良な黒い目を見ながら話をした。

夜、シラサギの群れが茅葺小屋を囲った。群れは小屋の周りを埋め尽くし、立ったまま眠っていた。それはまるで一面に広がるおぼろげな月光りのようだった。

私は夜中に小屋の外で小用を足した。そのとき私は、辺り一面に広がる無数の鳥の羽が、銀色の柔らかな玉（ぎょく）のように輝いているのを目にした。四方に広がる原野は静寂そのものだった。風に吹かれた葦の葉が立てている微かな音は、イナゴが私の足元に落ちた時の音のようだった。私は自分が夢を見ているのではないかと疑った。深く息を吸い込んだあと、私は鳥たちを目覚めさせたくないと思い、音を立てずに小屋へ戻った。

二

二日後、私は村へ帰る準備をした。どこまでも晴れ渡っていた空があっという間にどんよりとした曇り空に変わった。正午、唐突に春雷が空で破裂音を立て、四方の空気が僅かに震えると、今にも雨が降り出しそうになった。清々しく透明な雨水は、最初に葦の葉の上から音を響かせはじめた。空はさらにどんよりとし、子供が何度も落書きしては拭き消した厚紙のようだった。遠くの空がはっきり見えないばかりでなく、近くの空さえよく見えず、すべてが幻のようだった。

春は、ひっそりとこの分厚い天帳の中の何処かに隠れている。まるで蜘蛛が巣を守っているかのように。

それから雨はしとしとと降り続いた。水が流れる音をどこでも聞くことができた。どこもかしこもザーザーと騒がしく、大地のあらゆるところから芽が吹き出し、葉が生えはじめた。全ての枯れ萎んだ植物が緑に変わり、鉄のように黒く硬い枝から柔らかくて愛らしい新芽が伸びはじめた。大地の水がすべての植物の幹と枝の中を、河床をザーザーと流れる水のように駆け巡り、叫び声を上げた。あらゆるものが湿って水滴を帯びていた。鉄の鍬であろうと湿って錆びつき、木の机や椅子でさえも湿って黴が生えた。

それはじっとり湿った世界だった。人の声さえも湿り気を帯びて遠くまで届かなくなり、狭い部屋の中でくぐもった。窪みも盛り上がった場所も、すべて白く光る雨水で覆われ、動物たちに踏まれて粘っこく疎らな泥水となった。

野草が一夜のうちに地面、畔、河原、荒地を緑で埋め尽くした。野草は雨水が土地を湿らすように、雨に濡れたあらゆる場所を緑の世界に変えた。瑞々しく柔らかな野草は、遠くから見ると敷物のようであったが、近くから見ると疎らだった。雨水はそのように神秘的で、空に斜めの長い線を引き、現れては消え、消えては現れ、立て続けに鳴り響く雷の指揮の下、緩急と密度を変えた。タニシ、ミミズ、オタマジャクシ、ヒル、稚魚たちは、まるでこの雨の線を辿って空から下ってきたかのようだった。それらは泥の中で蠢き、どんなに小さな水たまりの中でも、ゆったりと泳ぎ、水と戯れていた。十二本の河、それぞれの河の水はすべて河原を這い上がり、白く輝く空に向かって漲(みなぎ)っていった。冬の間ずっと沈黙していた動物も、この時には雨に向かって音を立てた。アマガエルは昼夜を分かたずがやがや騒ぎ、猫は春の夜、物寂しそうな声で鳴き、犬のワンワンと吠える声には、喉から絞り出される細くて鋭く低い音が僅かに加わった。ウナギはザーザーと流れる水の中から尾鰭(おひれ)を出して水面を叩き、生き生きとした音を立てた。ウナギは何千何万という卵を流れの中で産まなければならない。無数の虫と鳥の鳴声が、春の夜を永遠に幕の下りない交響曲の舞台に変えた……。

私は嘔吐しはじめた。とても気分が悪かったが、まったくその原因が分からなかった。頭がぼうっとし、寝床を見れば横になりたくなり、食べ物を見れば吐きたくなった。胃の中から酸っぱいものが溢れ出し、壺の中から酸っぱい漬物を探し出して食べたいと思った。酸っぱい漬物だけが気持ちを少しだけ良くしてくれた。私は体中から力が抜け、骨がだるくて痛み、疲れ、眠たかった。一面の黒雲に覆われた雨模様の世界は、心の煩いが重なると、厚い靄(もや)に包まれているかのようだった。たとえ濃い萌黄色や桃色であっても、煙のように朦朧としていた。私はこの茫漠とした空模様を見極めたかった。だが、眼に映る景色ははっきりしたかと思うと、またぼんやりとして見えなくなり、私の望みは消え失せた。

数日後、村人たちは田を鋤き始めた。薔薇色のレンゲソウは天地を覆っていたが、鋤き起こされた黒土に一列一列と覆われてゆき、白く光る雨水で水浸しになった。均された土は雨水に浸されて泥水となり、穀類の種が泥の上へ撒かれた。泥は胎盤のように種を芽吹かせ、若芽は勢いよく成長し、日々姿を変えていった。子供が柳の枝を折って地面に差し込むと、翌日には土の養分がそれに根を張らせ、新しい葉が生えた。蜜蜂は慌てふためきながら、そこかしこの泥の壁に穴を空け、一日中ブンブンと飛び回り、お腹に隠した卵を急いで産み落とした。蜜蜂がたくさんの花粉を運び、数えきれないほどの花が一夜のうちに咲き乱れた。それぞれの花の艶やかな色彩と芳しい香りに引き寄せられた蜜蜂たちは、何もかも忘れて蜜を貪った。

毎年、最初の雷が鳴ったときに、巫者は洲を離れる準備をした。

三月の雪解けがまもなくやって来る。増水期、水は十二本の河からみるみるうちに溢れ出して洲に上がってくる。足元の土地の一部は水底に沈み、高い土地は浅洲となる。巫者は増水期の前に急いで村へ引き返し、田んぼに植え付けをしなければならなかった。私が嘔吐しているのを巫者はすべて見ていた。

私は一つの小さな命が、自分の中で芽吹きはじめていることを知らなかった。それは巡りゆく時間の中で、この世界に向かって迷いなく歩いてくる。ひょっとしたら小さな命の足音が、時間の歩みのように「ザック、ザック」と響くのが聴こえるかもしれない。私は、「父さん、気分が悪い」と言った。私は巫者に漢方医を探してもらおうと思った。

ある日の夜、巫者が相手の若いのは誰だと訊いた。質問をすると、巫者の顔に浮かんでいた私への親しみは完全に失われ、頬骨は少しこわばって硬くなった。私の体もそれにつれて冷たく硬くなり、話しはじめても冷たく震えた。私は震えが止まらなくなって、途切れ途切れに一切を巫者に話した。話し終えると、私は手で顔を覆いながら、自分の寝床へ走り、頭から布団を被った。恥ずかしくて、悲しくて、涙がポタポタと流れ落ちた。まるで決壊して流れ出した水が、もう制御できないかのように、春雨が長い冬の凍結を破って流れ出し、いちど雷が鳴るや、晴れた天気が二度と見られなくなるかのように。晴れた日は、いつ仮象になってしまったのか。陽光が煌めく日々は、とっくに大量の雨水の陰にこそこそと隠れてしまったのだ。

あの夜、纏わりつくような空気は、途切れては続き、隠れては現れ、時間の流れと共にゆっくりと遠くへ漂っていった。それは一枚の服が、水の真ん中へ漂っていくかのようだった。体の中での体験だけが、鮮明に体内に留まった。私は誰かにこじ開けられた錠前のようだった。秘密の花園は発見されたのだ。私はふたつの乳房が日々熟してゆく水蜜桃のように膨れ出したのを感じた。体の中の神秘的な水が、ふたつの膨れた場所に向かってザーザーと流れ、手足の血管が日夜わめき、不思議な蕾があちらこちらで勢いよく開いた。私の顔色は日々紅潮してゆき、眼に溜まった水は、私がちょっと感傷的になったり、或いは気持ちが昂ったりしたときに、さらさら流れ落ちた。このとき世界のすべては、じめじめと湿り、私の涙の中で芽を吹き、広がり、狂ったように成長しはじめた。それは恋しい気持ちと同じように、頭の中のすべての想いを覆い尽してしまうのだった。私はその他のことを考えられなくなり、以前のように人と普通に交わることができなくなった。

あの夜、私は男の匂いを嗅いだ。彼に食事を作り、彼は火を起こした。私は綿入れの上着を脱ぎ、上半身は体にぴったり合った赤い袷一枚になった。炎に照らされた私の顔は、桃の花のように赤くなった。盛り上がった乳房が鉄の柄杓とともに上下に揺れ動いた。それは蓋をされたふたつの炎で、明るい光が服を透かしていた。

彼の褒め言葉はだんだん抑制のないものになっていった。私の服から腰、さらには下半身まで褒めると、彼の息づかいはどんどん粗くなっていった。私はこれまでこのように単刀直入に、熱を込めて褒められたことなどなかったので、赤い霞が顔の上で沸き立ち、心がふわふわし、体が宙に浮いてどこへ行ったか分からなくなってしまった。私は聴いているだけで、もう口を開けなかった。眼に溜まった清らかな泉水が、屋内を明るく照らしていた。

彼の血管の中では、血が炎のように燃え盛り、全身を猛烈な勢いで駆け巡っていた。私たちは食事の味さえ分からなくなった。私は彼の眼の中にパチパチと燃える炎を見て、顔の向きを変え、彼の視線を避けた。しかし、私の体はすでにその炎によって点火され、雷に打たれたように熱くなり、ほとんど息もできなくなっていた。彼に握られた手は、小さなウサギのように動く勇気もなかった。私は血管の血が全身から勢いよく湧き出し、ゴウゴウと響く音を聴いた。足元はすでに渦潮のように激しく揺れており、自分ではどうすることもできなくなっていた。彼は勢いに任せて私を抱きしめた。私はすでに眼が眩み、抵抗する気力もなく、彼に抱かれるがままゆらゆらと揺れた。それから、縁（ふち）に様々な色の花びらが敷き詰められたベッドへ向かった……。

真夜中、巫者は時を告げる拍子木を叩き終えると、私の寝床の傍らに立った。夜が明け、ぼんやりと明るくなって、私はようやくそれに気付いた。春雷はまだ鳴り響いており、雨は屋根の黒瓦を寂し気に、強く、パラパラと叩いていた。私は涙がいつ止まったのか、いつ青い夢の中へぼんやりと落ちていったのか分からなかった。たくさんの雨蛙が私に向かって鳴声を上げていた。雨蛙は頭の両側から泡を吹き出し続け、両足の間から産卵し、ネバネバして透明なものを水面に落とした。それらは自由に浮かび漂っていた。私は一面に広がる水田の中に立っていて、雨が激しくなるほど、私はどんどん冷たくなっていった。あのネバネバして透明なもののすべてが私の方へ漂ってきて足元まで辿り着くと、太腿に貼りつき、私はどうしても動くことが出来なくなった。涙がまた急に目から溢れ出し、私はやっと目を覚ました。

私は目覚めると、巫者が寝床の傍らに立っているのを見た。その両目はとても柔和で、梅雨に突然現れた太陽のようであり、初夏の暖かい風が、私の長い髪を吹き抜けていくかのようだった。

巫者が言った。父さんが彼に会いにいく。

巫者は竹の柄がついた油紙の傘を差し、草鞋を履いて、深くぬかるんだ道を東に向かって歩き出した。ザーザーと降る細い雨が、瞬く間に巫者の後姿を霧のように霞ませた。後姿は村の入口で淡く消えていった。私はすぐに、あの日、彼が去っていった光景を思い出した。

彼もあの日の早朝に、そのように去っていったのだ。夜色が完全には消えず、東の方が微かに明るくなり始めたころ、彼の後姿も同じようにぼんやりとしていた。

私の視界から消えていく彼の足取りは、まるで空を舞っているかのようだった。

三

彼は全く訳が分からなかった。このような朝があり、このような別れがあり、この見しらぬ村から出ることになるとは。彼には水上から村を仰ぎ見た経験しかなかったのだから。それが彼に見慣れないが親しくもある、そんな奇妙な感覚を抱かせた。彼の心は何か充足したものが胸から溢れ出したかのように、ふいに望みと憧れで満たされた。彼はそれまで憧れという感覚を一度も抱いたことはなかった。それは未来に対して大きな希望を抱かせる感覚だった。彼は一夜のうちに別人になったような気がした。新鮮で冷たい空気を大きく吸い込むと、なんとも形容しがたい幸福感が心の底から勢いよく湧き出してきた。

道中、彼の鼻孔には、まだ女の香りが満ちていた。彼は体が発する特別で新鮮な感覚から、逃げることも、ゆっくり忘れていくこともできなかった。彼は自分の中のそのような奇妙な感覚を不思議に思った。それらは一体どこから来るのか。果てしのない秘密が、まだ自分の体に隠されているかのようだった。彼がはじめて女を感じたのは湖だった。それは彼を包みこんだ。彼は神秘的な水域に入り込み、浮き沈みし、震えながら、自分が水に満たされ、融けあい、存在しなくなったように感じた。まるで押しよせてくる水が世界中を呑みこんでしまったかのようだった。彼はそのような感覚に耽溺し、体で味わったことを反芻してみたが、彼の脳裏をよぎったのは軽薄な感覚だけだった。

彼はまた湖上に帰って来た。

湖上での日々は寂しいものだった。寂しさを味わったことがなかったので、彼にはがらんとした空っぽな寂しさが何であるかを理解することができなかった。ただあの夜の後に、彼は急に湖上で生活している寂しさに気が付いた。時間は一夜のうちに粘っこく緩慢なものに変わった。すべては雨の雫によって知らぬ間にコントロールされているかのようだった。激しいにわか雨の時には、葦、チガヤ、竹の葉がザーザーと音を立てた。それらの植物が水の中で枯れると、ザーザーという音は湿り気を帯びたものに変わる。このことは人に時間はそれほど退屈なものではないと感じさせた。雨脚が弱まった時には、雨粒が水中に落ちても、無声映画のように音がしない。ゆっくりと水中に入っていき、長い時間の後にやっと、繰り返される欠伸（あくび）のように丸い波紋となって水面に現れ、またゆっくりと消えていく。枯草の上に留まっている雨の雫は、長い時をかけて、やっと一滴（ひとしずく）、蚊や蝿が水面をついばむように落ちてゆく。ただ、湖のシラサギだけが飽きもせず、水面に貼り付くようにゆったりと飛んでいた。シラサギは数十羽から百羽ほどの群れを成し、白い雲のように水上を飛び、水面に影を落としながら、羽を並べて飛んで行った。時折、シラサギはまるで紙のように水の上をそっと漂った。黄昏時、彼らはまたひとかたまりの白い霧のようになった。陽光が次第に暗くなっていくとともに、飛翔する姿は存在するのか、しないのか分からなくなってゆく。まるで錯覚であるかのように。彼らは川の浅瀬や湖沼で翼を休める。細長い脚を高く上げる時に長い爪を引っ込め、脚を下す時にまた爪をそっと開く。時折、彼らは船の上に飛んできて、竹ムシロの棚の上にしばらく立っていることもあった。特に人間を怖がってはおらず、シラサギは彼の視線のほとんどを引き寄せた。

彼はシギの紳士的な振る舞いを楽しんだ。一歩進んでは止まり、水中に小魚、小ガニ、カラスガイが現れると、長い嘴を伸ばすが、必死になって餌を漁り回るわけではない。アヒルは水面を行ったり来たりし、たびたび灰色の頭を水の中に突っ込み、水中の世界が尽きることのない宝庫であることを思わせる。沈黙を守っているのはヒバリだけで、彼らはスズメと同様に葦の茂みの中に姿を隠し、時折、チッチッと鳴く。晴れた日に、高い空へと突き刺さる楽しそうなあの鳴声を、今はしばらく待ち望むばかりだ。東北、新疆、シベリアから来たサカツラガン、マガモ、ハクチョウは続々と北に向かって移動している。彼らが高い空を飛翔している時の鳴声は、まるで天界から聞こえてくるようだ。オシドリは対となり、永遠に続く愛情の姿を見せている。ボボリンクの澄んで良く響く歌声が葦の中で響いたが、彼はどうしてもその姿を見ることができなかった。

水面にカイツブリの巣が漂っていたが、まるで水面に漂う船のようだった。その巣は葦に絡みつくことで、水に浮かぶ敷物となり、その上に更に雑草や羽毛のくずを敷き、船と同じように流れに任せて四方を漂った。カイツブリはザブンと水の中へ潜ると、魚と同じように、左に曲がり右に潜り込み、上に向かって翻り、下に沈んでいって泳ぎ回り、黒いカワウよりも水を得た魚のように自由に見えた。湖の魚はとても多く、時に湖面のあちこちを一面に黒くし、時に湖面を陽光のように輝かせる。魚の群れは悠々と泳ぎ回り、永遠に留まることがない。散らばって泳ぐ魚もおり、何度も身を翻しては雪のような光を放ち、ある時には水面から飛び上がり、「バシャッ」と音を立て、湖の静寂をかき乱す。網を打って引き上げれば何も獲れないことはなく、元気よく飛び跳ねる魚が網の中でもがき、船に引き上げても、魚はまだ諦めずに飛び跳ねる。湖水を柄杓ですくい鉄鍋に入れて魚を煮れば、芳しい香りが湖面を漂い始める。

天空の鳥や水中の魚が最も愉快な時に歌い、美しく舞うのは、すべて異性を求めるためなのだと彼は深く納得した。彼はあの黄昏を、あの村を、あの娘を思い出した。彼は何度も水面に逆さに映る娘の影を見て、熱の籠った舟唄を唄った。それらの舟唄は彼の父が唄ったもので、父の父も唄ったが、彼は一度も学んだことがなかった。だが、初めてあの娘と向かいあったとき、彼は一も二もなく舟唄を唄いはじめていた。彼はあの黄昏時、船を葦から漕ぎ出し、娘に向かって唄った。石の上で洗濯をしていた娘が、ふいに水に落ちた。彼の船は矢のように娘に向かって疾走した。

彼の衝動は体の奥深くから来たもので、何か神秘的な力でコントロールされているエンジンのようなものだった。彼にとってはあまりにも唐突で、父親になる準備などまったくできていなかったし、すでに自分が命の種を撒いたことさえ理解していなかった。

四

巫者は家に戻ると、屋根の上をシラサギが埋め尽くしているのを見た。シラサギは巫者を見ると翼を広げ、颯爽と舞い、「ガー、ガー、ガー」と悦びの鳴声を上げた。茅洲から来たシラサギだった。シラサギは度々このように巫者の茅葺小屋の周りで歌った。小さなシラサギが巫者の方へ飛んで行くと、彼の頭、肩、持ち上げた腕の上は、シラサギに埋め尽くされた。幾日も、巫者は一人で風と雨の中を歩いた。連れはなく、喋ることもなかった。田の畔に、紫色をしたエンドウの花の青臭い香りが、風に乗って漂ってくると、巫者は絶望的な気持ちになった。惨めな思いで涙が零れそうになった。巫者は彼を見つけることができなかったのだ。彼の船は湖の奥にあった。彼は湖を家とし、十二本の河を思うままに漂流していたのだ。

シラサギは巫者について、春雨がしとしと降る泥の道を進み、巫者の前後左右を飛んだり立ち止まったりし、或いは水牛の背中の上、センダンやヤナギの梢に立った。彼らはまるで空を舞うオギのようだった。夜、シラサギは村のあのクスノキの上を宿にした。明るくなると、木の上はまるで大雪が降ったかのようになった。それは、あの年の汨羅江の畔のもの珍しい風景となり、多くの人の記憶に残った。

赤ん坊は私の体の中で、まるで月日という塵が一層また一層と降り積もっていくかのように勢いよく成長し、お腹は小さな放物線を描いた。赤ん坊はすでにその放物線の中で武芸を始め、上手に臍（へそ）を支え、その放物線を破ろうとしていた。私が優しく撫で続けると、赤ん坊はようやくそれを止めた。赤ん坊は撫でてあげることで妥協したのか、それとも疲れてしまったのだろうか。赤ん坊はお腹の中を殴ったり蹴飛ばしたりして、私を喜び躍り上がらせ、幸せで歯と唇の裏が見えるほど大笑いさせた。それは経験したことのない耐え難さで、夜も眠れなかった。私はひと月でお腹を撫でるのが癖になった。巫者は私がお腹を繰り返し撫でるのを眺め、眺めてはぼんやりした。巫者は毎日、四手網で魚を捕え、鍋いっぱいに煮ることしか知らず、私は魚を食べ過ぎて、魚になってしまいそうなほどで、赤ん坊はまさに小さな魚だった。

ある日、私が荒れた茅洲の周りを歩いていると、「ボン」という音を聴き、重苦しく響いたその音に、跳び上がるほど驚いた。私から十数メートル離れた所に、一羽の鳥が空から落ちてきたのだった。私は好奇心を掻き立てられ、駆け寄っていった。その鳥の嘴は短くて太く、灰色の首はサカツラガンのように長くも短くもなかった。鳥は地面に仰向けに横たわり、足で触っても熟睡しているように全く動かなかった。私は、ゆうに三キログラムほどはある鳥を持って船に帰った。私は茅洲には鳥を送ってくれる人までいるのか、これは神からのプレゼントに違いないと思った。

天から鳥が落ちて来ることが一ヶ月に三回あり、その度に私は不思議に思った。三回目に落ちてきた時には、私はもう持ち帰って食べる勇気がなくなり、場所を探して穴を掘って埋めた。その後、再び天から鳥が落ちて来ることはなくなった。そのことで、私は空を観察する習慣を身に付けた。あのがらんとした場所は、測り知れない神秘を秘めている。ただ翼を持った鳥だけが風のように空を自由に通り抜けられ、分厚い雲が地面に影を落とし、やはり風のように山の斜面と川面をかすめて過ぎていく。晴れた夜空に現れる星と月は銀色の輝きを纏いながら、天の川と共に回転し、春から秋へかけてゆっくりと天空での位置を変えてゆく。それらは奥深い湖面の漁火のように微かなものではあったが広大だった。夜空を引き裂く流れ星は、火のように私の時空に対する好奇心を燃え上がらせた。しかし、あのたけり狂った稲妻は、私に畏れを抱かせた。私は湖面を眺めることが好きになり、天空を観察することも好きになった。初めて巫者と同じようにそれらに夢中になった。私がそのとき思ったのは、天上には本当に神仙がいるのかどうかということだった。私は違う方向から吹いて来る風には、それぞれ異なる香りと息吹があることを嗅ぎ取った。それらは大きさの違う気流の中を漂い、ある風は強く広大で、止まることなく、ある風は弱くてまるで溜息のようだった。それらは互いに隔たりながらも順繰りに入れ替わり、混ざり合っては浮き沈みし、止めどなく変化した。生臭い湖の上をさすらい広がる風は、肌を撫でる時でさえ寒さや暖かさが小止（おや）みなく入れ替わった。四方を漂う風も故郷の記憶と香りを帯びているのではないだろうか。

彼はこの時、新郎として私の傍にいた。或いは、私が彼の船に赴いて漁民の妻となったのだ。

五

巫者は一人で過ごした。彼は滅多に外に出なかった。部屋に閉じ籠り、道教の学に夢中になった。『易経』[4]を読み破り、東西南北の方向に合わせて壁に八卦図を掛け、部屋の中を行ったり来たりした。鵾鵬[5]が翼を広げ八〇〇〇里を飛翔することに思いを巡らせたが、手の大きさは藁紙一ページ分しかなく、たびたび穂先のすり切れた筆で、ごく小さな楷書を分厚い藁紙の上に書き記した。

私たちの村はかつて南宋の岳飛[6]が駐在兵を農耕に従事させた時に、騾馬を訓練した場所だった。その頃、揚麼（ヤオマ）[7]の農民一揆軍は楊林寨に駐屯していた。洞庭湖では大小数十回の水戦があり、数えきれないほどの死傷者が出た。稀に雷雨の夜があると、村人はたびたび稲光の中をフラフラ歩いたり、駆けたりする白馬を目撃し、嘶きを聴いた。清明節[8]の折、ある人が土を掘って墓に土盛りをしていると、対（つい）になった羽飾りと金の象嵌（ぞうがん）が施された官吏の礼帽を掘り出した。毎晩、村の誰かが、役人のような人が「自分は騙され陥れられた」と無実の罪を訴える夢を見た。役人はいつも訴えながら声を上げて泣き、涙は糸の切れた玉の首飾りのように、流れるほど多く濃くなっていった。それは瞬く間に赤くなり、ザーザーと流れる血となった。顔が血で覆われると、体ごと血に呑み込まれ、血の上にはただ官吏の礼帽だけが漂った……。誰もがこの場面で恐れおののき、目を覚ますのだった。眼を開いた時にはニワトリの鳴声、或いは夜闇の中で敲かれる巫者の拍子木の音が聞こえた。

それで巫者は、最も古いとされる羅子国[9]の招魂の儀式を行い、役人の霊を呼び戻して悪鬼を祓うことにした。彼だけがその古い招魂の曲を吟誦することができた。屈原(くつげん)⑩は流罪で汨羅江に追放されて『離騒(りそう)』⑪、「招魂」を作ったとき、羅子国の招魂の曲から啓示を受けた。巫者も同じようにして、天地四方から亡き人々の霊魂を呼び戻した。村人はみな、お香がゆるやかに立ち昇る中で、役人の礼帽がさらさらと震え動くのを見た。

巫者は瞑想状態に入り、それを通じて神仙の境地へ到達しようと常に願っていた。巫者は河の上を霊魂が揺れ動いているのを感じた。夜毎に風のように移動する彼らは、河の流れの上にある河であり、幾重にも重なった空間を漂いながら移動していた。特に春秋の時期と戦国の初期⑫の亡霊が巫者を内心恐れさせた。巫者は彼らの遠く朦朧とした姿を見た。苦痛に満ち凄惨な表情をした彼らは、狂気の殺戮の後に、納棺も鎮魂もしてもらえなかった寄る辺の無い者たちだった。巫者は瞑想を通じて、遥か遠くの時代に赴き、霊魂を呼び戻して鎮魂し、彼らに彼らの祖先が生活した場所を案内せねばならなかった。彼らは迷える子羊のように、暗黒の河の上で切にそれを探し求めていたが、二、三〇〇〇年来、誰ひとりとして道を指し示してくれる者はいなかったのだ。

この地の苦難はあまりに深く重かった。巫者は一粒の塵からでさえ、沈殿した陰鬱さを感じ取ることができた。巫者が困惑したのは、たとえどのように瞑想し呪文を唱えたとしても、眼を閉じて別の世界へ入っていくことができないことだった。それはホログラムの世界であり、巫者は、ある時にその遥かな世界の近くに辿り着いた。その世界が発散するニガヨモギの香りまでも嗅ぎつけたと思ったこともあったが、いつもあと一歩のところで失敗し、世俗的な思いのために現実へ引き戻されてしまうのだった。巫者は自身の修練がまだまだ足りていないことが分かっていた。巫者は陰惨な河を一本渡り、ある村を探し当てた。巫者は村の地底に城と濠があるのではと疑い、方位盤で何度も測ってから言った。「村人は、二〇〇〇年以上前の羅を姓とする人々の旧跡の上に住んでいて、そこには往生していない無数の遺骨と、祓いのけられていない悪夢が残されている。そのために平穏を得られないのだ」と。旧跡の上に住む人々は半信半疑で、数人の村人が巫者に法事をしてくれと要求したが、巫者はしきりに首を横に振った。旧跡の上に住む人々は、巫者を追い出した。彼らは死体の山の上に住んでいると言われることを、良く思わなかったのだ。

　巫者は家に帰って、繰り返し吟誦（ぎんしょう）した。「魂よ、戻れ、東方を住処にしてはならぬ。暘谷（ようこく）[13]は太陽が生まれる地、太陽神が昇り、鳥獣が繁殖するところ、東方では春神の青帝さえ住めぬ。戻れ、戻れ、東方を住処としてはならぬ……」

　清々しい風が吹く明月の夜、巫者は高台に登った。巫者は羅子国の招魂の曲を吟誦した。巫者は「芈（ミー）部落」と「穴熊（シュエシオン）」と「羅（ルオ）」三者間の関係に興味を抱いた。巫者は目を瞑り、夏殷商時代[14]の祖先の姿を心の中で思い描いてみた。殷が征伐されたとき、羅は楚に従って甘粛の正寧へ避難したが、周王朝に迫られ、再び湖北の房県、宜城へ遷った。春秋初期、楚は羅を滅ぼした。羅の遺民は枝江へ遷り、その後、汨羅へ遷った。彼は推測した。羅は祝融氏、呉回[15]の後裔であり、同時に荊楚（けいそ）[16]の祖先にもあたり、芈姓の首領であった穴熊の末裔のひとつでもある。そのため、羅は熊の姓をも持っており、後に、姓を熊に改めた楚国の末裔と同姓同族であろう。巫者は更に遥か昔の祖先の魂を呼んで鎮魂したことで、ついに旧跡に積み重なった人々の邪気を払い、それら千年もさまよった霊魂を深い土に帰すことができた。それらの霊魂は三閭大夫（さんりょたいふ）[17]であった屈原よりも更に遠い昔の亡霊だった。巫者は彼らの影が汨羅江の両岸を漂い、洞庭湖に流れ込む十二本の河の上で呻吟するのを見た。巫者は茅洲にいる時の夜に、波よりも小刻みな呻吟の声を聴いた。途方もなく遠くから、何層も堆積した土埃を突き抜けてきた呻き声を。巫者はその日に、方位盤を持って出発した。彼は荒洲と十二本の河を遍く歩いた。灰灘（ホイタン）河、黄金（ホワンジン）河、平江（ピンジアン）河、河市（フーシー）河、沈砂（チェンシャー）河、盧浮（ルーフー）河……。そうして、陰鬱な気があの旧跡の上にある村から来ていることを突き止めたのだった。

　巫者が再びこの村に現れたとき、村人は巫者が陰でこそこそとしているのを見て、何をしているのかと訊いた。巫者は鋤（すき）を持ってくるように言い、物を掘るのだと言った。巫者は三日掘り続け、先ず人によって突き固められた黄土の層を掘り当てた。それは先祖の力によってできたものだった。次に、散在する丸瓦、平瓦、縄模様の陶磁器の破片、灰色で縄模様の鬲（れき）[18]、甗（へん）[19]、罐（かん）[20]を掘り出した。村人は腰を抜かすほど驚き、巫者を囲んでそれらのものをいじくり回した。彼らは巫者の推測、つまり、ここにはかつて謎を残したまま消えた小国、古羅子国があったことを信じた。

六

巫者は十二本の河に魅了された。巫者は黒い布袋に入れた方位盤を背負い、河筋を歩き続けながら、あの藁紙の上に符号をひとつ、またひとつと綴った。

巫者が亡くなったのは、十二月に雪が降った後のことだった。巫者は沈沙河で座ったまま亡くなった。彼は瞑想しながら遠くへ去っていったのだ。彼がいつ亡くなったのか、がらんとした河の流れに向かって何日座っていたのか、誰にも分からなかった。

ひょっとしたら、巫者は行きたがっていたあの遥か遠くの世界へ辿り着いたのかもしれない。彼は成功したのだろうか。巫者が最後に書き残した小さな楷書の字から見ると、彼はすでに亡くなってから一ヶ月が経過していた。この一ヶ月の間には、晴天、雨天ばかりでなく、雪の降る日もあったが、彼の遺体はなんと腐乱していなかった。群れを成して飛ぶ鳥たちの姿は、まるで巨大なキノコが河辺で傘を開いたかのようで、そのキノコは巫者が座っている場所に根を張っていた。遠くにいた人が最初に聞いたのは、鳥の群れの奇妙な鳴声だった。鳴声は高い空の上を吹く激しい風と共に疾駆して、数十里の彼方まで伝わり、聞く人を何度も震わせた。キノコはまるで天空に向かって吹かれるチャルメラのようだった。その音のおかげで、いつまでも枯れることのないキノコと、その下の巫者が見つけ出されたのだった。水の退いた河原の上の巫者は、すでに鳥の糞に何層も覆われ、硬い繭殻(まゆがら)に包まれているかのようだった。巫者を見つけた人が鳥の糞を敲き崩すと、巫者は生まれたての赤ん坊のように子宮から現れた。だが、体を運ぶとき、巫者はまるで壁が崩壊するように、あっという間に崩れ落ちた。さっきまではっきりしていた顔立ちは、誰のものだか分からなくなった。その二日後、私が巫者を見た時には、もはや父親かどうか判断できなかった。顔がまったく別人のようになっていたからだ。顔はほぼ毎日変わり、たくさんの人の顔に変化し続けているようだった。私も悲しむべきなのかどうか分からくなって、ためらいながら泣き、大事らしくなくなってしまった。私が「父さん、あぁ」と泣くと、顔が変化した。私はまだ泣き続けるべきかどうか分からなくなった。娘が遺体の前で泣かないのは、最大の親不孝なので、うそ泣きでも泣き続けねばならない。しかし、私はもう父には会えないのだと想った時に悲しくなり、ワアワアと泣き出した。ひょっとしたら、この人は巫者ではないのかもしれなかった。

七

おまえはもう、あの赤ん坊はおまえだってことに、あの放物線を壊した小さな命もおまえだってことに気付いただろう。あの春はもう過ぎ去ったあまたの春の中へ埋もれてしまった。おまえにはもうあの春は見えない。まったく同じ春などないのだから。おまえは、まだ自分がどこで生まれ、どこで育ったのか知らないかもしれない。おまえは記憶を持つようになってから、自分の目に映るものを世界のすべてだと思い込んだ。それ以前のことは、おまえにとってはたんなる空白で、おまえはまったくそれを見ようとはしなかった。おまえの故郷は、風水師が環境を整え、住む場所を整え、気の巡りを良くし、不運が重ならないようにしようと想像力を発揮することもできない、あの広大な平原なのだ。おまえは赤ん坊の頃も、少年の頃も、山を見たことがなかった。だから、おまえは湖を囲んで田畑を作る人々が農場の労働者となり、草を掘り起こし、いくつもの山を作り出すのを見ると、自分でもよく分からない独占欲を抱くようになった。おまえは勇ましく何度も突進し、スローガンを叫び、山上に駆け上がる。するとおまえは山下を見渡し、豪放な英雄にでもなった気分になる。おまえはそんなちっぽけなことに夢中になってしまった。あの草を積み上げた小山は哀れなほど低く、最も高い場所でも一メートルほどしかないというのに。だから、おまえはこの広大な大平原を眺めても、どこもかしこも同じにしか見えない。この大平原では、風水師たちが出まかせを言おうとしても何の根拠もみつかりはしない。彼らは巫者のような天賦の才、あの歳月と生命を見抜く才能など持っていないのだから。彼らはただ方位盤を振り動かすことしかできない不器用な愚か者でしかない。

だが、おまえの記憶はそんな風水師たちとは違う。なぜなら平原には用水路や河があったのだから。人が開削した小さな用水路であっても、たとえそれが一メートルちょっとの幅しかないものであっても、おまえにとっては天の堀であったし、勇気を奮い起こさなければ恐ろしくて飛び越えることのできないものだった。しかも用水路の中は、魚、タニシ、蛇、雨蛙などの様々な生物や、様々な名の水生植物とその色とりどりの花々で満ちていた。それらが、おまえをどれだけ魅了したことか。そのような用水路で、おまえは一日中遊び、離れたがらなかった。おまえの記憶の中では、それらは今なお一本の河だ。ましてや本物の大河、十二本の河は絶えることなき波の下に、誰にも知られることのない神秘を隠し持っている。畏敬しない者などいるだろうか。

おまえは、しばしば河辺で幻想に浸っていた。おまえは河の対岸の土地を夢想し、遥か彼方の淡い藍色の空のような山を夢想した。それらは、おまえにとってどんなに神秘的な場所だったことか。おまえは湖を見つけるたびに、新たな世界を発見したかのように興奮した。おまえが生まれた場所から十里も離れていない場所に、八百里もある大きな湖があったことをおまえは知らなくてはならない。船に乗って家の前の汨羅江を西に下っていきさえすれば、おまえの想像を遥かに超えた、広大無辺な大海原に出ることができたのだ。

おまえは、しょっちゅうある光景に心を打たれ、一瞬のうちに現実世界から抜け出し、夢の世界にでも入っていくように、そのまま未来の、ある場面に入り込んだ。それははっきりとしているようでぼやけており、まるで稲妻のように瞬時に過ぎ去りながらも記憶に刻まれるものだった。奇妙なことに、おまえが現実に戻ったとき、時の流れの中で起こった一切のことは、ぼんやりとしていても止まることはなかったが、ほとんど時間が経過していなかった。それらは、おまえの未来の生活の啓示だった。そのため、おまえはおぼろげながらも未来を感受した。そして、それらの情景が寸分違わず目の前に現れると、おまえはまた一瞬にしてそれとは似て非なる世界へ入り込んでいった。現実が夢の世界の再現となったのだ。そこで、おまえは、またかつて入り込んだことのある神秘的な瞬間に入り込み、同じように呆然とした。おまえはいつもそれが過去か未来か、それとも生活の再演か予感であるのか分からなくなった。おまえは、決して霊力を持った人間ではないし、今までも何か神霊のようなものを見たことはない。おまえは、祖父が持っていた才能を持ってはいないのだ。おまえは、いつも自分の身の上に起こった神秘的な現象に惑わされているだけなのだ。おまえは、周りの人々の未来を予言することが好きなだけに過ぎないのだが、不幸なことに、おまえは偶然に何かを言い当てることがある。しかし、おまえにすべての人、すべての事を予言することなどできはしない。それには霊感が必要なのだ。すべてのことは、天によって早々と決められているのだから。

おまえには、ひとりの妊婦を、おまえが彼女の生きた体の中で毎分毎秒と成長したことを想像することはできない。木船を漕ぎ、水に潜った男の一晩の衝動のために、おまえの体の中に隠された血と、その男の体を流れる血が繋がった経緯を想像することはできない。おまえは、彼女の身体的な要求に従って成長したのだ。おまえは、自分が野生動物と同じように、荒れて広々とした平原の上の茅葺小屋の中で、ワアワアと声を上げながら、この世にやって来たことを知らない。おまえが生まれる前に起こった出来事は、おまえには想像する術もない。上の世代にとって、それは平凡な過去にすぎないが、それは彼らの記憶の中で今でも生きている。おまえにとっては遥か昔の歴史に過ぎないが。

十二本の河はますます痩せ細った。ある冬の晩、大地の水が凍結しはじめた。河の流れは神のために敷かれた十二本の美しい道のようだった。北風が奔馬の如く平原に吹き付ける。だが、春がまた、まさに今、大地の深き処で育まれている。十二本の河はまるで十二本の線からなる楽譜のように姿を変え、沈黙の中から最も強い音を響かせようと待ちわびている。万物が大地に蘇ることを唄い上げるのを！　おまえはそのとき、成長する。おまえは硬く厚い氷を破り、男の舟唄を唄い出す。春が訪れる前に、唄声は水上の村々を通り抜ける。それと、女の心を。

（完）

（原題：「春天的十二条河流」、初出：『人民文学』二〇〇六年第四期）

訳注

①汨羅江＝湖南省の北東部を流れ、洞庭湖に注ぐ長江右岸の支流。

②洞庭湖＝湖南省の北東部にある淡水湖。中国では鄱陽湖に続き二番目に大きな湖。

③元宵節＝正月の望の日（満月の日、旧暦一月十五日）を祝う中華圏での習慣。

④『易経』＝著者は伏羲とされる。商の時代から蓄積された卜辞を集大成したもの。

⑤鵾鵬＝『荘子』の逍遥游篇などに記載がある伝説上の大鳥。

⑥岳飛＝一一〇三～一一四二年。南宋の武将。その功績を称えて後に鄂王（がくおう）に封じられ、関羽と並んで祀られている。

⑦揚麼＝一一〇八～一一三五年。南宋初の農民一揆軍首領。中国の古典文学である『後水滸伝』では宋江の生まれ変わりとされる。

⑧清明節＝中国の祝日。旧暦の三月に祖先のお墓参りをする習慣がある。

⑨羅子国＝羅国ともいう。夏、商王朝時代の芈部落熊穴から分家した羅姓の人々の国。

⑩屈原＝紀元前三四三年～紀元前二七八年。中国戦国時代の楚の政治家、詩人。

⑪『離騒』＝楚の屈原の作と伝えられる詩。中国で最も長編の抒情的叙事詩の一つ。

⑫春秋の時期と戦国の初期＝春秋時代（紀元前七七〇～四〇二年）、戦国時代（紀元前四〇三～二二一年）。

⑬暘谷＝『山海経』に見られる伝説に、十個あった太陽の中の一つが東の暘谷で水浴びをし、その後、扶桑の樹から空に登り西へ移動するとある。

⑭夏殷商時代＝夏（紀元前二〇七〇頃～紀元前一六〇〇年頃と推定されている）、殷商（紀元前一六〇〇年頃～紀元前一〇四六年）。

⑮祝融氏、呉回＝共に、古代中国の伝説上の火神。

⑯荊楚＝長江中流域、江陵あたりの地域を指す。

⑰三閭大夫＝公族子弟の教育役。

⑱鬲＝古代の三本足の炊具。

⑲籩＝古代の食器の一種。

⑳罐＝古代の甕。

張梅（ジャン メイ）

一九五八年、広州市に生まれる。代表作に、長編小説『破碎的激情』、『遊戯太太』、中短編小説集『酒後愛情観』、『這里的天空』、散文集『千面人生』など。中国女性文学賞など受賞多数。

この町の空

一

ひとり、ロビーでバラの花を売る。
一本十元。

二

暗闇。
ひとりで話しはじめる。

わたしの名前は紅(ホン)。わたしは二十歳。中国語では、紅には革命という意味があるの。紅は革命の色。革命ってなに？　革命は、古い秩序を壊すこと。わたしはこの解釈が好き。でも、わたしはあちこち駈け回り始めた。苗字なんて、言うだけの価値もない。私の友だちの名は黛（ダイ）、彼女の名は高貴で優雅。林黛玉[1]の黛だもの。でも、働きに出たら、社長がその名前を変えさせた。社長はその名前が嫌いだった。お嬢様の名だ、プライドは天より高く、命は紙より薄い。でも、それこそわたしたちの運命。革命。社長。林黛玉。でも、あの娘はその名が好きじゃない。

彼女はわたしの名が好き。私たちは互いの名が好き。そういうのって珍しい。真心の表れってもんでしょ。わたしの声はきれいで、通りがよくって、歯切れがいい。黛はそう言った。彼女を呼ぶときなんか、とくに歯切れがいいと。ほんと言うと、わたしは三年も彼女に会ってない。彼女がどこにいるかも知らない。でも、花と日の光を見ると、わたしはその名を呼びたくなる。気がふさいだときなんて、叫びたくなるわ。

彼女は叫ぶ。
彼女は何本かのろうそくに火を点す。
空間はしだいに明るくなる。
ボロボロのソファーが一脚。
五十本のバラが入ったポリバケツ。

わたしは二十歳。よく夢を見る。わたしの田舎の夢。それは香という鎮②。中学の地理の先生がそう言った。私たちの鎮は高原にあって、海抜三〇〇〇メートル以上だと。わたしたちの頬には、みんな日に焼けてできた紅い痣があるけど、平地の人はそれを「高原紅」と呼ぶらしい。大きな声で言いなさいって、地理の先生は言った。私の名も紅という。古い服、薪はなくなった、禿げ山、冬にビューービューーと吹く風。美術の先生は、ヒマワリの色は天才の色で、人を狂わせると言った。水、私たちの土地は水が足りない。ここの人たちは、夢を見るのは体が熱いせいだって言う。でも、わたしの土地では、後ろめたいからだと言う。いったい、体が熱いのか、後ろめたいのか。高原、汽車、長距離列車、成都、長沙、衡陽、広州③。わたしが夢を見るのは、体が熱いのか、後ろめたいのか。一月、冬、五十本のバラと二十歳の娘。貧乏人は、世の中を嫌になっちゃだめ。わたしには、この土地で夢って言葉を口にする権利はない。それは、あなたたちの猫や子どものもの。このことは分かっている。わたしも猫が好き、本当に。

彼女は腰を下ろす。

わたしは二十歳。じつはわたし、よく自分のことを大きく言ってみたくなる。女がすこしだけ成熟すると、いいことがある。いま、みんなは大人の女が好きでしょ。わたしは想像する。でも、嘘はつかない。嘘つきは性根が悪いって、父さんはいつも言ってた。わたしたちが嘘をつくのを許さなかった。父さん。嘘つき。わたしはよく夢想するの、そうすれば、もうすこし時間が速く過ぎてゆき、もうすこし成熟できると。そうすれば、みんなわたしを、もうちょっと愛してくれるだろうって。でも、二十歳だろうと、三十、四十歳だろうと、だれもわたしを愛してくれるわけがない。わたしには愛を求める権利なんてないのだもの。わたしはすごく生活を愛しているけどね。わたしが生活を愛している例は、いっぱい挙げられる。それは美術の先生が証明してくれた。美術の先生は、ヒマワリは天才の色だと言った。わたしには、それがわかる。生活を愛している人だけが分かるの。

わたしはこの町にいるのが好き。ショーウィンドウはいつもヒマワリの匂い、一種の純潔な匂いがする。わたしは、まだ一度も指でショーウィンドウに触ったことはない。ただ匂いを嗅いだことがあるだけ。それは誓える。わたし、本当に触ったことはないわ。わたしが言うのは、指で触ること。わたしは、自分が誰だか知っているから。これは本心からのことよ。汚れている。それは事実よ。うん。ヒマワリ。ヒマワリと冬。うん。

彼女は袋の中に手を入れる。

これはわたしの父さん。写真のなかの口はまだ動いている。父さんは、わたしが出稼ぎにいくことに対して、すごく反対していた。そうするのは、旧社会に戻るのと同じことだ、おまえは資本家のために働く、おまえは奴隷になる運命の星の下に生まれついているって、何回も言った。稼ぐのは生きる手段のひとつで、奴隷とは関係ない。けど、父さんにはわからなかった。父さんは怒ったとき、鼻におできができる。それはわたしを悲しくさせた。だって、わたしの鼻にもおできがあるから。美術の先生は、父のことを、才能があるのに不遇な人だって。本当にそう言った。

美術の先生は、土地の族長の子孫だった。族長には息子が八人いた。一九五〇年に反乱④を起こして、全員銃殺された。息子たちはみな逞しくて、みんなその逞しい体を伸ばしたまま、自分の土地で死んだ。ヒマワリ。族長。冬の風が、禿げ山を吹き抜け、天地をひっくり返す。水。わたしは奴隷じゃない。父さんは間違っている。わたしは、十歳でもう『紅楼夢』を読んだ。父さんが若いころ読んだ本。わたしは夢想するけど、奴隷は夢想しない。わたしは文学に興味がある。詩だって書いたことがあるわ。

これが父よ。でも、私たちは手紙をやりとりしなくなった。わたしはもう封を切って、父の手紙を読まない。そうした方が安全。だって、いきなり冬の風のようだから。今のままでいい。本当に。落ちついていて、安全よ。

いいえ、わたしはもう父の手紙の封は切っていない。ほんとに切ってない。もともと手紙なんて、受けとってないのだから。手紙。簡単よ。郵便受けがない、表札がない、住所がない。私たちは住所のない人間。それが私たちの本質。住所がない。なにも耳にしないし、なにも知らない。冬の風。

彼女は大声で話す。

あの人たちがどうしたって？　ここの人は、みんな人を見る目がない。あの人たちはいつもわたしにパートをさせる。わたしは想像力のある人間だ。わたしは金を稼ぎにきたわけじゃない。わたしは勉強がしたいの！

わたしがスタートするには、勉強が大事。それは、ぜったい必要！　わたしの家は貧しくて、中学を卒業すると、すぐに働きに出た。でも、勉強は最も大事だって、よく分かる。この言葉は紅い布に書いて、街に吊るしてもいいわ。わたしは紅い色のスローガン⑤が好き。私たちのところのスローガンは、みんな計画出産⑥のものだけどね。街に吊るされて、冬の風に吹かれてビュービューと鳴っている。冬の風、ヒマワリ。わたしはヒマワリが好き、それはわたしに向上心がある証拠。この町の文明だって、みんな勉強によって手に入れたもの。交通信号、使いきれない水もね。私たちのところは水がない。木をぜんぶ伐ってしまったから。それは勉強しなかった結果だわ。勉強しないと、もっといっぱい悪いことがある。たとえば風呂に入らないこと。黛はよく風呂に入る。彼女の実家は江南だから。彼女は広東が好きじゃなくて、ここの人は裸足になるのが好きだと言っていた。わたしはべつに裸足が悪いとは思わない。裸足は、すくなくても涼しいもの。ここは亜熱帯だし、暑くて湿っているから、ここの人は裸足になるのよって、黛に言ったわ。本当は、裸足はセクシーよ、もちろん、それはきれいな裸足のことだけど。あなた、スターたちが裸足になるのが好きなのを、見たことない？　でも、黛はやっぱり嫌いだって。まあ、しょうがないけど。

彼女は子どもがいるの。父のいない子ども。彼女は、大きなお腹をしてベッドに腰かけて、ぜったいこの子を産んでやるって言った。彼女はほんとにすごく強いわ。ほんとなら、それはロマンチックなことよね。だって、今は未婚のマミーが流行しているし。マドンナ、インニー、ジョディ・フォスター。ほら、わたし、その手の名前をこんなに覚えているわ。でも、それってよくないこと。そういう名前を覚えるのは、自分を過大評価しているってことだから。それは体を使う私たちが、やってはいけないことよ。体を使う人間。体を使う人間は、未婚のマミーになる資格なんてないのよ。

彼女は沈黙する。

わたしは今ここで暮らしている。たくさんのわたしみたいな人がここで暮らしている。どれくらいいるの？　百万？　二百万？　きっともっと多いはずね。どんどん増えている。私たちの話すいろんな訛りが、この町を汚染している。わたしはそれを知っている。わたしは恥ずかしい。いま求人募集は、標準語が話せることを要すって、どれも書いてある。わたしは標準語が話せる。美術の先生。美術の先生は族長の子孫。彼も標準語が話せた。

この町でわたしがいちばん好きなのは、信号。紅になると、行ってはだめ。ＳＴＯＰ。青になると、行っていい。ＦＯＬＬＯＷ ＭＥ。ねえ、わたし、なんて勉強ができるの、わたしはいま何種類もの言葉に通じているの。田舎の言葉、標準語、広東語、それに英語。ＳＴＯＰ。わたしは観察したことがあるけど、教養のある人は、みんな信号が好き。勝手にやっちゃだめ。勝手にやると、どこでもウンチやオシッコをしちゃう。どの歩道橋の下にも、みんなオシッコの跡がある。ほんとに臭い。私たちのオシッコが、この勉強の好きな町を汚してしまった。わたしは恥ずかしい。私たちのオシッコのせいで、恥ずかしい。臭気が空を覆っているでしょ。

わたしは、ここの人たちがアフタヌーンティーを飲むのも見た。アフタヌーンティー、なんてすてきな言葉でしょう。安らぎを思わせ、午後の陽射しが暖かく照らすのを思わせる。わたしには、アフタヌーンティーを飲む権利はない。でも、ガラス越しにその人たちを見る。紅茶、ウーロン茶、プーアル茶。テーブルにはタルトと鶏の足がある。あの人たちの閑は、私たちによってもたらされたもの。あっ、こんなふうに言っちゃだめね。わたし、身のほど知らずになってしまう。わたしは出稼ぎ女にすぎないのだから。でたらめを言っちゃいけないわ。アフタヌーンティーを飲む方々、わたしはあなたたちを愛しているわ。でも、あなたたち気をつけた方がいいわよ。

アフタヌーンティーを飲む人たちは、ブラブラしている権利がある。彼らはこの町で育って、親もこの町で育ったのだから。この町で学校に行って、恋愛をし、ここに戸籍がある。彼らのこの町への考えは、わたしたちとちがう。わたしは信号が好きだけど、あの人たちは花を歩道に植えるのが好き。私たちに興味なんてない。興味がない。あの人たちの防犯意識は高い。外から来た人間は、すべて泥棒かもしれない。あの人たちが今いちばん興味のあるのは、防犯用ドアをどうやって取りつけるか。どうやって取りつけるかって？　ステンレスを使うの。疲れる。人間って、ほんとに疲れるわよね。昔の人も言った。「ままならないことが八、九。人に言えるのは、二、三もない」

彼女は去る。

手にリンゴを持って戻ってくる。

飛行機！　飛行機がわたしの頭の上を飛んでいる。はじめてこんなに大きな飛行機を見たわ。力。飛行機が代表しているのは力よ。広州に着いたとき、わたしは幻を見た。暗い通路でフラフラしていたら、黛が、疲れているからよって言った。通路は出稼ぎ者でごったがえしていた。みんなの頭が蛍のように光っていたの。意志の光。臭い体。わたしはたくさんの広東人を見た。痩せて、背が低くて、顔も私たちみたいに綺麗じゃない。でも、私たちを見る目つきは、蔑んでいた。軽蔑。斡旋会社は、お金は返せないと私たちに言っていた。会社は慈善事業じゃないし、金を稼ぐ方法はいっぱいある。やり方は自分で考えろと。

それはその通り。誰だってやり方は自分で考えるべき。父さんは、おまえは資本家の奴隷になりに行くのかって言った。もちろん、わたしは稼いだ金で、弟を学校に上げてやることができる。周りの女の子は、みんなそうしているもの。それもあの娘たちの目的。男を学校に上げる、女の金で。それは正しい。百年、千年、そうしてきた。男が跡を継ぐのだから。郵便局。わたしは、いちばん郵便局が好きと言うべきだった。私たちが、毎年郵便局から送る金は、どのくらいになる？　何億？　何十億？　でも、おごり高ぶってはだめ。おごりは人を堕落させるから。

わたしはあなたたちに警告する。ここに出稼ぎに来るのは、たいへんなのよ。労働局の責任者はとくに注意していた。外地の民工はむやみに南に行ってはならないって。東西南北から、広東へ金儲けに来る。誰だって金持ちになりたい。わたしは広州人と結婚してもいい。本当にいいわ。わたしは彼らより綺麗だもの。本当に。

彼女はリンゴをかじる。

ああいう信号って、ほんとは韻関(ユイングアン)駅の上か、金鶏(ジンジー)山の上につけなきゃだめ。南を背にして北に向かって。列車の音。ＳＴＯＰ。来ないで、ここはもういっぱいよ。冬の風。ここはもういっぱいよ。

　ぜんぶの列車の車両が臭い、便所だって、人でぎっしり。彼らは紙にオシッコをして、それを窓から投げすてる。紅になった。ＳＴＯＰ。すごくニンニクの匂いがする。ニンニクは食べるといい匂いだけど、ウンチが臭くなる。私たちを識別するのは、ニンニクを生で食べるかどうか。生のニンニクを食べるのは、下の人間。わたしはもう食べない。わたしはいまリンゴを食べる。リンゴを食べるのは、文明の印。リンゴは体にいいのよ。

　広州に来たすべての人には、みんな車両の悪臭がこびり付いている。悪臭のなかで鍛えられ、悪臭のなかで成長する。信号のことだけど、わたしはまだ紅信号を渡ったことはない。本当に。

黛が証人になるわ。黛も紅では渡らない。彼女は子どもがまだ生まれないのに、工場をクビになった。もちろん、彼女を狙ったわけではないし、お腹の子を狙ったのでもない。子どもは生まれても、この町には貢献しない。その子も紅信号を渡らないでしょう。あなたたちがこの町をこういう風にしたのだからね。

　ねえ、私がこの町でたったひとりの外地の人間だって言うの？　どんな出稼ぎ人も、みんな労働日記を持っている。万年筆。インク。美術の先生の筆。悲しんじゃいけない。倒れたら、そこから立ちあがるの。地下鉄。わたしは地下鉄がすごく好きよ。ほんとにきれいだもの。オシッコの跡がないし。地下鉄に乗る人は、所かまわずウンチなんかしない。いちばんきれいなのは、地下鉄。それは他とちがう。広州は、人の涙を信じない。これは誰の言葉だっけ？　頭が悪いわ。どこだって、涙なんか信じないわよ。モスクワ、ロンドン、ウィーン。

　あの人は、レインコートを着ていた。レインコート。知っているでしょ。ここでは、レインコートにはふたつの意味がある[7]こと。わたしは悪い女じゃない。すごく勉強したいの。出稼ぎのつらさは我慢できないって、あの人が言ったのは正しい。でも、彼の目つきはよくない。わたしは勉強がしたい。その目つきは問題ありと語っていた。わたしは彼の結婚が幸せで、子どもがいっぱいいいて欲しいと思っている。結婚が幸せなら、いい眼差しをしているから。女性秘書。女性秘書は、すべてのフェミニストの闘争対象。彼は両手を背中で組んで、権力を握っているような様子をしていた。先のとがった靴。でも、愛情はない。人はだれもが成長しなきゃ。闘うには、犠牲がつきもの。暗い夜、レインコート、見知らぬベッド、男、そんなの、すべてわたしの生活とは関係ない。

しかし、わたしたちの名声は地に落ちた。男を利用して、金を稼いでいると。男ってなに、別な種類の動物よ。出稼ぎはいい。行かず後家⑧、奴隷労働者、ライ麦畑でつかまえて、走れ、ウサギ。

事実が証明している。ここには、やはりニンニクが好きな人がいる。生で、こっそり食べている。食べたあとで、ガムを噛むの。ニンニクには抗がん作用がある。科学の分かる人は、みんな知っている。ガムを噛むと、顔の筋肉がたるむのを防げる。ガムを噛むと、人と話ができる。安心して話ができる。

プライドはいちばん大切なもの。ＳＴＯＰ。紅信号になったわ。

彼女は沈黙する。

わたしは運命を信じない。美術の先生は族長の子孫。人と較べるのは、腹が立つ。わたしの掌には、事業線がない。お金がないし、子どももいない。オニノヤガラで煮たミミズクの肉は、慢性頭痛の薬。

広東語は、きれいで耳障りのいい言葉。広東語はベトナム語じゃないのかしら？　お勘定（マイダン）。これは、わたしが初めて覚えた広東語。またどうぞ。お勘定。タダのランチなんてない。男女がいっしょなら、男が払うべき。割り勘。割り勘は、私たちの気持ちを遠ざける。私は広東語を話すのが好き。広東語は有効な通行手形だわ。まず広東語の歌を歌って、発音をちゃんと練習するの。みにくい。すごくみにくい。広東語には、子音だけの音がある。広東語は声調が八つもあるの。同志（トンジー）⑨たち、がんばってね。

人と話をするとき、わたしは、いつも自分がなめらかに話せるように見せる。わたしたちは真実なんて重んじない。真実は人をがっかりさせるもの。わたしは三十歳よ。

わたしは、運命についてちょっと話したい。黛を例にして。でも、やはり先にひとつはっきり言っておきたい。わたしは、広東語がすごく好きだってこと。それはわたしにとってはとても大切なこと。お勘定。わたしははじめて稼いだ金で、広東語の辞書を買った。あなたたちに見せられるわよ。舌ったらずだけどね。

彼女は去る。

本を一冊持ってくる。

私は勉強が好き。広東語の勉強は、わたしのいちばんの仕事。この町に来たあと、最初にしたことは、町の地図と広東語の辞書を買ったこと。それがこの本！

話ができたら、孤独にはならないわ。お勘定。生活にはいつだって、間違いがある。失敗がある。

彼女は沈黙する。

これはわたしの椅子。わたしはここに坐る。わたしはこの椅子がとても好き。これは、もちろんわたしの椅子じゃない。財産権上の話だけど。でも、あなただって、自分のじゃないものを好きになることがあるでしょ。わたしは自分の椅子に坐ったら、外になんか行きたくないわ。ヒマワリの色は天才の色。五十歳の女たち。わたしはこんなふうに言いたいの。この椅子はわたしのものではないけど、でも、これはわたしの落ちつき先。

わたしはここに坐ってあなたたちに話している。正直言って、話せば話すほど、自分を卑下したくなるの。

みんなもう知っているでしょ、黛、あの未婚の母のことよ。彼女はわたしの友だちだけど、もうわたしといっしょにこの椅子に坐る権利はない。彼女はお高く止まって、私を捨てた。みんなは私を捨てていいけど、彼女はだめよ。彼女は子どもを生んではいけなかった。愛してない男のために、子どもを生むなんて！　プライドは天より高く、命は紙より薄い。空港、旅館。すべての出稼ぎ人は、みんな空港を知っている。汽船、汽笛。でも、黛は忘れてしまった。私たちはきっと復讐する。もし私たちが主人になったらね。復讐は人類の本性。

わたしはここに坐ってあなたたちに話している。あなたたちが私を嫌っているのが分かる。この虚栄心まみれの女、こいつはあれこれ手を尽くして、自分たちの列に割りこんでくる。私たちといっしょにサウナに入り、私たちの食い扶持を奪い、私たちといっしょにアフタヌーンティーを飲む。同じブランドの香水を使い、私たちの言葉を話すと。見ていなさい、昔の女みたいに、恨みを心に刻んでやる。

どう？　わたしの砕けちった笑いは、あなたたちと関係はない。でも、わたしとすこしは関係がある。それは内心からのもの。魂からのもの。砕けちった笑いと魂は関係があるのよ。

彼女は自分の心臓を指さす。

ここに傷がある。深い。血が流れている。流れる血は紅い、わたしの名前と同じ。紅。天国なんてあるわけないって、父さんは言った。

おまえは誰と寝た？　おまえはホテルで何をした？　おまえは社長とできたのか？　店で、どの男がおまえを触った？　わたしは彼らのことが我慢できない。わたしはいつも泣いた。冬の風に吹かれ、涙があちこちへと吹きとばされる。冬の風。私は勉強して、十歳でもう『紅楼夢』を読んだ。わたしは処女よ。わたしは泣きつづけた。あんたたち、わたしを病院へ連れていって検査すればいいわ。

わたしは処女よ。日の光。馬糞。彼はわたしに、愛していると言った。処女はとても大事。わたしは叫ぶかもしれない、わたしにには叫ぶ権利なんかないけど。でも、わたしは病院で叫ぶべきだわ。病院は叫ぶ場所だから。あそこでは、叫んでも誰も相手にしない。わたしが叫ぶのは、痛いからじゃない、怖いからでもない、恥ずかしいから。わたしが叫ぶのは、あんたたちに理があるから。叫べば、あんたたちを力づける。

性的関係って、そんなに重要なの？　それは、相手が誰だかによる。男たち、わたしを触りなさい。わたしを女にして。もし、わたしが叫んだら、それはあなたたちが正しい。わたしはあんたたちを力づけなければ。闘いには、犠牲がつきものでしょ。

ＳＴＯＰ。紅信号になった。

彼女は静かになる。
彼女はまた椅子に坐る。

わたしはさっきの言葉を取り消すわ。わたしは取り消す。
貞節は昔から大切なものだから。

彼女は沈黙する。

わたしの名は紅。紅い色の紅。わたしも紅いバラを売っている。わたしは紅いバラしか売らない、別の色は売らない。黄色いバラ、白いバラなんて、売らない。それは、わたしが原則を守る人間だという証。出稼ぎ人のなかで、原則を守る人は、けっして多くない。わたしは、とっくに工場やホテルで働くのをやめた。いまはバラを売っている。毎日、ある露店へ行ってバラを取ってくる。バラを仕入れるための代金は先払いしてある。彼はバラを数えるだけ。その人はわたしの名さえ聞かない。私たちのチームワークは楽しい。わたしたちは何も知らない、バラも何も知らない。わたしの生活は、バラの香りに包まれている。わたしは、もう心から満たされている。本当に。

さっきのわたしの話は取り消すわ。わたしは後悔してないけど、あれはなかったことにして頂戴。

彼女は去る。

彼女はコカ・コーラを一本持ってくる。

わたしにとって、いちばん幸せなことは、マクドナルドでコーラを飲むこと。どこにもマクドナルドはあるわけじゃない。海口（ハイコウ）にはない。南寧（ナンニン）にもない。マックは富の象徴。わたしは、そこの冷房とアイスクリームが好き。冷房はきちんと効いていて、わたしの傷を冷やすほどでなきゃだめ。傷のない人は幸せよ。傷のない人は、マックに坐っちゃだめ。

夜はバラを売って、昼はマックにいる。見て、わたしは一歩一歩あなたたちの生活に近づいているわ。わたしはすこしだけ気分がいい。黛、あなたはどこにいるの？　わたしは彼女にいっぱい手紙を書いたけど、一通も出さなかった。住所もなく、表札もない。私たちは住所のない人間。それが私たちの本当の姿。

こういうことを話すと、がっかりするわね。本当に。けど、黛は一度も気を落としたことなんかなかった。彼女は筋が通っていて、言うことがきちんとしていた。わたしは、自分が彼女みたいにできたらと思う。

彼女は笑う。

今度は、あなたたち、わたしに騙されたようね。わたしはまったくコーラなんて好きじゃないの。コーラには、鎮静剤が入っている。それは知っているわ。それが中毒にするのよね。わたしは中毒になるわけにはいかない。ぜったいだめよ。外地の出稼ぎ人が、中毒だって？　おかしすぎるわ。

今度は、あんたたち、わたしに騙されたようね。

彼女は一口、一口とコーラを飲む。

臆病なのは、私たちの美徳。ぜったい臆病でなきゃだめ。ネズミみたいに。わがままをやめて、注意深く進めば、いくら古い船でも沈まないわ。わがままはだめ。クラス委員はわたしに、オナラだって注意深くしろって言った。

臆病なのは、遺伝と関係がある。

簡単なことよ。

ここで、ざっとわたしの特徴を話しておくわ。わたしは、背が低め。背が低いのは、すべての出稼ぎ女の特徴。信じられなかったら、広場へ見にいったらいい。黒山の人だかりが、みんな同じ背丈だから。それと、わたしの顔が丸いことだけど、それはわたしの故郷の人の特徴なの。丸い顔に、低い背丈、わたしが彼女たちのなかにいたら、きっと見つけられないわ。私たちは、同じような笑顔をしているし。わたしはここの女の子がうらやましい。あの娘たちは、背が高くてすらっとしている。わたしはすらっと背が高いのが好き。超ミニがはけるもの。超ミニはもう流行らないけど、やっぱりわたしは好きだわ。長い足に、ミニスカート。

どうしてか分からないけど、出稼ぎの女の子は、みんな背が低い。それはきっと栄養と関係があるわ。幸い、この何年か厚底のスニーカーが流行っている。厚底スニーカー。厚底って名前は、いいわね。わたしは冬も履くし、夏も履く。厚底スニーカーを履くと、ちょっと視界が開ける。わたしには普段ない視界が。わたしだけじゃなく、出稼ぎの女の子はみんな履いているわ。みんな、ふだん見えないものが見えるの。ほんとにいい。厚底スニーカーは、私たちに新しい視界を与えてくれた。

私のもうひとつの特徴は、広東語がちゃんと話せないってこと。ちゃんと話せっこない。永遠にね。舌っ足らずだから。わたしは広東語の流行歌は歌えて、発音は正確。でも、話すのはだめ。

それじゃ、まったくだめってことだわ。歌は正確、話は不正確。ちょっとわたしの運命に似ているわ。きちんとすべきことがちゃんとしていなくて、きちんとすべきでないことがちゃんとしている。でも、それはわたしひとりの問題じゃない。広東へ来た外地の人間は、みんなその問題を持っているよう。舌っ足らず。広東語には八つの声調がある。

わたしは地下鉄に乗るのが好き。厚底スニーカーを履いてね。あぁ、きれいな地下鉄。オシッコ臭くない。わたしはこの町にいるのが好き。好きで仕方がないわ。

これはわたしの椅子。わたしはここに坐って待つ。長いこと、待っていられる。十時間でも。疲れない。坐るのは、どこが疲れるの。坐れれば、立たなくていいでしょ。わたしたちのなかには、わたしと同じ人間がいっぱいいる。坐って、待って、想像する。

オーッ、恐ろしい冬の風。あの禿げ山を吹き抜けて、ピューピューと鳴っている。海抜三〇〇〇メートルの高原、冬の風。親しめない父。水不足。

わたしは広東語を話すとき、ときに故郷の言葉で考える。だから、ぐちゃぐちゃになってしまう。そのもつれた思考は文化と水に関係がある。もし、毎日たくさんきれいな水があったら、その人の思考もきっとクリアーなはず。でも、水が足りなければ、クリアーな思考なんてできない。体には水が欠かせないし、水が足りなければ、脳は壊死してしまう。わたしの父は、水の欠乏のために思考の混乱をひき起こしたのよ。それは事実だし、事実というのは残酷なもの。だから、父を責められない。彼は若いとき、水の多い所に住んでいた。父の母、その母、みんな水の多い所に住んでいた。父のことは、責められない。

彼女は去る。

九時になった。バラはいかがですか？

彼女は戻ってくる。

わたしは、黛とは広東語で話さなかった。私たちは国語で話した。国語というのは、標準語のこと。彼女は故郷の言葉があり、わたしも自分の故郷の言葉があった。でも、私たちは国語で話した。彼女は死にたがったことがある。考えるだけで、やらなかったけど。自殺は犯罪、命は尊いもの。それはよく知っている。でも、彼女はやはり死にたがった。それは、本当にどうしょうもない。ときどき、夢中になったりして。自殺したい。でも、家に帰りたいとは思わなかった。おかしいわよね。

一度、彼女は睡眠薬を買って、わたしに見つかった。わたしは彼女に言ったの、安っぽい命なんて、簡単には死ねないよって。そしたら、彼女は嗚咽した。私も泣いたわ。

彼女が子どもを生んだとき、わたしは傍にいなかった。きっとこっそり産婆を探したのね。血、叫び声、望みのない愛、そして命。あんた、拘りすぎ、わたしは何度も言ってやった。プライドは天より高く、命は紙より薄い。

いま、黛はすっかり分かってしまった。二度と死にたいなんて思わない。彼女は言ったわ。わたしは、子どもがいるから楽しいのって。自分の骨肉がいる。それはとっても大事なこと。だれも帰りはしない。水のない場所。恐ろしすぎる。ここはどこにだって水がある。サラサラと流れている。毎晩、わたしは水の流れる音にうっとりする。すごくいい音。それに、雨の降る音。芭蕉の葉を打つ音。広東の音楽。いま彼女はだんだん分かってきた。

これも水だ。

彼女はコーラを一口飲む。

わたしは楽しく生きている。本当に。わたしはバラを売っているから。一本十元。カラオケで歌う四十歳くらいの男たちに売って、彼らがそれを四十歳くらいの女たちに贈るの。意味のある仕事だわ。工場で働くよりずっと意味がある。バラはバラにすぎないわけではない。ちょうど水が水にすぎないわけではないように。意味するものは広い。わたしはバラを持って、行ったり来たりできる。それは命の短い仕事だけど、意味はある。花が、明日は枯れてしまうのを、わたしは知っている。明日、四十歳くらいの男がまたガツガツするのを、知っている。バラを一本売ると、私は一元手に入る。その分配は悪くない。

すべてのバラには心がある。

あるとき、別のホテルの入り口にいたことがあった。小さな女の子が走ってきて、わたしに言った。恥知らず、こんなに年取って、まだバラを売るなんて。その子はたったの八歳。わたしは、バラと年を取るのは関係がないよと言った。バラと若さとも関係がない。バラはバラ。すべてのバラには心がある。もちろんその子は分からなかったけど。まだ八つだもの。

わたしは彼女にお辞儀をしたわ。八つの子にお辞儀をした。その子はわたしより人生が分かっている。老いと若さの区別を知っているから。八つになったばかりで、もう老いている。それは別におかしなことではない。でも、あの子は帰って勉強するべき。勉強は人を進歩させるから。

彼女はバラの花束を握る。

バラはいかがですか?

彼女はお辞儀をする。

バラはいかがですか?

彼女はお辞儀をする。

すこし待つ。

三日前。花都地区(ホアドゥー)、芙蓉嶂(フーロンジャン)[10]。ある男が酔っぱらっていた。わたしのバラをぜんぶ買って、湖に投げすてた。そいつは酔っぱらっていても、ニンニクの臭いがした。ゲス男って言ったら、そいつは怒った。ゲスが、おまえのバラなんか買うかって。でも、そいつはすぐに悪いって認めた。一本買って、恋人にあげるならいいわよって、わたしは言った。そいつは泣きはじめた。生のニンニク。涙。そいつは湖に手を伸ばし、一本拾うと、わたしに渡して、恋人、と言った。

それがわたしのロマンス。人生には、どこにでも転がっている。酒飲みがわたしにバラをくれた。私たちはたがいに憐れんだ。

彼女は泣きはじめる。

続けて話す。

わたしって、感傷的よね。彼は酔っぱらっていただけ。もちろん、彼は振り向きもせずに行くこともできた。わたしのバラを買わないこともできた。湖に捨てたのが、なんだっていうの？　どうせあいつは、もう金を払ったのに。感傷なんか、いらないのに。きっと、わたしの誹りが彼の感傷をひき起こしたのよ。このくそったれの誹りが。

わたしは外地の人間。それはなんでもないこと。この町は、どこでも外地の人間でいっぱいだから。探せない、区別できない。土地の人は、みんなアフタヌーンティーを飲みに出かけている。アフタヌーンティーはいい。ぐっすり眠るのも、いいこと。ＳＴＯＰ。来ないで。もういっぱい。満ち潮みたい。私たちのブタまで、あなたたちの町を占拠している。ブタだって心底満足しているでしょう。はやく見て、わたしたちがいない街角などあるの、どの街角に私たちの吐いた痰がないの？　痰を吐くのを禁止する。それは、どこでもウンチやオシッコをするのと同じこと。なんて汚いの。あたしたち外地の人間が、私たちの町をどんなにしたか見なよ。

広東語は退化している。形容詞がどんどん少なくなってきてる。それは言葉が単純化しているから。外地の人間が多すぎるから。単純化された言葉はいい。簡体字[11]みたいにね。すべては人民に奉仕せよ。わたしたちは簡単なものが好き。簡単なほどいいわ。お勘定（マイダン）。

わたしは外地人。でも、ベトナム人でも、ラオス人でも、朝鮮人でもない。わたしはすぐにあなたたちに溶け込める。肌の色は同じ、目の色も同じ。広東は外地の人間の天国。わたしたちは月初めにすぐ出発した。ひくい背丈。丸い顔。月初めにすぐに出発する。

バルコニーを取り壊しては駄目。バルコニーはロマンスの証。台風もロマンスの証。台風は水を連れてくる。水は財産。誰が酒だなんて言ったの。財産なのは水よ。

彼女は叫びはじめる。

わたしはあんたたちに警告する。あんたたちは、アフタヌーンティーを飲むことしか能がない。わたしたちは、あんたと同じテーブルにつこうとしている。宝石で飾りたてて。愛人。広東は愛人の天国。熱いスープ。愛人と熱いスープは、深い関係がある。愛人は真心があるの？　あなたたちは、どこでもわたしを見かける。わたしとわたしのバラは、どこにだってあるの。

彼女は舞台際に来る。

手には一束のバラを持っている。

街を歩いていて、悲しみを感じない、怖さを感じないなんて、もうありえない。窓の防犯用の鉄格子。そうじゃないか、自分の奥さんに訊いてみたら！　あの人たちに訊いてみなさいよ！　そうだと認めないなら、それは嘘をついているのよ。あの人たちがつけている金のネックレスに触ってみたら？　偽物よ。彼女たちの安らぎと同じで、偽物なの。なぜって、あの人たちは怖がっているからよ。

　こわがっているの！

　そういうこと！

　あなたたち、気がつかなかったでしょう、あなたたちの子どもは、もう木の靴を履かない。もう童謡を歌わなくなった。雨がザアーザアー降る、水が街を浸す[12]、なんてね。雨はだんだん減っている。北の方へ移っている。彼らに訊いてみなさい。あの子たちに、クラスにどれだけ外地の子がいるかって。その子たちがここに来たのは、水のためだって。まさか、ほんとに信じているの？　あの背水の陣を敷いた女たちが、ここの風紀を悪くしたと。愛人の群れまで追い払ってしまったと。

　わたしはここの人を恨んでない。本当に。わたしのバラは新鮮で、いい香り。あるとき、ここの女の人がわたしのバラを買って嗅いでみて言ったの。どうして香りがないのって。わたしが香らないだけで、バラは絶対にいい香りがするって言ってやった。それで、その人はまた嗅いでみて言ったの。やっぱり香りがないわって。
わたしはバラを売っている。昼は露店で売る。夜はホテルのロビーで売る。もちろん、税金は払わない。こっそり売っているから。昼は女が買い、夜は男が買う。四十男と、四十女。

平和？　それはありえないわ。あなたたちの町は、ますます汚くなっているから。どんなにしても、あなたたちの町は、やはり汚くなっている。私たちが街を歩くから。わたしがいっぱい散歩をしているから。あなたたちは、どこでもわたしを見ることができる。低い背丈に、丸い顔。生のニンニク。貼りつけたような笑顔。それらすべてが、あなたたちの町を汚している。本当に悲しくなるわ。

彼女はさらに興奮する。

この町では、まったく何にもかまっちゃいられない。どうにもならないことが八、九。人に話せるのは二、三だわ。これは昔の人が言ったことよ。ほんとに疲れた。わたしは郵便局へ送金しに行かなきゃ。急いで。両親と弟、みんなが待っているから。理想。もちろん、理想はあるわ。お金を稼いだら、家に帰ってちいさなお店を開くの。花屋さん。鎮で、ヒマワリを売るわ。旅行客相手に。旅行客は多いのよ。白い帽子をかぶっている。日本人、香港人、台湾人。私たちのとこにはバラはない。冬が寒すぎるから。冬の風。それと、気に入った男を見つけるわ。こんなふうに思ったって、なにも悪くはないでしょう。

本当のことを言うと、わたしはあなたたちの町なんて、なんとも思ってないのよ。ただ地下鉄に乗るのが好きなだけ。地下鉄はきれいだもの。すごく清潔。冬の風も、地下鉄にまでは吹きこんでこない。でも、ホテルのトイレは汚れている。そこには、諷刺を込めた詩も書いてあるのよ。こんなのがあったわ。男たち、あたしはあんたを呪ってやる。こん畜生って。彼女はだれを呪っているのか？　男なんて、みんな一緒。わたしが家に帰ったとき、わたしのために、だれが黄色いハンカチ[13]を掲げてくれるのかしら？　青い空。黄色いハンカチが葉の落ちた木の上で翻っている。あんた、また感傷的になったね。貧乏人は、厭世的になっちゃだめなのよ。

あんたたち、どう思っているの？　きっと、わたしのこと、馬鹿にしているんでしょう。こいつ、田舎者のくせに、感傷的だなんて。

たしかに、そうよね。

今、わたしはちょっとしたことを話さなくちゃ。あるコンパニオンと知り合ったの。小雪（シャオシュエ）っていう名。どこの人かって。四川？　湖南？　湖北？　上海？　広西？　忘れたわ。わたしは記憶力が悪いの。生まれつきの貧乏人の運命ね。

わたしは自分を恨まない。本当に。貧乏は、わたしの誤りじゃない。ロマンスだってわたしの誤りじゃないわ。

彼女は叫びはじめる。

来ないで。船はいっぱいよ！　車はいっぱいよ！　通りもいっぱい！　家に帰って。黄色いハンカチ。誰がわたしのために、黄色いハンカチを掲げるの。黄色いハンカチが木の上に翻って、冬の風にも吹きとばされない。人が多すぎる！　丸い顔！　汚すぎる。どこでもウンチ、オシッコをしてはいけない。ＳＴＯＰ。来ないで！

彼女は自分を落ち着かせる。

あなたたちは、わたしをまったく分かっていない。わたしはちっとも男なんか好きじゃない。ほんとに好きじゃない。女は男より清潔。だから、ほんとに安心して。わたしは愛人にはならない。黛だってそう。彼女の子どもも、そうはならない。その子は気立ての良い子になるわ。それはわたしが保証できる。私たちはすごく善良だから。

わたしたちは、ここに来たら勉強しなきゃ。南の人は、たくさんやって少ししか喋らない、北の人は、たくさん喋って少ししかやらない。だれもがそう考えているわ。黙っているのは、高貴な人。沈黙は金。でも、私たちはここの男は好きじゃない。金があるからって、なんなのよ。ねえ、これって、すごく気骨のある言葉でしょう。処女はわたしのたったひとつのプライドなの。

彼女は舞台際に立ち尽くす。
手には一束のバラを持っている。
彼女はそこには存在しない鏡をじっと見る。バラをバケツに戻す。
彼女は腰かける。
沈黙する。
音楽、聞こえるような、聞こえないような。
ごく小さく、聞こえるような、聞こえないような。

わたしの名は紅。わたしはやみくもに飛び回るハエ。わたしはそう言われることに反感を覚えたことはない。本当にない。わたしは自分の臭いがわかるから。ハエの臭い。車両の臭い。広場にいる人たちと同じ臭い。やみくもに動き回るの。

虚ろで根がないのは、私たちの特徴。しっかりしているように見えて、じつは虚ろ。虚ろなのは、ハエもそう。どこから来てどこへ行くのか分からない。ハエは知らないし、私たちも知らない。ハエは汚げに見えるけど、内心は純真。ハエは飛ぶときに、音を立てる。ハエは多すぎて、ちょっと叩くと何匹でも死ぬ。

でも、あなたたちはハエを怖がらない。あなたたちは、すごく気立てがいいから。良すぎるくらい。ハエは地下鉄に乗る。ハエは、あなたたちといっしょに有毒な排気ガスを吸っている。悪には悪の、善には善の報いがある。報いがないのは、まだその時になっていないから。私たちはバラバラではなく、群れている。青春の身体に、安い流行りの服。厚底スニーカー。あなたたちは、厚底スニーカーを履くの？　あなたたちは履くわけがない。絶対の違いがなくてはいけないから。人のプライドは、いちばん大事なもの。山も野も、みんなわたしたちでいっぱい。種みたいにいっぱい。貧困がまいた種。根を下ろし、芽を出す。東西南北、広東へ金を稼ぎにやってくる。

悲しまないで。わたしは悲しまない。いいえ、わたしは悲しまないわ。わたしはやみくもに飛び回るハエだけど、それでも楽しいハエ。悲しまないで、この町はやはりあなたたちのもの。街並みはやはり汚くなったけど、まだ黒くなってはいない。木も植えただけ増えて、酸素も増えている。悲しまないで。広東語は、やはりきれいよ。なんと言っても、あなたたちの言葉だもの。

誰だって広東語の歌を歌える。全国の人がみんな歌えて、わたしも歌える。「飛燕の別れ」⑭じゃ、悲しすぎる。別なのにしましょう。「一歩ずつ登れ」。これがいいわ。広場で歌うの。三〇〇万人がいっせいに歌う。あなたたちが、顧みなくなったポケベルを首に掛けて。

はやく聞いてよ、耳を澄まして。私たちの歌声から何が聞こえた？　なにか危険な信号があった？

私たちを信じちゃだめ。きっといつか、あんたたちをアフタヌーンティーの部屋から追い払うから。おまえたちを、ベルトコンベアの労働者にしてやるから。露店のねえちゃんにしてやるから。ゴミ拾いにしてやるから。紅い服を着て、大きな貨車に坐る荷物運びにしてやるから。

私たちを信じちゃだめ。ある日、わたしたちはあんたたちを追い越す。私たちが飼ったブタを、あんたたちは食べている。私たちの男は、あんたたちに使われている。私たちの女は、あんたたちの男の慰み者になっている。それがみんな変わるのよ。時間だ、境界を封鎖せよ。わたしは自分が何を話しているか知っている。わたしはむやみに飛び回るハエ。でも、悲しんじゃ駄目。

シーッ！　悲しんじゃだめ！　シーッ！　悲しんじゃだめ！　時間よ。でも、まだ遅すぎるわけじゃない。

彼女は細い声でぼそぼそと話す。

父さん！　わたし、すこしは父さんの考えに賛成する。出稼ぎは奴隷。わたしは奴隷の運命。でも、ちょっとだけ。ほんのちょっとだけよ。出稼ぎ人には、運命なんてないもの。それは説明できないけど。ハエも運命なんてない。わたし、いつも黛に手紙を書くと、すぐにしまっちゃって、一通も出していない。黛も運命を信じていない。私たちには、共通の話題があるの。黛の子どもは三歳になったはずよ。

彼女の声はさらに小さくなる。

シーッ！　何も喋っちゃだめ。悲しんじゃだめ、決して。立ちあがって。何か反抗する手段を選び、運命に反抗するの。悲しみに反抗するの。怒りに反抗するのよ。憂いに沈んだ顔なんて、いらない。絶対に愛が必要。愛を伝えにいきましょうよ。一枚のハンカチのように。バラの花を刺繍したハンカチ、温かさであふれたハンカチ。黄色いハンカチ。ひとつの手から次の手へ。いま！　はやく！　さあ！

彼女の沈黙は耐えがたいほど長い。

変だわ。ついさっきのこと。わたしが言っているのは、叫んだ後のこと。理由があって叫んだけど、そのあと、ちょっと音楽みたいなのが聞こえた。あなたたちの音楽。雨が芭蕉の葉を叩くような感じの。わたしに喜びを感じさせる音。微かで、寂しく、また長く続いて。人間の感情みたいに。涙が出てくるほど綿々として。涙が、芭蕉の葉を叩いている。それがわたしを包んだの。あの音楽が、包んだ。ついさっき。わたしが言っているのは、叫んだ後のこと。綿々とつづく、女の指のように。

綿々と長いもの、それはあなたたちの子どもと猫のものね。

彼女は去っていく。

黛！　この逃亡兵。わたしたち、もう一度出発しましょう。わたしバラを売るから。わたしたち、もう一度出発しましょう。

彼女は戻ってくる。

彼女は木のベッドに坐っていた。うなだれて。彼女はなんと、ある家で乳母になることを考えていた。けど、その家の女は、ウチで大きなお腹をしていちゃダメと言った。わたしの夫があんたを孕ませたと思われちゃうでしょう。家に来たかったら、絶対にお腹の子どもを中絶しなさい。出稼ぎ女の子ども、父のいない子ども。ここには計画出産委員会がある。

彼女は去っていく。

帰ってきなさい。あんたは、どうしてもわたしの手紙を読まなきゃならない。みんなわたしのこの袋に入っているわ。一束。ずっしり重い。レンガみたいに重い。あなたが読んだら、きっと恥を知ることになる。私たちは、ふたりとも方向が分からなくなった人間。あぁ、違う。わたしこそ方向が分からない。現実の被害者。

彼女は黙る。

あんた、聞こえなかったの?

すこし間がある。

あんたは帰ってくるべきだわ。だれも相手にしないのに、自分は高潔だと思っている。自分で自分を騙しているのよ。子どもは、生まれたらきっと野良猫みたいになるわ。野良猫。どこでも物を盗んで食べる。人に殴られる。野良猫！

彼女は戻ってくる。

わたしたちはいつもこんなふうだった。一緒にいたころも、口喧嘩ばかり。わたしたちは靴工場にいて、二段ベッドに寝ていた。彼女が下で、わたしが上。二段ベッド。私たちは毎晩話をした。いっしょに話を。わたしはいつも彼女のためにご飯を運んだ。彼女は不便だったから。彼女は感激して、あとできっとお返しするわねと言った。でも、わたしは彼女のお腹を見ようとしなかった。本当に、見ようとしなかった。彼女はそれに気付いて、わたしを罵った。でも、やっぱり見ようとしなかった。いま彼女はいないけど、わたしはしょっちゅうあのお腹を思いだす。

わたし誤解されたくないけど、すごく黛が必要なの。黛はわたしと同じ類の仲間。同類の人は、けっして多くない。見た目は、みんな口に歯が生えているけど、胸の内はちがう。見て、わたしがいまどんなに孤独か。孤独すぎる。黛がわたしと一緒なら、もうちょっと楽しく過ごせるのに。わたしは毎日手紙を書いている。本当に。彼女はあの子どもを産みたがっていたけど、ほんとに馬鹿だわ。わたしが彼女の子どもになれるのに。性質的には同じよ。けど、血がつながってないだけ。血筋は大事だから。子どもの体には、彼女の血が流れているのだから。出稼ぎは、ものすごく孤独なものよ。

わたしは、もう黛との関係は話さない。話すと、わたしが子どもに見えるから。

わたしの名は紅。紅い色の紅。苗字は関係ない。話す必要もないし。陳だろうと李だろうと、関係ない。紅は名で、宋美玲（そうびれい）も名前、宋慶玲（けいれい）、宋靄玲（あいれい）[15]も名前だわ。

わたしには、一緒くたにそういう名前を言う権利なんてない。あの人たちは、みな高貴な女、高い所にいて、わたしの生活とは関係ない。でも、わたしは宋美玲や宋慶玲を持ち出したことを後悔しない。ただ、宋美玲は名前で、宋慶玲は広東人だと言いたかっただけ。

わたしの名は紅。中国語では、紅は革命の意味がある。わたしに革命の伝統があるのかって？わたしの体に革命の血が流れているかって？　当時だったら、わたしは延安に行くのを志願しただろうか？　それらはみな大事なこと。意味のあること。革命は貧しい者のお祭りだから。

広東は革命の始まった土地。黄埔軍官学校[16]、黄花崗（こうかこう）起義[17]、康有為（こうゆうい）[18]、孫文[19]、農民運動講習所[20]。革命。すごくいいわ。黛も革命が好き。出稼ぎも革命のひとつ。自分の運命を変えるもの。わたしの広東への理解は、革命から始まった。「広東を殺す」、私たちの土地では、広東へ出稼ぎに行くことを「広東を殺す」と言うの。わたしは広東語が好き。舌先を前に出して、息はその両側から出す。広東語には八声がある。多すぎるわ。でも、わたしはやっぱり広東語では考えられない。本当に疲れるから。

縁もゆかりもない愛はない。この文句は、二種類の言葉で意味が通じる。わたしはいつもこの文句を考えているわ。ときには国語で、ときには広東語で。縁もゆかりもない愛はない。天才。でも、社長はいつも言う。金のいらない昼飯はないって。

でも、わたしはいまやっと分かった。この文句はやっぱり間違っている。少なくとも、わたしにとっては間違っている。あの人は、彼が何を話していたか知らなかった。話しようがないものほど、話さなければならない。これは聞いても、そんなに感動的ではない、でも真理なんて、いつだってそんなもの。

恐ろしくかすれた叫び声。

夜!!

彼女は知らない?!?!

夜はあるの?!?!

彼女は勢いよく飲む。

わたしは中学生だった。文学はずっとわたしを夢中にさせた。今はあなたたちの広東語。わたしはきちんと話せない。田舎の訛りもとれないし。

彼女は部屋の中を不安げに歩き回る。

いま、わたしは静かにしていたいの。これまで話したすべてのことを取り消すわ。ぜんぶ。それは本当。いま、わたしはこんなことを考えている。あなたたちはわたしがなぜすべて取り消すのか分かっているのだろうか？

あなたたちは絶対にわたしを理解しようとしない。わたしは絶対にあなたたちを理解できない。

彼女は手を袋の中に入れて探す。

これが私の父。一九九八年五月。彼は若いとき、共産党の呼びかけに応じて、町から高原に移り住んだ。海抜三〇〇〇メートルの高原に。彼は喉にガンができて死んだ。死にたくはなかった。

でも、死なざるを得なかった。彼は生きた、話すのが好きで、よく不満を言っていた。腐った臭いが口からもれてきて、二度と話ができなくなった。それで、父は苦しんだ。だから、自分で自分の命を終わらせた。あの場所じゃ、まともな薬もなくて、みんなは父の運が悪かったと言うしかなかった。

彼女は叫ぶ。

父さん、どうして叫ばなくなったの?!
父さん。

小さな声で。

わたしは死にたい。

彼女は沈黙する。

なかなかのもの。わたしの暮らしはいい。わたしにはわたしのバラがあるから。彼の家では毎日五十本のバラを飾るって誰が公言できるの？　ほんの何人かがそんなふうに公言できるだけ。本当に。何人かがそんなふうに言えるだけ。彼らの家にはバラが五十本ある。毎日。ほんの何人かが。

乾杯！

彼女の名も紅。黛の子ども。彼女が、やはり紅って名づけたの。今度は、あなたたち満足したでしょう。

わたしはもう行かなくちゃ。わたしは思うの、帰ってもいいって。

彼女はローソクを吹き消す。

暗黒。

彼女は卑屈に話す。

バラはいかがですか？

静寂。

やさぐれた女たちのため、バラを買ってもらえませんか？

彼女の足音が遠くへ去るのが聞こえる。

ドアが閉まる。

静寂。

ドアが開く。

わたしの名は紅。わたしは二十歳。中国語では、紅は革命という意味。

本当は、紅は紅い色のことなのだけど。

たまに、外へ出たくないほど気分が悪くなる。気分がそんなに悪くって、どこへ行くっていうの？　美術の先生が言った。ヒマワリの色は天才の色だって。ほんとに出かけたくないわ。低い背丈に、真ん丸い顔。どこも、それればかり。唾を吐きかけてやる。

彼女はバラをポリバケツに入れる。

彼女はローソクを灯す。

わたしはたくさんの場所に住んだ。それが、たったひとつ自慢できること。プレハブ宿舎に住んだこともあったし、広場に住んでいたこともある。広場は汚い場所。とてつもない数の人、悪臭。汗の臭い、足の臭い、その他の臭い。そこで、わたしはゴミ拾いの男と知りあった。河南から来た人。彼は携帯電話を拾ったことがあった。黒くて、ライターみたいで、きれいなの。電話は新聞で包まれていたけど、彼は落とした人に返したいと言っていた。信じなきゃだめ、ゴミ拾いだって真面目な人がいるのよ。彼はそれをわたしにくれようとしたけど、わたしはもらわなかった。だれに電話するっていうの？

わたしは帰りたくなった。本当に。バラは売れなくてもかまわない。どうせ、その日暮らし。バラとは関係ない。電話とも関係ない。わたしの忍耐力が強くないのは、わたしの生活状況と関係がある。根無し草は、忍耐力がないの。明日がないのに、忍耐力なんて役に立たない。ほんとに疲れた。河南の人。ライター。

わたしのこのバラは、あの人たちに売る。四十の男たちに。四十の男はバラを四十の女たちに贈る。というのは、もちろん違う。バラを売るのはきれいな仕事で、父の考えに合っている。きっと喜ぶわ。でも、今日のバラはちょっと萎（しお）れてしまったようね。

わたしはあなたたちの前に立って、誓える。ほんとに帰ることにするわ。

でも――

彼女は腰を下ろす。

わたしはもう一度自分の切なる願いを、わたしがどんなにこの町を愛しているかってことを、あなたたちに伝えておくわ。ほんとうに愛さずにはいられない。この美しい町は、珠江が真中を流れ、四季の花も咲き乱れ、使い切れない水もある。それに、人を夢見心地にさせるバルコニー。わたしはこの町に暮らしているだけ、夜に暮らしているだけ。あなたたちは、わたしに訊いてもいい。おまえは、珠江沿いの鵞潭夜月（ウータンイェユエ）[21]を見たことがあるのか？　この町のために、木を一本でも植えたことがあるのか？　この町の奥深さを分かっているのか？　たしかに、わたしはどんなものが鵞潭夜月なのか分からないし、木も植えたことがない。恥ずかしく思う。あなたたちは、わたしにそう訊けるし、わたしはあなたたちの前で、顔を真っ赤にすることでしょう。たしかに、たくさんの人がこの町をけっして愛さないし、この町を利用しているだけ。でも、怒らないで。じつを言うと、彼らは誰も愛さないし、何も愛さない、自分自身さえ愛してないのだから。愛していない。わたしは誓って言える。

でも、わたしは、本当にあなたたちの町を愛しているの。わたしがこんなにがんばって広東語を勉強して話していることで、それは証明できるでしょう。わたしはこの町を愛している、騒音さえも。街中のバイクさえ愛している。あの錆びた防犯窓さえ愛している。交通渋滞さえ、地面のホコリさえ愛しているわ。

それから、もうひとつ言いたい。わたしは一回も指であなたたちのショーウィンドウのガラスを触ったことがない。

その点は、わたしはよく自覚している。本当に。

たしかに、わたしは痰を吐こうとしたことがある。でも、あれは焦っていたの。空気がすごく悪いから。もちろん、空気のせいにできないわ。人には主体性ってものがあるから。あなたたちは気付かなかった？　地面の痰の跡はだんだん減ってきている。これは私たちが進歩していることを表している。あなたたちも進歩しているでしょう。


彼女は沈黙する。

それから、外で丸い顔に出遭ったからって、怒らないで。わたしはあなたたちに言いたい。この町はやはりあなたたちのもの。その点を忘れないで。すべての高層のオフィスでは、みんな標準語を話している。広東語は石畳の上で響いているだけ。とっくに色のなくなった黒い石の上に。でも、それはなにも意味していない。あなたたちだって、標準語を話せるでしょう。同志たち、こんにちは。

あなたたちはこんなふうに考えるべき。これはあなたたちの町だと、強く信じなきゃ。広東語は天才の言葉で、八種類の声調がある。そう考えるべき。

友人たちよ！

たとえば、未来のことを言えば、こんなふうに想像してもいい。毎朝、ちょっと考えてみて、その日、どれだけの外地の人間が、韶関(ユングァン)㉒を通ってこの町に入ってきているのかを。湖南人、四川人、江西人、湖北人、広西人、東北人、雲南人、貴州人、適当に数えて、どれだけの外地の人間が来るのか。どれくらい。目が覚めたとき、そんなふうに思ってみて。十人！　十五人！　二十人！　百人！　三百人！――――適当にその数字を大きくして！

それだけ。

その後で、考えてみて。自分の地位は、今日まだ大丈夫だろうか？　今日の職場に、また外地の人間がひとり来るのではないかと？　力がなければ、河は渡れないわ。彼らは苦労に耐え、寸暇を惜しんで働いて、手段を選ばない。だいじょうぶ、物価が高くならなければ、それでいいでしょ。ただアフタヌーンティーのとき、とつぜん傍で標準語を話す人が増えるだけ。新しい部屋を探せばいいだけ。すぐにまた引っ越しすることになるはずだけど。だんだん自分も標準語を話し始めるのは、しかたないわね。

ねえ、高級なＢＭＷ、それとベンツを運転している人を見て。ああいう綺麗で若い、標準語を話す女は、あなたたちがアフタヌーンティーを飲む時間に、つけ込んだのよ。見て、オープンカーの運転席。丸い顔。

ええ、そうよ。

彼女はローソクを一本吹き消す。

これはあなたたちへの警告。あんまりお人よしじゃだめよ。本当に。自分を守らなくちゃ。

彼女は急に止まりじっと立ちどまる。

部屋の真ん中で。

興奮して遠くを見る。彼女は何かを聴いているかのよう。

彼女は耳を澄ます。

わたしは、この町に暮らせて幸せだって、もう一度言いたいだけ。本当に。それは事実。

彼女は耳を澄ます。

彼女は怯える。

落ちつきを保つ。

椅子に腰を下ろす。


わたしの名は紅。わたしはやみくもに飛び回るハエ。方向を知らない。一発で叩きつぶせる。

紅、二十歳の外地人。やみくもに飛び回るハエ。

シーッ！　怖がらないで！


彼女は両手をこめかみに当てる。


シーッ！　紅。中国語では、紅は革命という意味。革命は怒りから始まる。でも、わたしは怒ってなんかいない。怖がらないで、わたしはちっとも怒ってなんかいないから。紅、彼女の体はすごく汚れている。自分の体を使って、あなたたちの男に近づく。バラを売っても、税金を払わない。自分では処女だと言っている。

怖がらないで、汚れた出稼ぎ女を。丸顔の出稼ぎ女、背の低い出稼ぎ女。シーッ！　怯えないで。

彼女たちが、あなたを怖がっているのだから！

彼女はこめかみから手を放す。
彼女は手を袋の中に入れる。
望郷の痛みがこみ上げてくる。

ああ！　冬の風！　冬の風が、禿げ山を吹き抜け、冬の風が、誰もいない街を吹き抜ける。空気は爽やかで甘い。ヒマワリが咲きほこる。空は永遠に深い青。私たちは屋根の上に立って、手を伸ばせば星をつかむことができる。星は洗面器くらいに大きい。

彼女は冬の風がヒューヒューと鳴る音をまねる。

大通りでは、陽射しが馬糞の臭いを立ちあげる。わたしを愛した人は、陽射しと馬糞のなかで立ちあがる。姉さんの古い服。わたしは永遠に姉さんの古い服を着ている。姉さんの汗の臭い。漬物とブタのモツ煮込み、わたしがいちばん好きだったスープ。それに、父さんの鼻のおでき。それから水、私たちはひどい水不足。
紅は太陽という意味なの。

　彼女は冬の風がヒューヒューと鳴る音をまねる。

本当に。わたしはだいじょうぶ。ホテルで働かなくてもよくなったし。わたしはバラを売っている。一生バラを売っていたい。香りの高いバラを。自分をちゃんと守って。時間になったわ、黛、わたしたち、早く行きましょう。

　彼女はローソクを一本吹き消す。

もうちょっと言いたい。この町に暮らせて、わたしは本当に幸せ。あなたたちを愛しているわ。

　騒音が響きはじめる。
　強い風が吹く音。
　ホテルで皿や碗がぶつかる音。
　工場で機械が衝突する音。

音は反響する。
ビール瓶が割れた。
その音がまたする。
最初は遠くから。
だんだん近づく。
ますます耳に響く。
ハンマーでたたくような音。
ホテルの中の、あのぶつかる音。
彼女は話し続ける。
構うことなく。
騒音はますます大きく、
彼女の話し声もますますます大きくなる。

あのとき。わたしが汽車で来たとき。汗が背中を伝わって流れ、汚くて臭くって。私たちは暗くて長い通路を通っていた。人の群れが押しあいへしあい、臭くてムンムンしていた。わたしは黛に訊いたの、こんなにたくさんの人たちが出稼ぎするの？　彼女は答えなかった。真っ暗ななか、どの人の頭も、蛍のように光っていた。意志の光。プンプン臭う体。真っ暗ななかに紅い唇があって、その唇が言った。革命をしなければ、幸福な生活は送れない。

騒音はたえず大きくなる。
彼女はさらに大声で話す。

わたしの名は紅。わたしは二十歳‼ わたしはやみくもに飛び回るハエ‼ そんなこと、前は知らなかった。でも、それはわたしの責任じゃない。黛は私生児がいるけど、それも彼女の責任じゃない。わたしたちは、みんないい生活に憧れているだけ。本当に、それ以外のことなんて考えなかった。誰だって、自分の生活を、少しでも良くしたい――。

騒音は耐えられないほど大きくなる。
まるでとても大きな合唱隊が歌っているように。
灯りが点く。
ひとりで話しつづける。
一言も聴きとれない。

わたしの名は紅。わたしは二十歳――――。

暗闇

（完）

（原題：「這里的天空」、初出：『花城』一九九五年）

訳注

①林黛玉＝中国古典の名著『紅楼夢』の女性主人公。中国文学史上、最高の美少女の一人。

②鎮＝都市よりも人口は少ないが人口が比較的集中している区域で、給水、電力供給、下水などの公共インフラや教育、飲食、娯楽、市場などがまとまって集中し、周辺の地域に経済作用をもたらす地域。住民の多くは農業以外に従事する。

③地理的に追いかけていくと、主人公が広州に出稼ぎに出たときのルートであることが分かる。

④一九五〇年十月の人民解放軍によるチベット侵攻のこと。それによって、中国のチベット

支配が決定的になった。WIKIPEDIAの「チベット侵攻」は、根拠は示していないが、その侵攻によって、約百万人のチベット人が死亡し、六〇〇〇の僧院が破壊されたとしている。

⑤紅い色のスローガン＝共産党の政策を宣伝するためによく用いられる。

⑥計画出産＝いわゆる「一人っ子政策」。一九七九年から二〇一五年まで導入された厳格な人口削減策、計画生育政策のこと。一組の夫婦につき子どもを一人に制限するものであった。

⑦レインコート（原文は雨衣）＝コンドームの隠語。

⑧以下、文学作品の題名。『行かず後家』は香雪、『奴隷労働者』は夏衍、『ライ麦畑をつかまえて』はJ・D・サリンジャー、『走れ、ウサギ』はジョン・アップダイクの作品。

⑨同志＝革命的集団や社会主義国などで、その仲間の者の名の後につけて、互いに呼び合うのに用いられた。

⑩花都地区、芙蓉嶂＝広州の景勝地区。およそ海抜三〇〇メートルの山で美しい渓流、林、湖がある。

⑪簡体字＝一九五〇年代に中華人民共和国で制定された、従来の漢字を簡略化した字体体系のこと。

⑫雨がザーザー……＝原題は『雨落大』。広東、広西の粤(えつ)語地区で歌われる童謡の一節。前の行にある「木の鞋」も童謡の内容から来ているものと思われる。

⑬黄色いハンカチ＝一九七七年（昭和五二年）に公開された、山田洋次監督による日本映画、『幸福の黄色いハンカチ』と類似したイメージと思われる。

⑭「飛燕の別れ」＝広東の伝統劇中の唱。そのすぐ後ろにある「一歩ずつ登れ」は、九〇年代に広東一帯で流行った歌。

⑮宋美玲、宋慶玲、宋靄玲＝宋美玲は中華民国の指導者であった蒋介石の妻で三女。宋慶玲は孫文の妻で次女。宋靄玲は中華民国政府財政部長を務めた孔祥煕の妻で長女。「宋家の三姉妹」と呼ばれる。

⑯黄埔軍官学校＝中華民国期の一九二四年に孫文が広州に設立した中華民国陸軍の士官養成学校。

⑰黄花崗起義＝清末に黄興が指導し広州で発生した反清武装蜂起。

⑱康有為＝清末民初にかけて活躍した政治家、思想家。

⑲孫文＝中華民国の国父、政治家、革命家。

⑳農民運動講習所＝広州では農民運動の指導者育成のために、一九二四年に中国国民党農民部の管理下で設立された。

㉑鷺潭夜月＝広州の観光名所。美しい河面で有名。

㉒韶関＝広東省の地名であり、広東省の交通の要衝。

訳者あとがき　齋藤晴彦

本書に収められた九つの作品は、中国広東省作家協会によって選定されたものである。作品はすべて近年に発表されたもので、八〇年代以降に生まれた若い作家の作品も多い。また、中国語原文テクストはすべて上記の協会から送付してもらった電子版によった。

本書には、多忙なサラリーマン、労災が絶えない工場で働く労働者、貧しい家庭で奮闘する主婦、殺人を犯してしまった美女、芝居一座の座長と半分呆けてしまったその母、息子の家の頭金さえ準備できない孤高で頑固な大学教員、道教の巫者など、様々な人びとが登場する。各作品は、それぞれ独特な「イメージ」に支えられながら物語られていく。

「イメージ」。訳者があえてあまり文脈にそぐわないこの言葉を用いたことには、以下のような理由がある。仮に誰かが最愛の人を病で亡くし、深い苦悩を抱えていたとする。この苦悩は論理的な言語で解決が可能であろうか。例えば、医学が説明できることは器官の機能低下など死に至った原因だけであろう。それだけでは、この誰かの苦悩が解決できないことは言うまでもない。また、「これをこのようにすると、このようになるので、こうすればいいです」。「はい、わかりました。これで私の苦悩は解決いたしました」とはならない。しかし、論理を超えた、深い矛盾を孕んだ象徴性を持つイメージが、ゆっくりとその誰かの苦悩を慰めていくことは、十分にありえることだろう。訳者は、文学には人を癒す力がある、あるいは人を成熟させる力があると考えている。昨今は、実用性のあるものばかりが重んぜられる傾向が強く、例えば、大学などの高等教育機関においては、文学は不要だなどという極端な議論がなされるのを聞くこともある。それではやはり人間の知が痩せ細っていくことだろう。このことは訳者が文学作品の翻訳を続けている理由の一つである。

九つの作品を通して読んでみたとき、訳者の心の中には、広東省ないしは中国の普通の庶民の等身大の姿が生き生きと浮かんできた。彼らの姿は、日本の私たちとさほど変わりがないのでは、などとも改めて思えてきた。中国と聞くと、新型コロナウイルスのことや、マスコミを賑わしている米中貿易摩擦、尖閣諸島問題などのことを思い浮かべる人は多いと思うが、それは当然のことながら、広い中国のほんの一握りの姿に過ぎない。しかも仮に、そういった情報から、十把一絡げに中国人とはこういう人たちである、などと勝手な結論を出してしまったら、それこそ大変な間違いを犯したことになってしまう。それは、日本人といえば、名刺交換、エコノミックアニマル、芸者、富士山、腹切り、などと理解することと同じなのだ。

もしも本書が、日本の中国理解に少しでも多様性を与え、読者の方々にこれまでの中国理解とは少しでも異なった姿を提供することができたならば、そして、本書をきっかけに、一人でも多くの方が現代中国文学に興味を持っていただけるようになったならば、訳者として幸甚この上ないことである。

翻訳の過程で、『シリーズ現代中国文学　散文　～中国のいまは広東から～』の翻訳者である徳間佳信氏から多くの有益な助言を賜った。そればかりではなく、本書に収められた「この町の空」は、氏による既訳（『北方文学80号』二〇一九年十一月、玄人社）をおおいに参照させて頂いた。また、詩人の田原氏、編集の小柴康利氏など、出版の過程でお世話になった皆様に、改めて御礼申し上げたい。

訳者

齋藤晴彦　さいとう・はるひこ

復旦大学大学院　中国語言文化系中国現当代文学専攻　博士後期課程修了。博士（文学）。中央大学、駒沢大学、和光大学非常勤講師。翻訳に、蘇童「海辺の羊たち」、「十九間房」、「莫医師の息子」、「紅馬を弔う」（『中国現代文学』18,19,20,22号／ひつじ書房）など。著書に『中国語はじめの一歩：発音と文法の基礎固めと新HSK 1級対策』（一粒書房）がある。

企画

田 原　ティエン・ユアン

1965年、中国河南省出身。立命館大学大学院文学研究科日本文学博士。現在城西国際大学で教鞭をとる。主な著書に中国語詩集『田原詩選』、『夢蛇』など。『Beijin-Tokyo Poems Composition』（中英対訳）、日本語詩集『そうして岸が誕生した』、『石の記憶』、『夢の蛇』、『田原詩集』など。翻訳書に『谷川俊太郎詩選』（中国語訳21冊）、『辻井喬詩選集』、『高橋睦郎詩選集』、『金子美鈴全集』、『人間失格』、『松尾芭蕉俳句選』など。編著『谷川俊太郎詩選集1～4巻』（集英社文庫）、博士論文集『谷川俊太郎論』（岩波書店）などがある。2001年第1回留学生文学賞大賞を受賞。2010年第60回H氏賞を受賞。2013年第10回上海文学賞を受賞。2015年海外華人傑出詩人賞、2017年台湾太平洋第一回翻訳賞、2019年第四回中国長編詩賞など。ほかにモンゴル版、韓国語版の詩選集が海外で出版されている。

時間の河

シリーズ現代中国文学　短編小説　～中国のいまは広東から～

2020年10月18日　初版第1刷

訳者　齋藤晴彦

企画　田原（ティエン　ユアン）

著者　鮑十　陳崇正　陳再見　鄧一光　皮佳佳　王十月　王威廉　熊育群　張梅

発行人　松崎義行

発行　みらいパブリッシング

〒166-0003 東京都杉並区高円寺南4-26-12 福丸ビル6F
TEL 03-5913-8611　FAX 03-5913-8011
HP https：//miraipub.jp　MAIL info@miraipub.jp

編集　谷郁雄　小柴康利

カバー写真　baomei

ブックデザイン　洪十六

発売　星雲社（共同出版社・流通責任出版社）

〒112-0005 東京都文京区水道1-3-30
TEL 03-3868-3275　FAX 03-3868-6588

印刷・製本　株式会社上野印刷所

ISBN978-4-434-28055-9 C0097